2023年河南文学作品选

冯杰 主编
葛一敏 编

散文卷

郑州大学出版社

图书在版编目(CIP)数据

2023 年河南文学作品选. 散文卷 / 冯杰主编；葛一敏编. -- 郑州：郑州大学出版社，2024.10
ISBN 978-7-5773-0368-0

Ⅰ. ①2… Ⅱ. ①冯… ②葛… Ⅲ. ①中国文学-当代文学-作品综合集-河南②散文集-中国-当代 Ⅳ.
①I218.61②I267

中国国家版本馆 CIP 数据核字(2024)第 105149 号

2023年河南文学作品选·散文卷
2023 NIAN HENAN WENXUE ZUOPINXUAN　SANWEN JUAN

策　　划	李勇军	封面设计	小　花
责任编辑	刘晓晓	版式设计	小　花
责任校对	孙精精	责任监制	李瑞卿

出版发行	郑州大学出版社(http://www.zzup.cn)
地　　址	郑州市大学路 40 号(450052)
出 版 人	卢纪富
发行电话	0371-66966070
经　　销	全国新华书店
印　　刷	河南新华印刷集团有限公司
开　　本	890 mm×1 240 mm　1 / 32
总 印 张	65.625
总 字 数	1 440 千字
版　　次	2024 年 10 月第 1 版
印　　次	2024 年 10 月第 1 次印刷

书　　号	ISBN 978-7-5773-0368-0	总 定 价:198.00 元(共六册)

本书如有印装质量问题,请与本社联系调换。

目 录

人间风华

诗书传家久

2

一朵一朵的花开

4

人间风华

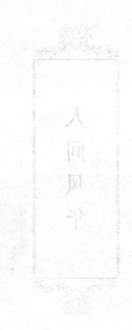

人间风华

芝兰三章

段晓华

父亲的女儿

女儿的童年是在大学校园里度过的。

南面是校长的家，西面有一条绸缎般的溪流，溪畔绿草如茵，杂花生树，流水从容闲适地从门前经过，然后抵达校园里那片最美的荷塘。

夏天，她和哥哥还有另外几位先生家的孩子一起叠纸船，在纸船下面抹上蜡，把船放到小溪流里面，然后一群孩子赶快往荷塘那边跑，但每一次都看不到纸船游过来。再回去找，纸船也不见了。

她一直想不通那些纸船究竟去了哪里。

很多事就是这样，让人百思不得其解。

30年后，一群年轻人愤怒地把她拽到台上，让她认罪，她不知何罪。这时，有人从一个妇女手中拿上来一顶刚刚糊好的高帽，那帽子上写着几个醒目的大字：

冯友兰的女儿！

父亲的名字上打了大大的叉。高帽子上的浆糊还没有干，凉凉地粘在她的头发和脖颈上，有一丝说不出的寒意。小时候有一次和小伙伴玩耍，不知为什么别人都不同她玩了，她有些落寞地站在那里。这时候，父亲唤她，她进到父亲的书房，父亲给她拿出一本唐诗命她背，那是她背的第一首诗，名字记得很清楚，是白居易的《百炼镜》。很多年后，她一直想写一个故事，题目就叫《铸镜人之死》。她觉得，为了一面完美的镜，那铸镜人也会像铸剑人投入火中一般，纵身跃入江水，化作"镜的精魂"。

她觉得父亲就是这样的铸镜人，用自己的一生铸一面镜，尽管那面镜子上时常布满尘土。

靠着一种"人与天地参"的精神，父亲活下来了，活到 95 岁。晚年，家中门庭若市，她也已是花甲之年，虽著作等身，却依然像三尺小童般做着父亲的门房。一天，来了一个少年，自称某地记者，要写一篇访谈，上来便问："您多大了？都写过什么书？"

父亲呆了一会儿，不知该说什么。那样子很有几分可怜。

也不怪少年，这世间，除了专门从事研究和兴趣所至，又有几人肯翻阅他写的那些深奥的大部头。父亲一生站立讲台，有一段时间不能讲课，常感叹："家藏万贯，膝下无儿。"

很多年前，在昆明一盏菜油灯下，父亲用毛笔写下："承百代之流，而会乎当今之变。好学深思之士，心知其故，乌能已于言哉？"

女儿58岁时，父亲书联相赠：

> 高山流水诗千首；
> 明月清风酒一船。

小时候看父亲写字，研墨、拉纸的活儿，她和弟弟总是抢着干，如今弟弟远在千里之外，这差事自是无人可抢了。她一看，下联已经被老父写得斜出，不禁笑道，这是"斜联"了。

虽是"斜联"，倒也多了几分雅趣。

每年生日，父亲都会为她写点什么，这一副，她尤其喜欢，一直挂在墙上。

这是父亲对女儿的期许，也是他一生的怀抱。女儿说，这联中兼有儒家的"天行健，君子以自强不息"，又有道家的"人与天地参"，若将人与天地等同，那世间还有何事值得计较，不可释怀？

她常说，这二气，到了父亲身上就是呆气和仙气。

她没有想到，家中四个孩子，她是陪伴父亲最久的人。

小时候，老师布置作文《我的家庭》，对于家中那位过于繁忙的父亲，她着墨甚少，她写道："一个家，没有母亲是不行的。母亲是春天，是太阳。至于有没有父亲，不很重要。"

父亲到学校偶然看到女儿的作文，拈须哈哈大笑。

庭院中的玉簪花开得"满院雪白"，她推着父亲在院里晒太阳。

父亲的眼睛近乎失明，耳朵也不好使，她跟父亲说话常常要用很大的声音，他的那部大书即将完成，以旧邦新命为怀，85 岁以后，他又用了十年，重写中国哲学史。他说等这个书写完，要再写一部《余生札记》，捡拾一些当年的爱好，聊发一些文人的趣味。但身体不好时，又说：现在治病，是因为书没写完；等到这部《中国哲学史新编》写完，有病就不必再治了。女儿知道，父亲累了。于是心里既想父亲早点写完，又恐父亲就这样写完。

但时间是一直流淌着的，逝者如斯，不舍昼夜。

那部大书业已完成，他的生命也如蜡炬成灰泪始干。

如今再无人唤她。如今，她也如当年的父亲般，眼睛几乎失明，腿脚也不好使了。

那年，父亲最后的日子里，在医院，她俯身为父亲掖好被角，正要离开，父亲疲倦却又十分用力地唤她："小女，小女。"小女是她的乳名，她转过身，望向父亲。"小女，你太累了，辛苦你了。"

她这一生，与父亲的生命紧紧连接，不容别人污蔑和曲解他，她像一只小鹰，奋力铺展翅膀，保护着老鹰。

桌上的台灯发出温暖的光，仿佛父亲仍在灯下夜读，那盏灯是父亲的心爱之物，曾伴他几十年。灯之侧，还有一只鹤，在灯影下发出幽幽的光，父亲晚年很喜欢唐代李翱的一首诗：

> 练得身形似鹤形，千株松下两函经。
>
> 我来问道无余说，云在青霄水在瓶。

她常常想，在另一个世界，父亲也许正是一只鹤的样子。

母亲的儿子

昆明的冬天是彩色的，比春天似乎更有诗意。远处，有几只松鼠正在树枝间攀缘跳跃。那天早晨，忽然下了一点雨。

妻已在厨房忙碌，孩子们也都起床，昨晚不知何故，辗转难眠，一早起床，心中仍惴惴不宁，坐立难安。忽然想到千里之外的故乡，已经岁末，故乡是否飘起雪花？母亲，可好？

国难当头，亲人离散，之前母亲来信说过家族修建祠堂的事情，并让他找时间回去，但事情一多就被耽搁了。

他站在窗前，桌上有母亲和他们的合影，那是她离开清华前的留影。他迎向母亲的目光望去。

那年，她已70多岁，刚刚享受几年难得的安闲时光，那时母亲和他们住在清华校园，他每日教课、著书，忙于行政事务。母亲含饴弄孙，享受天伦之乐。

在北平时，有一次他带母亲游长城。母亲一双小脚，竟也不落人后。他问，娘，累吗？母亲说，不累。望着天地辽阔，四野空旷，母亲竟忽然放声唱起歌来，那样子活像一个孩子。

这表情在 30 年前，他也曾见到过。那时，他在省城的一所中学读书，放假回家路过县城，得知母亲竟也在县城，便去看她。

那年县里刚刚开办新式女学，需要一位有名望的妇女来做学监，于是，有人便想到了本县那位已故进士的夫人。

那是母亲第一次到社会上做事，她看上去容光焕发，兴致勃勃，穿着新式的衣服，神秘地拿出一个小纸盒来，像孩子般兴奋地在他面前晃了一下，小心翼翼地打开，里面是一摞名片。

她取出一张，上面是三个陌生又新鲜的汉字：

"吴——清——芝——"她一字一顿地大声念着。

那年，49 岁的母亲为自己起了一个名字。从此，她不再是冯吴氏。她踩着三寸金莲，引他看那新式女学堂，神采奕奕，兴致勃勃。

他最喜欢看母亲笑，母亲一笑，山上的花便全开了。

每每母亲最高兴的时刻，也是他人生最幸福的时刻。

只是那幸福常常溜得急。

北平时局越发动荡，母亲的笑容也渐渐消失。忽一日，她提出回老家，她要守着祖上的家业，守着全家最后的退路。他犹豫不定，但母亲去意已决。

"我回家去，守住那一点家业，你们如果在外面站不住了，回去，还有碗饭吃。"分别前，母亲对他说。

母亲回老家两年后，抗日战争全面爆发，兵荒马乱之际，教育部决定清华、北大和南开成立联合大学，往南方转移。他后来想，母亲是有先见之明的，一路南迁，车马劳顿，对于年老体衰的母亲未必是一件好事。偏安乡里，或许能让母亲在乱世中求一份清净。

妻在外面叫他。

是一封电报，从故乡发来。

他踌躇着，心里一阵紧。妻把手在围裙上擦干，轻轻走过来。

"母病速归。"

他愣了一下。猛然想到，昨晚辗转难眠，原是母亲在唤他。母子连心，时空上的千里万里，不及母亲的一声呼唤，可以瞬间抵达。

他恨不得即刻飞到母亲身边。

那年夏天，天气炎热，蝉声聒噪。他和弟弟、妹妹正在厨房看母亲做解暑的绿豆甜面片，忽听对面卧室扑通一声，他们赶紧跑出来看，只见父亲急促地喘息着，已不能言语。

正值盛年的父亲署理崇阳知县不足两年，就这样一句话没来得及说便轰然离去。他当年只有 13 岁，弟弟 10 岁，妹妹 8 岁，此后的日子，兄妹三人的成长便全靠单薄瘦小的母亲维系。

他与在联大地质系的弟弟联系，商量一起尽快返乡。

但没过多久又有一封电报发来：

"母故速归。"

母亲竟来不及等他了。

他脑子突然一片空白，很久才缓过来。他恨起自己，恨近来竟全然忘记了母亲，前些时母亲来信说让他有时间回去看看祠堂，是否那时母亲的身体已经不好了。

妻泪流不止。平日，婆婆对她呵护备至，极少挑剔，婆媳之间从无嫌隙。孩子们各自明白过来，一时哭声四起。

弟弟已托人去买机票。

安慰好家人，安排好各自事务，兄弟二人即刻出发。先从昆明飞到重庆，再坐轮船到宜昌；宜昌已被日军占领，只好从上游上岸，徒步翻山越岭三四天，才见到汽车；又三四天，终于到达唐河县城。

一路奔波，时间已经过去大半个月。路上，他竟在心里祷告，希望电报是假的。

直到在县城见到一身孝服的堂兄，他才彻底没有了幻想。

母亲祖上来自福建，清初随军屯垦唐县，定居于此。冯家祖上来自山西，在唐河做生意，后来买田置地，因重视教育，渐成耕读之家。

父亲和母亲都曾多次讲过冯家的家训：不希望子孙代代出翰林，只希望子孙代代出一个秀才。因为翰林是当官的，秀才虽不一定当官，但却是读书人。一个家族只要代代有一个秀才，便能耕读传家。

父亲那一辈，伯父、叔父都是秀才，父亲是戊戌年进士。光绪三十三年（1907），父亲得了一个缺，署理湖北崇阳知县。

那应该是母亲一生最荣光的时刻，母亲的大轿到达城门时，只听得三声炮响；到了衙门口，又是三声炮响。一个官的仪仗，太太和老太太可以用，老太爷不能用，这是封建时代对"贤妻良母"的犒赏，所谓"妻以夫贵，母以子荣"。

父亲常出题让他们做文章。因曾去洪山游玩，父亲便出了《游洪山记》的题目。他们写完拿给父亲看，父亲说，写这类文章，要有寄托，即景生情，即物见志。又说，人要有大志，做大事，只游山玩水，便要为山灵所笑了。

父亲的病，因那年夏天的一起命案而起。他下乡验尸，回来后就得了风寒，一病不起。父亲刚去世时，在官场混迹多年的师爷提议报些亏空，老爷在世时爱惜名声，现在不在了，趁官印未交，报些亏空，好给少爷们日后上学用。

但母亲坚决不允。她对师爷说，人死人在，要一个样。

"汝为君子儒，毋为小人儒。"她要培养的是斯文之士。

从唐河县城到家中还有很长的路，堂兄找来一辆牛车。牛车在土路上扬起尘沙无数，一股彻骨的寒风袭来，他眯起眼睛，裹紧身上的棉衣。

父亲去世后，自崇阳县归来，母亲较以往更重视他们的学业了。

读书，进取，日日不可荒废。这是父亲在世时一再交代的话。

县里没有中学，省里最好的中学在开封，叫中州公学，为进步乡绅所办，在开封城南一座北宋古塔脚下，从前是一所书院。

和伯父商议后，母亲决定让他到开封上学。那天，母亲送他，那情景恍若如今，车轮滚滚，尘沙四散，只是没有了母亲遥望的身影。

此后，到开封（中州公学），到上海（中国公学），到北京（北大哲学门），再到大洋彼岸的美国（哥伦比亚大学），一路走下来，一路考下来，一路求索下来，每一步，竟都有母亲迈着小脚在前方指引着、牵挂着。

他常觉得不可思议，瘦瘦小小的母亲，哪里来的那种不熄的生命之火？燃不尽，用不竭。后来他发现，母亲的生命之火早已嵌入他的骨骼和血肉之中。

母亲是清醒的，不但清醒，更果决坚毅，若不是母亲当机立断，妹妹的人生也可能是另外的样子。

当时，女孩家通常到 10 岁后就不再上学了，小妹亦如此。但家中读书的气氛对小妹影响甚大，他从京城的大学回来，妹妹便一直追着问这问那。他听黄侃讲《文选》和《文心雕龙》，抑扬顿挫，甚为动听，便照着黄侃的路数讲给妹妹听，不想竟在妹妹心中埋下文学的种子，加之妹妹冰雪聪慧，勤读自学，很快竟能作出像六朝小赋那样的小品文章了。刚巧北京女子师范学校要招国文专修科，小妹知道后一心想要报名。

但有一个困难，父亲在世时，已将妹妹许了人家。

小妹求学之心决绝。她对母亲说，若是怕我上学花钱，那我将来结婚时，什么嫁妆也不要。母亲本就支持子女求学上进，很快便同意了。

族人提醒，此事应与亲家商量一下。母亲说，既已决定，再商量，若不同意反不好办了。族人又说，那不商量，总要打个招呼吧。母亲说，既不商量，也就不必再打招呼了。

旧时妇女，如母亲这般勇于任事、敢于决断者，举世能有几人？

就凭此一点，他对母亲发自内心地折服。

他后来说过，母亲是他一生最敬佩，也是对他影响最大的人。人生的无数艰难时刻，母亲的话都犹在耳畔，她说人最怕整天忧心忡忡，"忧最伤人"，故而人生无论遇到多大困难，都要学会振作精神。

妹妹如愿去北京上学，母亲嘱咐妹妹，不能徒恃聪明，读书要扎扎实实，就像你大哥一样，他虽没你二哥聪明，但他不停地往前走，从不间断，这就厉害。从不间断，从不止息，母亲最知道生命的奥义。

坐了半日牛车，临近傍晚时，终于回到了老宅。

但见一枢在堂，一灯荧然。

母亲已然离去。平静，安详。

姐姐对他说，母亲是太累了。这几年，她决心要建一座家族祠堂，去世前，宗祠已然动工，她每日凭一双小脚往返于工地监工，全然不顾自己已是80多岁的老人。

作为贤妻良母，母亲为家族用尽了生命的最后一丝气力。

但她又是她自己，她一生所做之事，全然也是为她自己。

他曾说大学要培养的是"人"，而不是"器"。需要有清楚的头脑和热烈的心。若论清楚的头脑和热烈的心，母亲不正是如此吗？

母亲生前已薄有声名，身后更是备极哀荣。时李宗仁在襄阳，闻讯派人送来挽幛。河南省政府代表、南阳专员、唐河县县长亦来家吊祭。

感念母亲生前教导和一生所为，他提笔泣书《祭母文》，文中说：

> 维人杰之挺生，皆造化之钟灵，但多伤于偏至，鲜能合乎中行：或仁爱而优柔，或刚断而寡情，或方正而迂阔，或干练而无诚，或豁达而疏略，或谨慎而不宏，或豪施而奢汰，或俭约而吝硁。惟吾母之懿质，集诸德之大成。

他日夜守在母亲的灵堂旁，有人来时就磕头还礼，没人来时就神情专注地看书。

他是母亲的儿子，母亲在或不在，都应一个样。

在那个时代，母亲一双小脚，尚且如此步履不停，七尺男儿更应一路向前，永不止息。

院中的蜡梅花开了，幽香弥漫。

他闭上眼睛，仿佛母亲就在身旁。

多年后，他为家乡学校捐建了一栋教学楼，校方想用他的名字命名，他说，如果非要用，就用我母亲的名字吧。

那一年，离母亲故去已有 40 年，他也已是 90 岁老人，挥毫题额：

> 清芝楼。纪念冯母吴清芝太夫人。

友兰字芝生，意即清芝所生也。

丈夫的妻子

十字路口新开了一家烧鸡店。

老板来自遥远的中原故地，每次经过，店里飘来的香味，较之云南当地的汽锅鸡更加诱人，再配合那熟悉的吆喝声，总叫人欲罢不能，她真想走进去，给孩子们买上一只，打打牙祭。

但这念头不过一闪，脚步却已是毫无迟疑地走过去了。

1942 年的昆明，物价飞涨。教育部提出要给西南联大任行政职务的教授们每人一份特别办公费，这费用按说是需要的，但还是被他们拒绝了。芝生带头，致信教育部，签名者 25 人，都是各院的院长和系主任。

信中说，"同人等献身教育，原以研究学术、启迪后进为天职，于教课之外肩负一部分行政责任，亦视为当然之义务，并不希冀任何权利"。

时局艰难，教授们要贫一起贫，啼饥号寒，尚不致因不均而滋怨。

那天，芝生回家说到此事，很歉意地望着她：叔明，又要让你辛苦了。

她倒没有什么，结婚时便想过，荣华也好，清贫也罢，都心平气和地过。芝生是不食人间烟火的，脑子里只有他的哲学、他的课程、他的文章、他学校里的事务和学生。孩子们的吃穿用度，教养陪护，一切杂务，都要经她的手，哪一样考虑不到都不行。

芝生面对的，多是自由而浩瀚的精神世界，而她面对的，则是庞杂又琐碎的现实生活。

来昆明后，芝生患上了斑疹伤寒，联大校医说了一个方子，饮食上要只吃流质，每小时一次，几天后可改食半流质。为尽快医好病症，她用里脊肉和猪肝做汤，自己擀面条，擀得极薄、极细，下在汤里给芝生吃。那面一出锅，香飘四邻，邻人说，单单吃了冯太太做的饭，恐怕病就会好了。

芝生的病好了，小女钟璞的麻烦又来了，严重贫血加肺结核，医生建议一天吃五个鸡蛋，晒半小时的太阳。不论多忙，晒太阳的这半小时，她定会陪在女儿身旁，看着表，一分钟也不会少。

她要做的不仅仅是照顾好全家人的身体和三餐茶饭，孩子的学业也需她时时关注。有一次在昆明乡下，她教女儿鸡兔同笼四则题，芝生回家，远远看到在泥屋、石桌前的母女，妻子鬓发漆黑，肌肤雪白，女儿伶俐乖巧，聪慧可爱，在那个静静的午后阳光里，时光流淌，岁月静好，芝生感慨：好一幅《山居课女图》。

抗战已 5 年，教授们家里孩子多，艰辛备尝。日子难过，但总还是要想办法过下去，治印、鬻字、卖文，教授们竭尽所能，发挥所长，在乱世中努力活着。

闻一多先生在上课之余，开了刻图章的副业。朱自清先生也曾为人做寿序贴补家用。穷且益坚，不坠青云之志。在这座战时的临时大学，后人发现，竟产生了无数大师，可谓空前绝后，足以彪炳世界大学之林。

生活弥苦，却在苦中寻得不少小乐趣。

朱先生曾在日记中专门夸赞她的炸酱面做得好。芝生回家也说过：佩弦警告来冯家吃饭的朋友，冯家的炸酱面做得很好吃，可是要小心，不可过量，否则会胀得难受。

她听了开怀大笑，认为这可算是朱先生对她厨艺的褒奖。

作为一个妻子和母亲，她最喜欢看丈夫和孩子们对着一桌饭菜狼吞虎咽的样子。

她也会怀念在清华乙所的时候，那时条件好些，她会变着花样给孩子们做些好吃的来，小女最喜欢她包的饺子，尤其是白菜肉馅的。在明亮的玻璃房里，小女来找她背诵文章，那时的小女脸庞圆鼓鼓，粉嘟嘟，像个洋娃娃。

联大的教授夫人们多是有学问的，却不愿抛头露面，只是默默相夫教子，支持丈夫的事业。前些时，校长梅贻琦的夫人自己配方制作，卖起了一种叫"定胜糕"的糕点，常让她过去搭把手帮忙，做好后由小女和梅家的几个孩子一起拎着，悄悄送到城里的冠生园食品店代售。

她也曾在院子设了一个油锅，炸些麻花来卖，弄了满身的油烟，多日不散。

邻里间相互照应，共度时艰。隔壁王太太的头生儿子便是她接生的，那晚，她抱着王太太坐了一夜，次日孩子出世，母子平安。王太太在几十年后，对人说起这一幕，依旧历历在目。

昆明的天气总是极好，天蓝得澄澈高远，还有比雪还净白的木香花，香气弥散，久久萦绕。昆明的冬天不冷，所以，总不至于饥寒交迫。

看着芝生的《贞元六书》在这样艰苦的环境中一点点写出来，她也充满了成就感。元亨利贞，贞下起元，天道人事循环往复，再苦再难，国家总会迎来新生。"贞元六书"创立了新理学思想体系，使他成为当时中国最负盛名的哲学家。他沉醉于自己的哲学世界，感怀于学人南渡播迁的历史与现实，笔下汩汩，有时便忽略了亲人和家事。

每天忙完所有家务，洗涮停当，看他坐在灯下的背影，她便会搬个椅子坐在他身旁，借着灯光做些织补，或拿一本书来看，心里都是极安宁的。

她是辛亥革命前辈任芝铭的三女儿。他们结婚 20 多年，彼此情好。客厅桌旁，已经 14 岁的小女钟璞在做功课，因长年体弱多病，这些天又请假在家，没去上学。另一侧，11 岁的次子钟越正专心致志地拆装一个朋友刚送来的不用了的飞机模型。

她忽然想到父亲，很久没有家书，不知道这段时间，老人家身体如何。父亲在河南最早提倡妇女解放，不让女儿们裹足，先后将 3 个女儿送到当时女子的最高学府——北京女子师范学校，接受开明教育。

她与芝生订婚时还在上大学，两年后，他们毕业才完的婚。日子平静得像一匹光滑的布料，四个孩子相继出生，两个女孩，两个男孩。

她突然想，不如明天只管去买半只烧鸡来。让老板从中间撕开，只要半只就好，包在纸里，纸上沁出一层油来，拿回来，打开放在桌子上，让孩子们洗好手，坐下来，一人一份，带着鸡皮吃，香得很……她想着，不禁笑了。芝生转过身，好奇地看着她：想到什么了，怎么这么高兴？

她笑着推开他：安心写你的书，明天就知道了。

30 年后，芝生被拉去批斗，备受欺凌。

她陪着他，接受教育，每至深夜。

有时候，她守在门外，礼貌地敲敲门，小心又和蔼地问人家："你们批完了吗？"见他出来，就走上前给他披一件衣服，扶他回家。

后来，芝生被关进牛棚，夜里不能回家。

她不放心，每天上午提前吃了午饭，到学校的办公楼前，坐在台阶上，望着外文楼，一直等到看见芝生跟着队伍出来吃饭了，悬着的心才放下，知道丈夫又平安度过了一夜。

第二天，照常去。

那里有几块石头，芝生后来戏说，那几块石头应叫"望夫石"。

熬过层峦叠嶂的岁月，所有艰辛似乎马上要告一段落，他和她时常一起散步，一起泛舟颐和园，落日绮辉下，仿佛到了芝生说的"天地境界"。

安闲美好的日子未曾消解经年的劳累，她突然病倒，吐血不止。

临终前，她时常处在昏迷状态，一次在昏沉中忽然喊道："要挤水！要挤水！"小女钟璞赶紧俯身问："娘，什么要挤水？"

她费力地说："白菜做馅要挤水。"

女儿的泪一下子涌出来，滴在母亲的床前……

她走后，女儿说：我们家像一叶孤舟忽然失了掌舵的人，在茫茫大海中任意漂流。我和小弟连同父亲，都像孤儿般不知漂向何方。

她去世，芝生作挽联：

在昔相追随，同荣辱，共安危，出入相扶持，黄泉碧落君先去；

从今无牵挂，断名缰，破利锁，俯仰无愧怍，海阔天空我自飞。

那一年，他第一次见到她，她穿着上衣下裳的袄裙，简洁合身，朴素淡雅，白色上衣领子竖起，长裙及地，他有些羞涩地低着头，只看到那两个脚尖来，偶尔抬头，却见那女子目光沉着，临风含笑，嘴角有一丝倔强和笃定。

只是一眼，便彼此认下了终身的姻缘。从 1918 年夏至 1977

年秋，他们走过了 59 年的漫长道路。

很多人羡慕他有这样的妻，将生活之繁杂担于一人之肩，放弃自己的事业，全身心投入家庭，使他"不相累以庶务"，终成享誉中外的哲学大家。

他将她的骨灰盒放在卧室，时时擦拭抚摸，闲时对坐说话，仿佛她仍能听到般。

芝生暮年，有一次生病，卧床两月，忽念她擀的面条，小女试着做了几次，终不成功。

13 年后，1990 年初冬，芝生去世，与她再相见于地下。

小女宗璞后来完成近百万字的《野葫芦引》，记录下父母那代学人的艰辛历程和那个时代的峥嵘岁月。第二卷《东藏记》获了茅盾文学奖。

他这一生，只做一件事，那就是哲学；只爱一个女人，那就是他的妻。

除了哲学，他没有留给世人什么可供八卦的谈资。

是真名士自风流，对于"风流"，他有自己的见解，他认为，风流的四要素是玄心、洞见、妙赏和深情。

"愿得一心人，白头不相离。"这汉乐府中的朴素文字，在今人看来，遥远得可望而不可即。

冯家有一个印章，刻着"叔明归于冯氏"。

这世间，婚姻的样子有千百种，叔明和芝生只是其中一种。

或许，他们本来就是一个人，一半做学问，一半理家事。左右契合，荣辱与共，相互扶持，在大风大浪里无惧走过。

冯友兰先生是享誉世界的哲学家，生于 1895 年，逝于 1990 年。他一生经历大时代的沧海沉浮，地位际遇不断变幻，但从未停止对学术的求索，留下了大量哲学著作和人文思考。纵观其一生，你会发现，他生命中有三个女人——母亲、妻子和女儿，仿佛接力一般，在他人生的不同阶段，均发挥了重要作用。正如冯先生 1982 年访美时在机场所作："早岁读书赖慈母，中年事业有贤妻。晚年又得女儿孝，扶我云天万里飞。"有感于斯，爰作此文。

——作者手记

（选自《莽原》2023 年第 2 期）

辈儿

王新华

东面的孙庄分前后庄，"孙"字下面依次有元、才、焕、增、西。我老亲戚（丈母娘）是这里的，我归焕辈儿。叫才辈儿叔，增辈儿喊我姑父。不管亲不亲，都一样。乌龙港北面的岳围子，"岳"字下面依次有嘉、然、本、清、安。大路南面的黄楼分东西头，"黄"字下面依次有然、振、清、桂、西、培、金。然辈儿，是老黄家最长的，还有一家，所有人都称这个人"老长辈的"，见面了对其低头拱手。辈儿的长晚，也不只是本姓的事。地面上的人多是亲戚关系，外姓人自有比照，也在这个网络里。听说黄楼前面一个庄上有个人叫黄道山，比"然"字还长一辈，虽然不远，但这人我没见过，连村干部都不是，就一个平头百姓，方圆却都知道有这个人。

那年去黄楼朋友家，是在年底下。朋友家里还有别的客人，有一个是几里外村支书的儿子，三十几岁，是地方上的"陈老板"。朋友还请了本门的两个爷们儿。

这叫"请年客"。

两张桌子并着，菜快上齐了，客人入座。

村支书的儿子陈老板该是上席。这里都是种着几亩地的，就他是有生意的人，乡下人的说法是胳膊比人家大腿粗。退一步说，他是外庄来的，是客。我虽然也不是这庄的，但也只是一路之隔，经常来这里，简直算是半个主人了。

上席在那里，陈老板却不认头，把一个长辈往上推。稍一松手，长辈的赶紧撤了出来。两个人又把陈老板往上面拽，他还是高低不从。

这样弄了几个来回。客就是坐不下。陈老板虽是外姓，比照主人，这里有长辈在，上席他是不会坐、不敢坐的，不管你怎么跟他乱。

我说：咋弄呢，饭总要吃吧！咱不讲主人客人，不讲长辈晚辈了，咱只论年龄，年长为尊，上席坐！

陈老板立即附和，并在上席旁边坐了下来。两个长辈毕竟年纪大一些。这只是找了个合情又无法变更的尺度。

俺这赵庄，姓赵的就几家。赵庄有十姓，这一带都知道，赵庄"驴毛杂姓"。

我姓王。西面的地邻是王庄，都姓王。"王"字以下是焕、桂、培、守、金。可是我与这个王家没啥关系。我家是外来户。父亲十来岁的时候来赵庄给财主放牛，就"土改"（1949 年）在了赵庄，在这里分了土地房屋。父母和兄姐也"土改"在了流落地——淮河南面的潢川县。

老家王楼并不远，在马集乡，十来里路。要不，我们与地邻王庄可能就会有一定的关系了。赵庄姓韩的就一家，是开封尉氏的，当年逃黄水推着土牛（独轮车）一路南下来到这里。王庄的那边是代庄，除了姓代的就是姓韩的。赵庄的这家人就找到了本家。这家的两代后人是明字和超字辈儿，跟代庄的老韩家一样，逢事都互有走动，叔啊哥啊地叫着，像是一家人。长大成人了我才知道，这是自认的本家，跟随的辈儿。

老家王楼，和这边最近的是三个叔，跟父亲同太，就是说他们的曾祖是同一个人。过去我们都有走动，年底下我跟父亲都回老家拜年，踏着大雪。祖坟当然也在那儿。现在，三个叔都不在了。一个叔是光棍儿，没有后人。一个叔其实是姑夫，老孙家进来的，随了王姓。现在跟这边有来往的，是另一个叔家的一个哥。我们是第五辈儿了。宗族关系上有"五服"一说，我们还没出五服，还是亲的。现在，年底下他还来给大爷（大伯）拜年。父亲属鸡，虚岁九十了。

这里的话是从起名字的辈分说起的。我知道的是，我的这个"王"字下面，有万、国、文、建、向。我是"建"，现在成了"新"字。这是我们不在老家，文盲的父亲又没有跟老家联系，哥哥入学的时候老师给起了个名字，后来我们几个也就都随上了。我叫王新华，老家现在来往着的这个哥叫王建华，记得当年他还动员过我把"新"字改成"建"，他说：咱们同名！

除了姓氏，人还都有这个辈儿字。这并不是啥束缚。女孩起名随便一些。女孩是人家人。男孩也有不要辈儿字的。姓名两个字的就是。我的孩子就都没有中间那个字。一个人或一辈人辈儿字缺失，不是啥问题，他爷他爹他兄弟在着，他在哪儿，跑不了。

老家的大哥，我要给他打电话了。那里人都姓王，他孙子早已上学了。孙辈，是哪个字？

电话通了，没人接。手机在屋里，人下地了？

我躺在床上。眼里是屋顶，是一根根檩条。有的檩子两头一般粗，有的经过木工的刨锛，看不出哪头是根，哪头是梢了。这是在房上，不会错的，东头是根，西头是梢。无论谁家的房子，哪庄的房子，都是这样。

这个宅子是从前面拨过来的，那是 20 世纪 90 年代初，30 年了。宅盘坐北朝南，前后三层，一层十几户，一户三间房长。有的搭山，有的靠出路。这是大伙规划的。前头不能比后头高，西头（下面）不能比东头（上面）高，高一层砖，都不中。这话没人说。这话不用说。哪庄的房子，都是这样。

我在头一层，还有六七户人家，二层、三层就都只剩两户了。其他的，有的门楼倒了，有的厨屋塌了。

辈儿字是哪儿来的？

从来没想过这个问题。好像是与生俱来的。它不是姓。它有一定的活动性。它也没有受到权力的指派，是完全的民间行为。

这些年，或者是祖祖辈辈，我们都在享用着这些字。可以想到，是有人在幕后做着这事。

是谁呢？这个人是这姓的，年纪比较大，有一定的文化，有一定的威望。这个人，通行的表达叫"乡贤"，村庄上说是"人头"。人头有大有小，哪个地方都有人头。

这个人，谁家分家或者家事不和，会把他找来说话。谁家有红白事务，也会把他请来。这不是说话，也不是吃闲，是搭账。红事用红纸，白事用火纸，卷纸捻子缀个本子，一把椅子一张方桌，一瓶墨汁一支毛笔，姓甚名谁礼金多少，一页记八个，一桌客。

就是这样会写，确定一辈人或者以后几辈人都用哪些字的事，也不会是他一个人说了算。可能是几里外，几十里外，顶一个姓的几个人碰头的结果。

这些字一定下来，不管本事大小，没有不认的。这成了第一秩序。

这些字，既高深又通俗。自己无法选择，又都知道是咋回事。常听人说，就是日月金木水火土排的，八辈一翻，永远排不完。说话的人，有的并不认得字。

明、金、桂、清、炳、培……这些字常常出现在姓名上。更多的意味是在这些表意的偏旁上。这就是归属了。阴阳五行包括了一切。啥属金啥属水啥属土，有人能说出个子丑寅卯。

这还是一种有形的方式。一辈人共用一个字，这就是辈分的实质。

辈儿是天生的。它不需要奋斗，也没有竞争。

老家的电话打通了。

哥，老家里咱孙子是啥辈儿？我没有说孙子要出生，就是随便问问。

已经是快六十的人了，我为这事感到羞愧。今天知道了，我也不会把这事跟家里人说。作为一家之主，我一直是啥都知道的。

老哥说话慢，上气不接下气的样子：啥辈儿啊，哪还有辈儿啊……

挂了电话，我像是一个受惊且无处逃遁的野兽。

夜晚断电的家户经常有，过去人们还能看出那不亮灯的是谁家，现在，是全村都没电了。我看到了大片的黑暗。谁家在哪儿都不知道了。从"驴毛杂姓"的赵庄，到前后孙庄、东西黄楼。

赵庄是啥，就是这一片几十年的瓦房吗？

我要打电话给黄楼的那个朋友。这几年他在安徽亳州，小儿子一家在那里。他给老板处理点事务，也照看一下孙子。

以前在一起的时候，我们不止一次地说到黄楼的一个人。这个人是木匠，手头活儿地片上的同行没人能压住他。他身材高大，声腔洪亮，性子傲。年跟前，朋友的父亲在他的门口说：这个鸡肥，过年杀了能吃几顿。他脸一黑：你就知道我割不起肉吗？他们虽然平辈儿，他却大几岁，是哥。赵庄黄楼地邻，那回我家的猪跑到路南麦地里了，我赶紧跑过去哇哇哇地唤着，地那头的他手里拿着铁锹：哇啥哇，再跑地里非给它砍死！

说到这个人，我总是少不了这一句：可惜他辈儿太晚了！

在黄楼，辈分上说他晚了两三辈儿，意思是他老头子了，年轻人大多却是叔、是爷。

虽然不亲，发脾气的时候嘴总要干净点，总不能骂骂咧咧的。有的时候，这能憋死人。

朋友的辈儿也晚。在黄楼，一点不亲的人，人多时说话也是谁谁俺爷，谁谁俺叔。没有直呼其名的。

我要给他打电话。电话通了，寒暄几句，我说：培华，孙子都上学了，他们，啥辈儿的？他说：啥辈儿啊，我也不知道——哪还有辈儿啊……

（选自《散文》2023年第9期）

井底书

杜永利

潜龙在渊

林航是我的同窗，我们一起度过了高考前那段难忘的岁月，领分数那天，在彼此的同学录上写下了"人来人往，莫失莫忘"的寄语。读大学后又有了各自的圈子，联络慢慢稀疏，最终竟失散于人海了。

我没想到，隔了这么多年他会重新联系我。网上不是说了，故交突然联系，无外乎这几种情况——发喜帖，手头紧，需要在拼多多上砍一刀。所以，接到他的电话时我显得很谨慎。他从我的口气中大概听出了些许淡漠，便说："也没啥事，刚在QQ 动态上发现你也在附近工作，想着这么大的地方，能碰见个熟人不容易……"

我嗯嗯啊啊地胡乱应着，一心想快点结束这场通话，他却开始提及往事："还记得吗？那年过 20 岁生日，你第一次刮胡子，嚷嚷着从此要做个真男人，用的是我的剃须刀。你最爱吃高中斜对面的纸包鱼，吃完鱼还得下一碗烩面，就因为烩面的'烩'和会做题的'会'谐音，寓意高考啥题都会，真有你的，哈哈哈……那时候你不是喜欢那个谁——名字到嘴边忘了——她现在还没结婚呢，你们还有联系吗？"

他自顾自地说个不停，我虽然一直沉默着，但紧绷的内心却有了稍许松动，时光淤塞的情感通道忽然就被疏通了。我随着他的讲述或笑或叹，重新回到了那段挑灯夜读的岁月。他趁势邀请我去外面坐一坐。我正好没事，便欣然答应了。

春天的大街万物复苏，在疫情中幸存下来的店铺把积压的热情可着劲儿释放，灯火辉煌，歌声震耳，食物的气息压着初生植物的清苦，在空气里涌动不止。我和林航在一家纸包鱼店门前碰了面，借着五颜六色的彩灯，我们好不容易才辨识出彼此的模样。他拍了拍我的大肚腩，调侃了一句："岁月真是一把猪饲料啊！"

我们点了"江小白"，试图借助酒精的力量，在内心升腾出别样的热度，以此越过人世间横陈的壁垒。他一直说着往事，每当我问及近况，他都会用一句"一言难尽"应付过去。反而是我，换了新工作以后，难得碰见可以交心的人，于是便借助酒神恩赐的微醺，把自己的孤独和盘托出了。

我告诉他，在单位就如同出演一场宫斗剧，你说的每一句话都有可能传播得尽人皆知，没有谁会替你兜着拦着。有时不经意地那么一嘟囔，就会变为射向自己的一支冷箭。因此我每天都如履薄冰，看不清谁值得信任，那种感觉真累。我还告诉他，我相亲屡屡失败，最近见的几位女生颇为现实，都是要求我必须买多大多大的房子，有一位女生甚至要求我买过房以后把房本交给她查验，以防我造假骗人。

听到这里，林航的眼睛突然一亮，他问我是否有买房的打算。我说首付还差一些，公积金也贷不了多少，商业贷的月供又高得离谱……他不等我说完，便举起酒杯和我碰。我喝得急了些，眼泪竟被辣了出来。想夹一块鱼吃，却只剩骨架了。后来酒劲上来，林航说着什么我也听不清，只是盯着白森森的鱼刺看。

它们是如此锐利，剖开鱼腹之前却被隐藏得那么好。也不知道鱼儿活着的时候，有没有感到钻心的疼痛。

烩面上来的时候，我已经倒在了桌上。没有必要吃它了——面对生活的难题，我其实什么都不会。林航扶着大呼小叫的我往出租屋去，到了楼下我猛烈地吐了一阵。他耐心地帮我捶背。透过泪眼，我看见整座楼都灭了灯火，无数个黑窗子盯着我看，像极了一个绝望的蜂巢。而每扇窗户后面都藏着若干只像我这样的工蜂，天亮的时候他们会散落到整座城市，为各自的老板酿造甜蜜生活。林航把我送到屋里，走的时候说："咱这是潜龙在渊，放心吧，我会帮你的。"

我没太在意他说的话，过了几天也就忘了他乡遇故知这茬事儿。生活撕开的口子重新被缝合，四周仍是厚厚的墙壁，时常叫人生出窒息的感觉。有天他突然打来电话，说他应聘到了一家房地产公司，打听到受疫情影响，房价遭遇了滑铁卢，为了尽快回款，公司给了很多优惠，比如首付可以分期。听说首付可以分期，我马上就来了精神，没多想，跨上电车就跑到了售楼部。

在售楼部，他换了另一副面孔，改口喊我杜先生，好像初次见面的陌生人。他娴熟地向我介绍着楼盘的区位优势，绿色激光笔配合着他的巧舌如簧，在平面图上翩翩起舞，撩拨得我心里直痒痒。

"杜先生，什么都会有的，咱们这边是在建的小学，那边是全市最好的高中，踏进去就等于一只脚踏进了名牌大学啊。你买了房子，相亲肯定会成功。还有，你父母都老了，不可能一直种地吧，咱们这边物业一直在招聘清洁工，你买了房子以后，可以把他们接过来……"

有那么一小会儿我是走神的，看着他职业的微笑，明明话语亲切，处处为我着想，可是我怎么就感动不起来呢？突然想明白，我可能只是他诸多顾客里的普通一员，他说的会帮助我，会不会只是一句客套话？那么之前的饭馆叙旧呢，那里面到底有没有同窗之间的温情？

他拿了两顶安全帽带我去后面的工地转转。门庭豪气，设计古典大方；院子里绿化非常好，曲径通幽，别有洞天；而样板间更是惹人心动，宽敞的阳台伸到半空，掬来满屋的阳光，地板和墙壁没有一寸被弃置于黑暗之中……听到我的惊叹，他不失时机地说："房子很抢手的，旁边的医院马上要动工了，到时候一平又得涨好几百，机不可失啊！"

我们从样板间走了出来，不一会儿走到了院子中央，那里有一湾碧水。四周的楼盘高高耸立，合围起来，恰好形成了一口四四方方的井，我们便处在了井的最底层。有一座塔吊在高空旋转着臂膀，末端用钢丝绳拴着一枚吊钩，钩子上空空如也。塔吊的影子落入那一湾碧水。有人坐在遮阳伞下面垂钓，林航说那是房企老板。

我不知道这幅画面有什么寓意，我只想知道，画面之上，谁是鱼，谁是钩，谁又是最终得利的渔翁？

回去后，我向同事打听那座小区的口碑，半年前他刚买过。同事说："可不敢买呀，那里的资金链都断了，也不知道会不会烂尾……"我又在"安居客"搜了网友们的评价，以差评居多。

林航又打电话过来，说最近的优惠空前绝后，过了这个村可就没这个店了。我说我得再想想，他问："怎么回事，是不是又去别的地方看过房了？"我可能有些矫情，把与同事聊天的记录发给了他，想让他在难堪以后向我认个错，然后说一说卖房的艰难，再狠狠拍一拍彼此的肩膀，笑笑就过去了。可是，这些都没有发生。

他发了一个问号，我直接问他："为什么看房的时候只说好的方面，难道资金链断掉的事你不知道？你说要帮我，就是这样帮的？"他回复了一个意蕴丰富的"呵呵"，不再理我。

在微信朋友圈里，他发了一段话："什么都会变，20 岁的时候可以共用剃须刀，30 岁的时候什么信任都没有了，不知道这10 年发生了什么！"

本来想呛他一句"变的是你",删删减减,还没来得及斟酌好,他便发了一张截图过来,那是他和领导的聊天记录,上面清晰地记录着他努力替我争取优惠的过程。他说:"你把这张图保存好,这是最低价格,以后买房的时候做个参考,不要被骗了。我其实已经递交了辞职申请,听说你想买房子,才把申请又要了回来。现在我真的要走了。"

他说的都是真的,那张聊天记录上写得清清楚楚。我羞愧难当,不知道该如何挽回这份情谊。打电话过去,一直没有人接;发微信消息,同样得不到回应。我心如刀绞,想不明白,为什么自己会变得如此敏感,如此谨小慎微?我想起离开象牙塔以后遭遇的种种不公,想起社会之中叫人防不胜防的明枪暗箭。我在无意之间已经把自己活成了一块石头,蜷缩得瓷瓷实实,以为从此便可以不受任何伤害,可实际上却错失了人间真真切切的柔暖。

低于尘埃

又是岁末,最怕的就是岁末。

一旦回家,必然要面对父亲的质问:"去年说今年结婚,今年过完了,媳妇呢?"这样的问题持续被问了好几年,我一直给不出答案,只好缄口不语。父亲会接着说:"一年又一年,马上就40了!"

可不是嘛,30岁之前还可以说自己小,过了那道分水岭,就什么遮掩都没有了。日子突然飞了起来，一晃好多年都不见了。我时常有时不我待的恐慌感，四周的同龄人都过生活去了，只有我仍在踽踽独行。父亲以此为耻，一见我回家就说："现在我都不好意思出门，别人在背后看我笑话呢……"说完还不忘向我展示柜子里的方便面。

这几年疫情反反复复，结婚不让摆宴席了，而是改用方便面作为回礼。父亲说，这些方便面每盒少则百元，全都是他用份子钱换来的，将来要靠我的婚礼给收回来。我往柜子里一瞅，着实吓了一跳——它们满满当当地摞了一柜子，有好几盒还掉了出来，好像急着要向我讨债。

这个岁末更是害怕回家，因为国庆节时我和父亲起了争执，我怕他再次发难。这场争执也是由相亲引起的。

媒人拴宝是我们的远亲，父亲在集市上碰见了他，一番嘘寒问暖之后，话题自然就引到了我的婚事上。父亲无奈地叹了几声，拴宝说："你算是找对人了，我之前说成了十几门婚事，现在正好有个适龄的姑娘，人长得高高挂挂。"父亲一听，两眼放光，当即想让拴宝跟姑娘联系。拴宝却卖起了关子，说这事急不得，得好好谋划。父亲只好回去等着。

眼瞅着就到了中秋节，年怕中秋月怕半，父亲怕事情落空，赶紧提着烟酒到拴宝家里去。拴宝说先前不是发洪水了嘛，姑娘在郑州没法回来。最近路况好了，拴宝却又忙着收秋，所以一直耽搁了。说着还展示了一下两脚的泥巴。

父亲打电话让我回家，刚到家就塞给我一双胶鞋。我说干吗去呀。父亲说掰玉米。到了之后才发现不是我们家的地。父亲也不解释，拽着我便往里面钻。那么大一片玉米林子，底下全是积水，泥巴像是长了牙齿，咬住我的鞋不松口，走起路来费劲极了。走了半晌工夫，竟遇见了拴宝，他正扛着一袋子玉米摇摇晃晃地往外走。父亲赶紧抢到自己肩上，还回过头让我给拴宝点烟。拴宝接过烟，淡淡一笑："老杜啊，没必要，都是自己人。我昨天还打电话问了，姑娘也回来了，想让她外公先摸摸咱家的情况。"听了这话我才恍悟，原来我们是来讨媒人欢心了。

我一直在外面工作，加了很多相亲群，隔三岔五就会有女生加我。先互换照片，再聊聊三观，感觉合适的话立马约饭，聊不来的当即一别两宽，速战速决，哪里用得着如此麻烦，又是讨好媒人，又是等着被摸底，还不知对方什么情况呢，倒先把自己放得那么低。

我正要表达意见，父亲却抢了先："应该的、应该的，一切听您安排，啥时候来家里坐？"拴宝缓缓吐了一串烟圈，说不急不急。父亲讪讪一笑，我看着别扭，马上说："啥不急，我还要回市里呢，很多女生都等着见我。"拴宝当即黑了脸，父亲想踢我一脚，却发现半截腿都陷在了泥汤里。

姑娘的外公和拴宝一起上门来了。他们背着手在我家巡视着，父母跟在后面极尽殷勤，又是递烟又是端茶。拴宝说："两个儿子两座山呀，你家这情况可不好找对象，房子和车……"拴宝也不嫌话难听，他是替姑娘的外公问的。父亲知道规矩，赶紧介绍我家的财力，姑娘的外公没有反应。拴宝又转过头问我："你说说你的工作，一个月能拿多少钱？"先前在网上相亲都不涉及物质，这次竟然直接问起了工资，让我有种被挑拣的感觉，尽管父亲给我打过预防针，让我好好配合，可我仍然忍不住想要揶揄："呵呵，您想听实际到手的呢，还是带五险一金？带五险一金的话，可就多啦。"姑娘的外公脸色一变，拴宝赶紧打圆场："有五险一金好，那是好工作，现在很多企业都不缴保险。"

拴宝又让我站起来，我不知道要干吗，犹犹豫豫站了起来。姑娘的外公打量一番，没吭声，拴宝拖长了声音问："不低啊，有一米七八？"我没有理会他使的眼色，故意说："哪里，穿鞋刚好一米七。"父母强堆的笑意瞬间熄灭了，都瞪起我来。

"巡视"终于结束了，我的父母千恩万谢地送走了他们，还不忘奉上几箱进口水果。回到屋里，父亲开始训斥我不懂礼数。我不服气，说没必要低声下气巴结人。父亲说，这不叫巴结，出门三分小，求人办事还端架子，那才叫可笑呢。我说，我看不惯别人对我横挑鼻子竖挑眼，我还不一定看上她呢。父亲冷笑道，你厉害，你自己去外面找对象啊，我和你妈又是何苦来！

后来冷静下来想，父亲本来是很好面子的人，什么事都力求比别人做得更好，种地要比别人的苗子粗壮，盖房子要比别人的样式好看，遇见了难事也从不愿求人，都是自己硬扛着。现在却为了我的婚事，到处央人帮忙。前不久看到介绍"鲁珀特之泪"的视频，它是一块泪滴状的玻璃，坚不可摧，唯一的弱点在它的尾部，只要轻轻一捏，便会当即碎为粉末。我觉得这就好比我的父亲，要强了一辈子，却败在了儿子手里。我羞愧难当，所以接下来很配合。

拴宝说媒确实有一套，尽管我先前的态度不好，可是经他的巧嘴一说，姑娘竟然答应见面了。我带了父亲准备的糖果到姑娘的外公家候着，姑娘进来了，逆着光看不清楚，只觉得很高挑。我站起来打招呼，拴宝简单说了两句便出去了。我一向拘谨，为了不冷场，赶紧拿了糖果给她吃，糖纸上写有各种吉利话，她拿了一个糖，上面写着"瘦如闪电"。我说这糖纸真会说话，你这么好的身材，可不就是闪电嘛。她莞尔一笑。我趁机让她帮我也选一个，上面写着"成功脱单"。我说这是个好兆头，这么好的运气，只有你能带给我。虽然是很冷的笑话，她却笑得花枝乱颤。我们又各自抽了一次，都是"双喜临门"。到底是哪两大喜事呢？正猜得没边没际，拴宝走了进来，说时间差不多了。我纳罕，刚活跃完气氛，这就结束了？姑娘也有些不舍，好在加了微信，而且约好了明天去县城逛街。

我们在微信上聊得很愉快，都想进一步了解对方。翌日，准备去县城的时候却有了龃龉。拴宝通知我说，姑娘那边让推迟一天去逛街。我满口答应，行，只要愿意出去，什么时候都成。拴宝满意地点点头，接着说道，这空出的一天是让你考虑考虑，人家提了要求，你看看能不能满足——先准备15万元彩礼，再在市区买个房。

我一听，愣住了，哪有一上来就设门槛的，不是应该先谈感情吗？我把这个困惑说了出来，拴宝不以为然地说，傻孩儿呀，谈感情是随后的事，用电视剧上的话是咋说来？对，经济基础决定上层建筑。要是先谈感情，到最后却因为拿不起彩礼告吹了，那不是白费力气？所以啊，不如直接谈条件。

我一向厌烦别人拿捏我。他们提前摸清了情况，对我家的经济实力颇有微词。这道门槛的设置，不就是为了筛选掉像我这样的穷人吗？我想，假如情感到位的话，哪怕她想要星星呢，我也愿意去摘。可是现在彼此还不了解，我怎么可能痛痛快快地答应？于是我说，钱太多，我拿不出来。拴宝说，一点也不多，别人都是 20 万元起步。你自己看吧，人家姑娘可是把丑话说前边了，别人有的她也得有。我一听，气不打一处来，回了一句，既然如此，让她找个富二代吧。

拴宝见与我说不通，便去找我父亲。父亲不住地点头堆笑，说一定满足，一定。我不声不响地回了单位，半路上父亲打来电话，让我赶快回来，说姑娘等着和我一起逛街呢。我问他是不是答应了那些条件。他支吾了半天，最后才告诉我，准备卖掉村里的房子。我一听就炸了，吼道，卖了房子，你和我妈我弟怎么办？父亲顿了几秒钟说，你别管那么多，先管你自己。我挂了电话，憋了一肚子的委屈。

我没有再接父母和拴宝的电话，想让这门亲事到此为止。父亲发来很多短信，让我不要再回家，他丢不起那个人。每次扫见这些短信，我的心都会猛烈地疼痛。突然就想明白了，我为什么不喜欢被别人拿捏，为什么不想看到父亲对别人低声下气，因为我一直不敢面对一个悲哀的事实——我努力读书跳出了农门，本来要做父亲骄傲的资本，却变成了他的软肋！是我不争气吗？我明明很努力，可是怎么就自顾不暇了呢？读书读了那么久，到头来怎么连娶妻生子的资本都挣不来呢？我想得头都大了，还是想不通哪里出了差错，索性不再去想。

我收拾了一下屋子，准备出去买一些挂面，就地过年。还没出发，母亲就打来了电话，她小心翼翼地说："来家过年吧，和你爸说了，不提相亲的事。"猝不及防地，我的眼泪就滚了出来。父母可以为了我在别人面前低于尘埃，也可以在我面前低于尘埃。这不是脆弱，这明明是超越一切的，无坚不摧的，爱。

（选自《当代人》2023 年第 1 期）

我的 "外卖小哥" 生涯

李天奇

至今，我回味起那段 "生涯"，仍认为是对友情和生活的预习。

高中的时候，由于住校，我和班级内的同学都很向往校门外的世界。午后趴在书桌上，望着学校的大门，我多么希望有个小吃摊出现，来 "治愈" 我本就干瘪的胃。

鸡蛋灌饼、煎饼馃子、奶茶，还有点缀黄瓜丝的凉面……它们出现在我午后的梦里，变成星星模样、岛屿形状，而我则在糖果做成的帆船上航行。我心里留下执念，周末一定要去小吃街好好安慰安慰肚子。

从外卖业刚兴起的时候，我就十分羡慕 "外卖小哥" 这个职业。他们每日穿梭在城市的大街小巷，进出不同的餐馆，既可以看到沿途的风景，又可以遇到形形色色的人。那该是多么自由啊，骑着电动车，只需将饭菜放进保温箱，拧下手中的把手，便可以在风中与时间赛跑。

一次课堂上，当老师让大家说出自己未来的梦想时。我周围的同学竞相说出自己的梦想："考上××大学，找个好工作，当老板或是成为演员……"

轮到我时，我正在看着窗外的校门发呆。校门上空的云，好像无数只自由的白鸽，它们不用高考，不用为了理想解复杂的几何图形。恍惚间，我也好似其间的一只，载着奶油蛋糕状的云，在城市上空穿梭。远远地，我仿佛望见了远处的那处高架桥，它呈拱形模样，落日余晖的时候，像是父亲的脊梁，桥上穿梭有穿黄色或蓝色衣服的"外卖小哥"，正在朝目的地进发。

"天奇，该你了。"同桌晓芳拉拉我的袖子，温柔的声音像是在叫醒一口老旧的钟。

我恍然大悟地站起，然后在全班人的注视下说出我的梦想。

"我有两个梦想，一个是当'外卖小哥'，一个是做一名作家。我白天送外卖，晚上写文章，这样我就可以获得物质和精神世界的双重满足。"

我的回答，仿佛一阵与箭矢相反的风，引发全班同学的哄堂大笑。我想，他们一定认为我在开玩笑，而我，是真的想成为一名"外卖小哥"。

仓央嘉措曾经说："世间安得双全法。"对我来说，写作和当"外卖小哥"，便是我心中理想的"双全法"。

高二时候，我们学校搬了新校区。由于离我家比较近，我便开始了我的走读生涯。新校区附近商铺较少，每天早晨都会有很多早餐车停在路旁。我是常客，在上学的每天清晨，我都要到摊位前去买些早点。

鸡蛋灌饼、煎饼馃子、肉夹馍、月亮馍……是每天早晨我肚子里的常客。

本着"美食共享原则",我和几个走读的同学一同成为全班同学心中的"外卖小哥"。

"天奇!两套煎饼馃子,不要辣。"

"什么?不要啦?那你给我钱干什么?!"

在和同学们的嬉闹中,我的"外卖小哥"生活正式开启。每天清晨,当庭院里的公鸡还没有醒的时候,我便卷好被子,收拾好书包,然后核对今日所需要购置的早餐和账单。在一段时间内,这甚至成为我早起的动力。

母亲对我持续的早起很是意外,原先那么爱赖床的孩子,怎么突然像打了鸡血一样,每天这么有活力。我朝她摆摆手,转眼便进入暮色未醒来的清晨。

我很喜欢通过步行感受清晨惺忪的样子。东方的天色渐渐露出粉色的眉目,从树林里钻出的风,钻进我的袖子里,迫使我不得不打个冷战将它排出。

视野前方的早餐车里,忙碌准备早餐的阿姨,正在烙制清晨的第一张饼。她娴熟地往杯子里打入鸡蛋,然后翻面、灌蛋、刷面酱、包扎生菜。面坯在阿姨的手中,宛若一块橡皮泥,只需等待片刻,便可成为香甜可口的灌饼。

我站在制作台前,专注得像在聆听老师讲解一道复杂的数学题,生怕错过任何一处关键的细节。阿姨看着我,笑着说:"辛苦你了,'外卖小哥'。"我害羞地挠挠头,心中升起一股得到职业肯定般的神圣感。

我喜欢看同学们开心吃早餐的模样，喜欢他们捧着我送的餐，从心底发出喜悦的表情，那是对我的肯定，让我得到一种被认可的感觉。

后来，班主任知道了我的事迹，便在一个午后的自习课上约我谈话。她并没有严厉地批评我，反而很耐心地听完我的解释，她思虑良久，然后说："为同学们帮忙是好事，但可不要忘了学习哦，这次考试不错，我期待你更好的成绩。"

我点点头，在同学们的注视中走进教室。此刻，我好像一个征战沙场归来的将军，有学习和热爱的双重加持。

我的"外卖小哥"生涯，在我高三时便因为住校结束了，但那段与清风为伴的"送餐史"，成为我日后坚定学习的信仰源泉。

终于，在一个极普通的夏天，我收到了属于自己的大学录取通知书。尽管那时已经距离"外卖小哥"生涯过去了一年，但我知道，正是因为那段岁月，我才有了日后的坚持、不屈，和为他人服务的毅力。

[选自《美文》（青春写作）2023年第4期]

太阳的工作

陈渌煜

一

太阳又被拒之门外了。今天早上我看了看她，她一直在等屋里的人开门，可能是因为她害羞，我就上前敲了敲门，这门迅速打开，又迅速地合上，只有我一个人闪了进去。能听到阳光的声音却再也不能感受到她的温暖了。我和太阳都是来面试的，虽然我们是竞争对手，不过我还是问了问面试官，为什么只让我一个人进来。

面试官看着我的简历，我则注意到了屋顶上的灯管，和太阳一样发出光，可是它总是紧紧抓住自己散发出的温暖。我裹紧了风衣，面试官让我回家等通知。

出去后，太阳还在等，看门的保安大叔却把门带上了，我只能安慰她别哭。来这里面试的人有很多，我走了之后，后面的人络绎不绝，有些初出茅庐的小伙，为了显示自己十分老到，就把太阳倾泻下来的阳光抹到自己的脸上。太阳愤怒极了，说：

"这是我的泪水，里面有我经历的苦难！"但这些小青年总会选择无视她，可是阳光种到这种人的脸上真的很难结出果实。

回到家的我忐忑不安，我把我的房间腾空，邀请太阳第二天来我家里坐一坐。太阳如期而至，可是她只伸进来了一只手，把我给她准备的咖啡一饮而尽。我们实在没有话题，我就想接着安慰她："工作有的是，你肯定能找到的……"讲些这类正确的废话。太阳看了看我家的灯管，皱了皱眉头，我急忙说它今天休息。太阳回家了，我看着她远去的背影，自己仿佛成了一个废弃的工厂。

面试结果很快出来了，我被录用了。工作并不辛苦，只是日光灯替代了日光，眼睛总觉得自己很累，我却只能安慰它让它习惯。有时候我知道太阳就在外边，上午吃饭的时候，我问她有没有找到新的工作，她开心地笑了，说是在为我上班的公司浇花。因为她终于有了自己的营生，我也就格外开心。曾经这里的花花草草长得也十分茂盛，不过我并没有注意，因为它们的漂亮属于它们。如今这些美丽有了桥梁，而且这座桥梁仿佛是为我一个人修的，每次心情不愉快的时候，打开窗子，这些花的美丽就像一辆行驶的汽车，直冲我的心底。我也时常跟太阳开玩笑说："我的身体可是一个很长很长的涵洞。"

对什么东西在意多了就势必会冷落一些东西，比如我办公室里的日光灯。它发出来的光遇到我，就像遇到了一座高高的山峰，下山的每一步都是小心翼翼的，有好几次汗水浸湿我的衣服我还是无动于衷。晚上我和太阳的交流就更频繁了，我看着小小的月亮，有好几次我想要伸手去触摸她，她的手却变短了。晚上所有东西都睡了，我也睡了，可是眼睛还醒着，努力地剥着黑暗，有好几次我问我的眼睛，剥黑暗是什么感觉，它都是笑嘻嘻地说："这种感觉就像是在剥洋葱一样。越剥越辛苦，眼泪流得越多，可是自我感动到了一定程度，光明就来了。"

这几天可能是太阳请假了，雨下个不停，街道被冻得打着喷嚏，我和同事越走越斜，一不小心就掉到了沟里，有几个倒霉蛋摔得鼻青脸肿，我们合计了一下，不能这样了，要请太阳赶快回来。不过在这之前，我们先是给整个城镇都打了点滴。太阳终于回来了，我们的日子步入正轨，没有任何欢迎仪式。休息的时候我就和太阳背靠背，我这个废弃的工厂也热闹了起来。不光各个厂房的工人得到了认可，地上死气沉沉的灰尘也跳跃了起来，以为自己现在就成人了。

不过太阳也有失落的时候，天上的鲲鹏已经好长时间没有出现了，我知道自己的渺小，就算鼓起勇气努力成长也无法跃入它每天奔腾的海洋。

二

冷风被人驾驶着，或是被人胁迫着冲向太阳。这几天太阳请假了，把自己关到云雾里，云雾仿佛把它的一生都变成了门窗来阻挡来自地面的直冲云霄的世俗。这颗太阳可能是因为善良，把自己一部分的余温缝在了一朵早已休眠的云彩上，以至于许多人没发觉这颗火球早已走远。

上班"摸鱼"的时候，或者下班，我总是和太阳聊着心事。

冷风咆哮，在风与风的缝隙中，一种声音呼之欲出，充满了奴役与愤恨，仿佛是千万颗炙热的牙齿，克制着，吐出了冷气。

"太阳走远了。"

她的背影让我们的背影更加尖锐，像一根根尖刺，与各种盾牌对抗着。风和云彩在某天对我说，它们找到了工作，因为要上班，它们便把天空还给我们。过了几天，太阳回来了，她对我说是去远方找寻工作无果后回来的，这次她没有痛哭，只是偶尔有仰起头的人会说："这么大的球，放在天空上有什么用？"

日复一日的工作使我疲惫，出门的时候是夜晚，回来还是夜晚，只是休息日时会和太阳聊上两句，有时候还是阴雨天，可能云彩和风也下班回来了吧。一般这个时候，总会有人咒骂这种坏天气，但这次却没有，人们理解了他们工作的不易，回家发泄发泄也是应该的，只是这种发泄，仿佛让太阳又远离了他们许多。

三

我甚至认为，太阳永远不会懂我们这种上班族的无奈，以至于我一旦在工作中受挫，就会调侃太阳一下："没有工作真爽啊！不被人需要的日子也挺让人开心的……"太阳伤心了，她对我说，她一定要找到工作。她不停地面试，因为没有上过大学且体形庞大，她只能做点简单的工作，比如去送外卖，但她庞大的身躯却总把电瓶车压坏；去当保安吧，她的光又让别人睁不开眼睛；她甚至想过去当搏击运动员，可是再大的擂台也放不下她……她崩溃了，她不懂为什么这么多人生出来都会被社会需要，为什么自己什么都做不好，只是因为自己太大、太胖、太热、太耀眼了吗？

闲暇之余，我就会陪着太阳一起找工作，每次都大汗淋漓，不被需要的人生真让人发热发苦啊！甚至有几次我会对太阳说："算了，朋友，你这样挺好的，比我强多了！"太阳继续沉默不语。

日复一日的工作，让我产生自我怀疑，我爬到天台上与太阳近距离接触，忽然之间我想到了适合太阳的工作。

第二天早上，我把太阳叫到了盲人学校，这里的儿童可以直视阳光与温暖，不管孩子们对她说什么话，她都敢于将自己的光和热传递给他们。他们可能看不到太阳，但也不会拒绝太阳。

太阳找到了自己要走的路，之后我们一起回家，分享着一天发生的事，我至今都不敢直视她，她那么大，那么温暖……我们小小的身体可能被许多东西挤满了，甚至有些人对于一点点阳光的出现都会感到敏感甚至沉重，而那些盲人孩子不会。

当你抬头看看，看见一个大胖子每天东奔西走，那可能就是在忙碌的太阳。她拼命地工作，我也拼命地工作。当我埋头苦干时，我也会感受到生活中的一丝丝甜意，这大概就是太阳的笑容吧。

（选自《中国青年作家报》2023 年 4 月 11 日）

乘着自行车远行

王道刚

　　岁至中年，眼前的诸多物事皆成淡淡风景，记忆也化作一缕烟尘消散于无形。行走于熙来攘往的街头，被嘈杂的市声裹挟，所目睹的也已多是司空见惯，但偶尔有老旧的自行车闯入眼帘，瞬间便会勾起我心酸而又幸福的往事……

　　1985 年，一个炎炎夏日的晌午。我放牛归来已是一身疲累，想着赶紧找一处阴凉歇脚。但父亲拉着架子车回来了，与往日不同的是，我一眼瞥见了架子车上的东西——一辆崭新的二八自行车。

　　父亲把自行车从架子车上搬下来，扎在屋当中，全家人的脸面上都有光了。父亲点起了烟，拉一把椅子坐在自行车旁边，抽着烟，眯缝着眼，像端详着圣物般看着它，而后，轻轻地从嘴巴里吐出一个烟圈。

　　13 岁的我瞬间忘记了疲惫饥渴，立在父亲身边，想用沾着泥巴与草屑的小手去触碰它，可它是那样干净和鲜亮，我把手在衣服上擦了又擦，才小心翼翼地伸手，却又怕烫着似的把手缩回来。终于，我回看了父亲一眼，父亲的眼神里分明有一种骄傲的鼓励，我这才真正把手伸过去了——它的崭新有一种夏日冰块般的凉，几乎一下子就让我心醉神迷了。

抽完了这根烟，父亲把自行车推到门外，一个潇洒的迈腿，跨上了自行车，在家门前的稻场上骑了起来。他的双腿交替着升起落下，自行车轮子飞速旋转着，载着父亲一圈又一圈地在稻场上遛弯。父亲不但骑得潇洒，还一边骑，一边拨响清脆的铃铛，仿佛这些铃声一响，空气就从中间震开了一条大道，父亲就能沿着这条大道到达任何地方。

在想象中，我似乎也已像父亲一样骑上了自行车，坐在云端似的软座上，那两只车把像一对翅膀要腾空飞去，夏夜清凉的晚风从身边掠过……当然，这些都只在我的想象中，实际上当时我还不会骑自行车。

在那个"三转一响"成为乡村普遍理想的年代，我家那辆安阳产的"飞鹰"牌加重自行车，同样吸引了庄里人艳羡的目光。在夏日的阳光下，这辆崭新的自行车，泛着黑色的金属哑光烤漆，轮子上那一道刺眼的光圈，想象中，也已有了脆生生像两块冰相互叩击时的铃声……

那个时候，我家只有三间土坯草顶的茅屋，眼睛所见到的，都是岁月的灰暗，这个俏物件儿，几乎让我家蓬荜生辉，平添了少有的亮彩与期盼。我知道，在那个偏远清苦的村庄，在那段从来没有童话、糖果、游戏和来自大人溺爱的漫长时光里，这辆自行车对于土里刨食的人来说，是一件非同凡响的奢侈物。父亲贱卖了一车稻谷，又几番奔走，拜托熟人从石庙集供销社求来了一个指标，为着这个指标，父亲和母亲又几番盘算着，需要把多少汗水摔成多少瓣，才能将一个轮子、一根链条、一只车把攒就出来一辆自行车啊！

好长一段时间，一觉醒来，我们家的头等大事，就是去看看摸摸靠墙静立的自行车。大姐不时地用纱线擦拭着车把、车座、链轮甚至脚蹬，还用彩色塑料条将三脚架细致地包缠着，害怕车子受到一丁点的伤害和剐蹭；同时，那把缀着红头绳的钥匙，也名正言顺地被牢牢把持在身为"长女"的大姐手中。

有了自行车，还不会骑车的我便百爪挠心，学车在我成了第一要事。当天傍晚，我便缠着小叔教我骑车。瘦小的我还够不着鞍座，只得从掏大梁开始练习，在家院里，在碾谷场上，我一次又一次摔倒、爬起，身子似乎成了铁打的，不觉疼痛，仍一脸乐呵地坚持着。至今我仍记得小叔教我时所说的诀窍：上车前，左脚往下蹬时，要用力，右脚要跟上，腰要坐直，不能向前倾；双脚离地后，尽量不往左边斜……

经过一次又一次的摔倒和爬起，我很快便学会了骑车。但能求得的骑车机会，却少得可怜。这令远在 20 里之外的镇上住校、每星期还需往返的我，常常渴盼又充满沮丧，为不能一步迈回家去而懊恼不已。父亲、大姐轮番掌管着钥匙，多少次我鼓起勇气，嗫嚅着嘴巴，提及想要骑车驮米袋与咸菜罐去学校，总是遭到他们一致的反对：年龄小，路上不安全，学校有小偷……

但自行车的诱惑常常入梦。梦中，夏日午后的街上，空无一人，阳光晒着灰扑扑的路面，远远的，路面上升腾着灼热的空气，飘摇般地抖动着。我的脸通红，汗水淋漓，从脑门上往下掉，从脖颈朝下流，我仍旧一遍又一遍来来回回地骑行，绕着圆圈的路似乎永远都没有尽头，除了头顶打着呼哨的阳光和远处树林中此起彼伏的蝉鸣，以及骑行所带来的从我耳边滑过的空气……

终于在一天清早，我悄悄起身，蹑手蹑脚地找到大姐压在枕头底下的钥匙，可就在开锁后准备飞奔而去时，被早已觉醒的大姐逮个正着。她夺下车钥匙，迅疾地将车子锁上。霎时，所有被压抑的屈辱、不平、失望、怨愤爆发出来，我抹着眼泪，与大姐发生了平生第一次激烈的争吵，还动手撕破了她的衣角。而后，我摔门而出，奔跑在一片微凉的晨雾中，我似一头犟牛，全然不顾身后母亲一声声急切的呼唤，躲在树林里直到夜晚，漫天星光细数着我的眼泪……

很多年后，我与业已退休赋闲的大姐每次团聚时，总会不经意间念起这桩陈年往事。絮叨中，不禁唏嘘，感慨时过境迁，当初的倔强少年，如今也已鬓丝霜染。时代欣荣，在改革开放的春风吹拂下，我早已开上了轿车，但那段有关自行车的往事，似一面永恒且温馨的铜镜，被我一再擦拭，它愈加光彩，让我永生难忘……

（选自《莽原》2023年第1期）

去菜市场

秦湄毳

1

白嫩的，方方的，两块，置于一盒——非转基因豆腐。

我伸手拿在眼前，闻一下，清香。隔着塑料膜其实闻不到，之前购买了多次，知道是那种醇醇的香，小时候的味道。放进菜篮里。

两个月牙，圆圆乎乎，立体的胖鱼一般。红红的，润润的，两坨牛肉腱芯。收入购物篮里。

翠翠的，支棱棱，水汪汪，盎然的绿——有机青菜。

来一把。要两三棵。青青芹菜，本地小葱。递上来，收包里。

盛开的。深黛。鹅黄。一卷，一层，一卷卷，一层层——哦，卷心菜，绿玫瑰一般。

一朵，两朵，三朵……装起来，装起来，入手，入兜，入篓，然后是入锅，入盘，入口，入胃，入心，入躯魂。

——山姆店。

你在哪里买的？我问玫，她用细细的温州普通话告诉我六个字。我想她真浪漫呀，随口说出这好听的名字。

在哪里？

美丽的菜市场。

我是一个迟钝的人。哦，回头你带我去吧，我好像还是找不到。

搜名字也是可以导航过去的。她顿了顿，好像感觉到我的钝，她笑了，我还是带你过去吧。

美丽的菜市场。我当时还是没听清，或者是听清，也没明白。迷糊糊，被吸引。

——小区里。

姐，你在哪里买的牛肉？

那个菜市场里，有好几家，9楼温州姐姐带我去买的，还可以，也挺好吃的。

我在另一个地方又买了，不好吃，没有山姆店的好吃，孩子们都不爱吃。那次跟你去山姆店买的好，孩子们都吃得可欢了，哪天你还带我去吧。

好。我可以帮你下单，免费送的，哦，不过，生鲜还是自己到店看着选比较好。

——电梯里。

在大厦1楼大厅里聚齐，几个女人，有时是这几个，有时是那几个，来自郑州，来自温州，来自石家庄，来自北京……

或午后，或傍晚，或近午时分……相约一起去这个那个大卖场，那个这个菜市场……

冬日又一个阳光灿烂的午后，3 个女人扫了单车出发去山姆店。

在山姆店或者有的地方，我常常会随手抓起那种"法棍面包"，没什么特别之处。为什么你总是拿这个来？长长地杵着，不开车的话，很不好带。店里纷然的人，杂陈的物，眼神一晃，也就省去了，可以不答，一笑。

那个麻油不错也。再来一瓶吧。嗯，嗯，啊哦呀，万象扑面，眼里与心上的一掠——光，影。

满载而归，大抱小提。归，归，归。

择洗切涮，煮烹煎炸。来来去去，往往复返。

午后的阳光，暖暖烘烘，在小区里散步，走暖了脚与全身，有一搭没一搭，玟突然偏了脸来，眼睛看着问我。

你为什么总是买法棍？

因为好吃。

不好吃。

每个人的口味不一样。

那你怎么就那么喜欢法棍，真有那么香吗？

香啊，姥姥的味道。小时候，在乡下，姥姥总给我烤馍馍，烤出金黄金黄的颜色，那一层馍焦太好吃了，我会让姥姥一层一层给我烤。烤一层，剥下来吃掉，再烤，再剥，再吃，直到剩下一个小枣那样大，还让烤……现在，法棍让我吃出姥姥烤的焦馍味儿。

噢！玫恍然一愣怔，明白了。

接下来的散步，我俩突然想不起来应该继续说什么，只是在阳光下转着圈，整个午后，金灿灿地散发着麦香。我微醺了，玫是不是也陷进了我的面包香或者她自己的什么香味里。

其实，怎么说呢？法棍面包跟遥远的家乡那小村庄里姥姥烤的馍馍味道是很相像，可终究不一样，我已找不到那种发酵大蒸馍的酵母味儿——当时年纪小，不知道喜欢，长大了，走远了，时间里，再也找不回来了，回味里，只越来越喜欢……

2

刚住进这个楼，我极度不习惯。

我喜欢周围有花有草，有树也行，有灌木丛也行，有白菜萝卜也行，有炝锅的油烟也行。

没有。周围这些都没有。位置是在市内，办公区，原是工业区。高楼林立。唉，我就和钢筋水泥住一起。

特别爱看窗外，窗外的霞光、白云给我温润的感受，抚慰我困于钢筋水泥里的不适。北方，特别干燥，临海，又多风。离北京那么近，却是"灯下黑"，好像只把雾霾排放过来了，还有什么北京放不下的东西，也疏散到这里来。当然我知道我是误读，这个想法偏激不当。分明是这里空气质量比中原好。可是，我晕晕乎乎就这样想的。我感觉不到什么温润的东西。我煮水，煮菜，把绿色植物种植在我的锅灶和水蒸气里。

晌午、傍晚或什么时候，路过老小区，就使劲吸鼻子，吸人家的烟火气味。忽然明白，先生说，别嫌弃呀，别嫌弃那个房子小。当时不以为意，原来他早料到我的局促。

去附近的小海地菜市场买菜，也去了一趟大沽路上的大润发，发现一次购物超过 39 元就可以免费送货，于是多了条采购渠道，下了 App 软件，网上下单，快递到货。好，省了我的奔波。可是他们送来的时令果蔬往往蔫蔫的，令人失望。我还是需要寻找菜市场。

我于是知道了山姆店，山姆店里果蔬不错，可是价格也"不错"，尤其是蔬菜；再说了，它远呀，天天跑不合适，隔天跑也嫌麻烦，蔬菜还是去蔬菜市场采购合适。于是又找到了附近的小个体摊，其中一间铺子里搞营销，充费一百元多送十元。13 楼邻居小林带我一同去的。她告诉我的，她已在那里充值好几次了。去了两次，感觉不错，蔬菜很新鲜，主要是方便，多近啊，这边没有叶子菜下锅了，那边就可以跑出去立马买回来，赶紧洗巴洗巴下锅。不急用的时候，就又可以挑剔它的门店小，里面蔬菜种类少，客流不够大，难免有积压存货在售，而蔬菜最耐人的是新鲜，一枝一叶棱棱正正，清冽饱满的样子。

住 9 楼的玫说，我带你去"本来鲜"，我比较一年了。她是温州人，从北京到这座城，做着生意，我相信她的判断力。她说，"本来鲜"里面的东西物美价廉，最好了。而且她告诉我哪一家的是最好，因为"本来鲜"是连锁经营，大街小巷都有店。

有了以上大小几家粮油果菜购物店，还有住 14 楼的邻居慧，把我拉入她在北京时加入的网购店。我于是渐渐告别了在街头巷口向"游兵散勇"随机采购，慢慢摸索出来，哪里有面皮，哪里有米皮，哪里茴香馅包子鲜，哪里麻薯面包香，哪里红芯火龙果便宜，哪里白芯火龙果好吃，哪里小鱼是野生的，哪里萝卜是有机的……哪个面粉在大润发购买合适，哪个谷豆在山姆店下单合适，哪个什么就近就可以，哪个物品用极速达，哪个是全城送，哪个得用全球购，或者考拉，或者京东，或者另外去网购。实在不行，楼下 24 小时开放的便利蜂、7-ELEVEN都可以急就。

我也曾经迷茫自己把时间精力花在选材择料上是不是合适，有一天，看美食节目，大咖说了，"做菜如做人，全都得是真材实料"，我被这话击中，怦然，心有戚戚；认真对待吃饭，是认真生活的一部分，索性买一只烧饼也穿江过道跑个小马拉松。

"最抚凡人心，人间烟火味。"我的心渐渐安然，在青菜叶子间，一汤，一羹，一馔，一肴。楼下正在修建地铁站，相邻的小区炝锅油烟越来越饱胀，滋味袭来，时光行走，日子有滋有味——

微信里有一张图片，身后一地雪白，身上背着包，两个青涩少年手捧比他们脸还要大上几倍的新疆馕在啃，一下，一下，认真又从容的样子云淡风轻，感动了我的灵魂。

我想这也是我在生活里觅食的样子，在白雪苍茫天地间，咀嚼出春天和雪白来；窃以为食物的美好，是世界的本质。

3

你在干吗呢?

买菜。

你在干吗呢?

做饭。

你在干吗呢?

正在去买菜的路上。

你在干吗呢?

准备做饭。

有一天,她终于"爆发"了——姐!你不是正在买菜,就是正在买菜的路上;不是正在做饭,就是正在准备做饭。你这样不真成个做饭的了吗?!

她不是谁。她是我的一个鲁院同学,一个小妹,一个诗人,一个博士——娜博士,在我说我老了,不想努力,也不想难为自己的时候,她瞪眼吵我,难道你就等死吗?!

这漂亮的女同学,是小我太多的妹妹、博士、教授、诗人,也是孩子妈,她希望我能认真一点,突破自我,振作地写起来。

唉!

一声叹息,是鸡毛飞飞,也是尘埃落下——尘埃里藏着世界万千。

我也不知道我从哪一天开始,把自己变成了一个做饭的,曾经十指不沾阳春水。

也是鲁院同学，任某出版社社长，广阅天下好文章。一天，他在微信朋友圈评论道，水流过万物，万物清新如初。他跟我说，人生深处是煮妇。我说，那就别问道了，道之所在，在身在心亦在世俗里。

其时，我反复思量，人生深处是煮妇，是不是？

较之前面小妹的激扬，我不知道怎么理解这位社长兄弟的点评。

记得当时我俩同行从郑州往鲁院报到，他是劝我写，要有量，既然没有足够时间，就要笔力集中。如今，我这兄弟估计也是看我是糊不上墙了，索性如此一说。

懈怠的人总是能够给自己理由，我真的感觉这位同学的说法有境界，"人生深处是煮妇"，谁说不是。

小侠妹妹是我特别切近的闺密，我一说我老了，她首先就抬出金克木来说教和鼓励我。她是一个博士后，理由多了去，论据汪洋，论证凿凿，曾经同宿舍同食堂"共情"了三四年，我感觉，我快把她拖垮了，她也终于无奈地给我说，秦姐，你再不跑，我就不跟你玩了，我不跟不跑的人玩。

我于是赶紧跑，跑了一下。然后，我又停下了。不可救药。

我家先生总是"麻痹"我的神经，他说，你把身心照顾好，写不写东西无所谓。他还说，你是"搂草打兔子"，身心健康是你的草，这个为要；写点东西是你的兔子，有没有都行。

家里的小小少年说，我爸那是怕你累，让你舒服，可是别全听我爸的；妈妈，你不能一句"我老了"就把自己解放了啊。

为了劝我，孩子把行为学、社会学都用上了，一个中学生，不知道从哪里看来的一点"秘诀"与"偏方"，全都拾掇拾掇给妈妈用上，教育、医疗、救护一番。方案太具体了，我不得不落实一下。但是肯定坚持不住的。因为我要天天买菜做饭，在人间烟火里穿梭往返。我往，却难返，越走越深，折返不回身来了。

那你就写写你做饭买菜吧。写细节，写出烟火味。娜博士和小侠博士后把要求提出来，我知道，我肯定又达不到标准。不要美化，你以前写的东西都是经过美化的。噢噢噢。我应着，俨然是一只抱窝的老母鸡。

就这样，我不可救药地沉溺沉沦沦陷。在俗世在烟火在自己的无欲无求里，自己以为"无待""无逸"。其实是耽于逸，昏昏然，猪一样活。

我突然想起来，在一个培训会认识的那个西藏的小学教师，给我们讲，她之所以学会做饭，是因为，她向婆婆说要回家吃饭，婆婆让她上交她的工资，她没有答应，婆婆也就没有答应她回家吃饭，她反复要求，婆婆终于烦透，嚷她："看看你都吃得胖成什么样了，还吃饭吃饭，就知道吃饭！"她居然反驳婆婆，原话我忘记她怎么学给我们听，反正是不敬老了，婆婆就怒："你是小辈，是我的孩子，老人怎么说孩子都可以，你怎么这样不懂事。"她犟嘴："你有亲生的五个孩子，你怎么不这样说他们，我不是你生的，你不要这样说我。"这事儿让人无语。

但是她说，她从此就在单位自己做饭自己吃，学会做饭了。

说实话，我感觉这位西藏小同行和她婆婆较劲不妥，劝她别跟老人计较。在现实中她学会了做饭挺好的，她如今也在我居住的城市，做饭给孩子吃。她要是不说起因，谁知道她是怎么开始学会做饭的哩。

垚的妈妈做饭特别好吃，细数起来，她也说我们从小好好学习，到现在，也还是努力做好吃的饭菜，在家当着带资的保姆，任劳任怨，无怨无悔，我还深陷其中，居然"有瘾"不愿自拔。

谁不是呢？

佳佳的妈妈不仅会做好吃的饭菜，还会一天打一个来回地从家乡小城开车跑到省城，早一趟，晚一趟。早上她早早起床做好早饭，也一并做好午饭给孩子备上，然后开车回小城到单位上班，下午早早开车往省城，赶到不耽误给下晚自习回来的女儿做夜宵。

扬扬的妈妈不仅会做饭，还会画画，会写毛笔字，带学生，收学费，更会炒股炒房子，别人拿了号都抢不到手的房子，她轻描淡写就买到手了。有人急切询问，她淡淡地答，就坐那儿等开门，随便一聊一问，随人家排前几号的就一起进去了，保安不拦，保安带路，给他们送钱的不会拦着，于是就交款，就买了，就这么简单。买了住，住了卖，走一座城，换一所房，她捎带着还学会了室内设计。钱也捎带着赚，赚大啦！更赚的当然还是一家人在一起行走的爱与温馨，不知不觉里，流光溢彩的世界，在孩子们的眼睛和心灵里流光溢彩，这是收获。她说。谁说不是呢？她买菜，也是神仙，好吃的，便宜的，鲜亮的，又好又实惠。她买啥菜，我和几个老乡就随着买。她会拼兑，我们就也照样拼盘炒菜，随着她，不用动脑劳神了，照做就是。好吃，好看，美味，光盘不用提示，不需督促，孩子都吃得盘光光。

好妈妈都有神功，妈妈群里藏龙又卧虎，"人生深处是煮妇"，谁说不是呢？菜市场里悠悠晃晃的妈妈们，是娇龙美虎呢。

走在妈妈群里，我是一只菜鸟。就像前面说的，我向别人请教，让别人带路，有时候，还搭人家的电动车或汽车去水果批发市场或者海鲜集散地。这些学问不累脑不累心，比写作有趣味一些？还是因为我迟迟没有出师，所以便也没心把眼光收在电脑上纸页里去写去落笔去敲键盘？

生活的键盘在敲打着我，我着急用脚步去落笔行走生活，炊烟袅袅，责任迷糊了我，与昔时上学读书和曾经天天点卯坐着上班站着讲课不一样，用脑用腻了，挥笔挥得没有新意了，纯粹的体力活儿消耗着我，也迷住了我。

在生活的丛林里穿梭，走过人来人往的菜市场，清香青翠，也有鱼腥肉荤，虾米跳，案板砰砰，人语响，拎着提着扛着掂着，一把青菜两尾鱼，黄土豆，红土豆，紫洋葱，绿豌豆，青白菜，白白菜，白萝卜，红萝卜……那比青菜还鲜灵明亮的人间人类人们的神情，满满的希冀，生机勃勃的胃口，从眼睛里往外冒泡泡，太迷人了，如鱼儿游在水里，一个打挺，一个喷喷，影子间，步伐里，世情，世态，一串串泡泡香泡泡甜！完了完了，娜教授说的不要"美化"，我这是不是又在美化，不美化，又如何？约好去买菜，寒风凛凛，零下14摄氏度，一行女士，却怎么个也打不着火，发动不了"奔奔"，纵是"奔奔"耐若何，只好改骑电动车，或者扫码骑共享单车"小黄"和"青青"，冻得龇牙咧嘴，女士们笑呵呵，呵呵笑着，鼻子里流出清琉璃，也还是眯眯笑着说，"生活就是这样"，立即会意，齐捂嘴巴应和"惊喜无处不在"。

顶了风，寒冷刺痛脸庞，脸庞如在燃烧，龇龇地痛，按电梯的手指已是冰手指，大包小包拎回来，甜蜜蜜，蜜蜜甜，美了，醉了，家已春风满堂……

"生活处处有惊喜"，明明左磕右绊的，磕磕绊绊全当馈赠当成"小惊喜"，一一顺过去，有什么不好呢？拥有一颗美化的心，是那春风一样的吹拂，美化着生，美化着活，活色生香，那就美化呗！活着，美着，美化着生活。这是一种能力，也是一种力量。

玫告诉我的菜市场的名字——美丽的菜市场，不也是一种美化吗？当然，这更是一种客观呈现，异"菜"纷呈，不就是异彩纷呈吗？葱茏，茂密，芬芳，菜市场和生活交织前行，我喜欢天天脚后跟打后脑勺地涮锅烧灶，放下扫把拿起勺，油盐酱醋茶，蒸煮烹炒炸——

我喜欢逛菜市场，也喜欢听大师课。我给先生说，光是捋草也好没趣了，要是能有一只兔子来会好玩。先生答，那你就"守株"吧，等待你的兔子，看会不会来。

草青青，兔子飞，心上无逸，也无待。听大师课犹如逛菜市场，逛菜市场犹如听大师课，都是滋养。没有区别，一样重要。

其实呢，生活、朋友、厨房、菜市场，亲情、友谊、爱与人生，活着与女性，文字和世界，言语、态度、倾向，白菜、萝卜、花，油盐酱醋茶……所遇都是"大师""课"——

我的大师我的课们，给我教益给我启迪，给我恰到好处的帮助与成全。

4

我是怎么学会做饭的哩？

我从来不会做饭。我妈妈说，这是她造成的。

因为她从来不用我。不给我锻炼的机会，更不要求我做。连每天的洗脸水都是她打好，调好水温，放在脸盆架上；打扫我的卧室，总是要把衣架空的一侧朝向进门的方向放置好，为的是我进屋就挂衣裳更方便；我似乎也曾在饭后收碗或者至少把自己的碗放进厨房水盆里，妈妈总是在身后喊，你不要动，搁不住你再沾手；我要做什么，她都会拦下，"你不会""一边待着去"。久而久之，我就真的啥也不会，就总是只能一边待着了。

　　大学的时候，寝室里偷偷使用电炉聚餐，我和兰只负责摆放碗筷或者洗碗筷，或者"站岗""放哨"，关紧室门防突袭检查；大学四年，自己洗衣服，通常是盆里的洗净了，身上的又溅湿透了，你到底会不会洗衣裳？寝室长偶尔看到了会问我，我不吱声，就这般也自己洗了四年衣裳。参加工作，我又回到有家有妈妈的我的小城，我想放飞自己，征得妈妈同意，我住过一段时间单位的单身宿舍，单位里没有食堂，我也从来没有连续几天住过宿舍，还会从家里带了一些大包小包、瓶瓶罐罐的成品半成品的食物，一室住两人，两室四个人，通常大家一起搭伙做饭，我成了那个洗菜的，往往好几个菜都炒好了，我还在水池边一丝不苟地洗叶子，他们急不过，赶紧催，越来越多的人知道，我洗菜是一片一片叶子地择开分着洗，分着用水细细冲，于是，每个人都放心食用我洗的青菜，尤其是叶子菜，知道我洗得认真又仔细，但也感叹我是真的慢啊慢……有时候，四个人里有人外出，有人不在，有人上后面两节课，我们都是教师，一般来说很规律地安排好了会做饭的人，有的时候遇见调课，正巧只剩下一个不会做饭的我，就指望不上吃现成的饭，我只是把菜洗好，他们12点下课回来还得做，脾气急的苏，有好几次气气地跟我说，秦，我要是男的，我就不娶你！因为她的胃前壁贴后壁了，饿慌慌地，还得张罗着做饭给我俩吃。我听到她急火火的这话，只好不作声。我也不生气。凡是由我的不是引来的批评和嫌弃，我总是这样坦然接受的，认为人家说难听话总有依据。后来单位搞建设，宿舍都拆了，单身们有的结婚，有的外出租房，我就又回家住了。跟着老妈，我还是一直不会做饭。

我的先生是我妈妈相中替我做主的，第一次上门，我妈妈就把我能有的缺点全倒了个底朝天。包括不会做饭。后来，我结婚了。发现先生也不会做饭，我气愤地说，你干吗不说你不会做饭呢，这怎么吃饭啊？先生给我一个大白眼，开始自己辛辛苦苦学做饭。只要我不回家，他就到食堂或者饭店去吃饭，我俩在一起，他就煮面条，蒸米饭，如果他也不想做饭了，我俩就出去到饭店吃饭。起初他常照着菜谱，渐渐地不用菜谱也会做饭菜。我会洗菜，会洗鱼。我特别会洗鱼，因为自己喜欢吃小鱼。小时候我爸爸总是买很多鱼，我喜欢吃，也喜欢洗鱼，妈妈洗不过来，就没拦着我，我就很会择小鱼洗小鱼，越来越有方法，洗得又快又净；当然，还会做西红柿炒鸡蛋，这个是我最喜欢的菜，不用学也会做。

有一次，先生开会回来晚，我一个人在家特别想吃鸡，就从冰箱里拿一只出来，整个扔锅里炖，锅太小了，没盖严实，鸡脚露在外边，一层楼的人都看到我这样做鸡子，传遍一座楼，成为笑话。

谁到我家里去，我都不留吃饭，要么只能是直接去饭店。

我其实也不会买菜，不知道价钱，也不知道怎么选择。回娘家的时候，也买过菜，总是被嫌弃买的菜能当劈柴烧，或者买的菜不新鲜了，或者是买到的不是好吃的那种类型……

有一天，这些我都会了，会买，也会做，还知道哪一种好、哪个地方的好，分寸、火候，家常的菜基本就都会了。那是因为有了孩子！

我总不能等到先生回家再给孩子蒸鸡蛋羹，小小的孩子还不饿坏了？就学，第一次没蒸好，太老了，很硬，小孩子只能吞咽松软嫩嫩的膏一样的羹，我就自己吃了，再做合适的，越做越合适——唉，一开始感觉做饭比学习困难，后来越学越多，越吃越好吃，就感觉学做饭比学习容易多了。弟弟的对象是个研究生，不会做饭，妈妈想鸡蛋里挑骨头的时候，我就跳出来支持说，研究生都能念下来的人，照着菜谱做饭才不算什么呢。看看我，不是也什么都学会了？虽然真实情况是我没学会做几样菜，但是够吃了，够生活了，就行了。孩子渐渐长大，他在饭桌上有了发现，也有了分辨——原来，妈妈会做的都是宝宝爱吃的，爸爸会做的都是妈妈爱吃的。生活，不就是这样子嘛。

先生说，虽然只要一家人相亲相爱喝西北风也开心，但是，既然辛辛苦苦地把买菜的钱都挣回来了，那就别喝西北风了，拿钱买菜做起来，忙忙碌碌幸福着。这样多好。

一个温煦的冬日午后，有电话来问候元旦快乐。

新年好！

新年好啊班长！我举着手机，用力地回答。

什么声音这么响，你在干什么？

我在洗衣服，手机贴到洗衣机上了。

啊，你还会洗衣裳哩？

我做饭都会了。啥都会！现在！

我都忘记班长后来说啥了，只知道自己当时很可笑地想起来读大学的时候，他给我介绍男朋友，告诉人家，我除了会读书，什么都不会做，不会洗衣裳，更不会做饭。那个小迷弟回答：没关系，只要会知道说"水开了"就行。水放锅上煮，她只要会告诉我水开了，其他我全包。

这个回答当时也在校园传为笑话。如今，班长是跟踪考察来了吗？调查一下，那个啥也不会的人，学会生活了没有。唉，生活已经教会了她。凡不会的，凡生活需要的，生活都会教会的。不只是我，多少读书出来的女孩子，不都是这样或主动或被动，在生活中学习，慢慢学会了生活？

放下电话，我有点怅惘，有点伤感，也有点没来由的小失落，都只是一会儿的时光里，什么都过去了，洗衣机的滚筒里，放了旧水，注入了新水，清水冲去了旧尘和往事，回忆没有空隙停留，顺水流走了。

又是一个冬日，人生深处，我是一个完全的煮妇了。阳光打进房里，大片大片的温暖，抬头看见辽阔天空里朵朵白云，盛开如棉花，我拿出一把大红枣。

先把枣一个一个去核，再把山药去皮蒸熟捣碎，掺上糯米粉和成面，揉成团，捏成条，裹上芝麻，然后夹枣里，上锅蒸……蒸汽腾腾，又热乎，又甜蜜，又松软，一颗颗，好吃，香糯！

俗世里的俗夫妻，我的世俗生活，在口里含着，走进胃肠、腹腔、全部肉身，寒冷的时候暖了，干涸的时候润了，孤清的时候得了偎依，物质的身躯和精神的灵魂，融合在一起，胃与心，肉与灵，本是一体，人是铁，饭是钢，民以食为天啊，爱厨房就是爱人生，爱菜市场，就是爱活色生香的生活！

5

曾经做饭，我总是把锅煮煳。

朋友娜博士不是说："你不能等死，你要写！"博士后小侠"伤害性"提示："不写不跟你玩了。""姐你是真懒啊！"种种，受到小刺激，有点伤自尊，生出感动来。于是，我就偶尔写。

因为偶尔写几个字吧，做饭总是把锅烧煳了。

一而再，再而三，连我自己也厌烦了，怎么这样的记性呢，怎么就是不长心呢？家人学着小品里的语气用着小品里的台词教训我："海燕哪，长点心吧。"可就是不能长心眼，连孩子在作文中写妈妈的时候，都会写我，"写得一手好字，烧得一锅煳焦饭"，这样的妈妈在老师念作文的时候被念成人物经典。

我想着改正呀改正呀，再也不能把饭烧煳了。可是更大的乱子出现了。

那天下午，我去郊区牛奶场打了鲜奶，春天里是孩子身体拔高的一个最佳期，都说喝酸奶助消化吸收，我决定把酸奶机找出来，自己做酸奶，不加增稠剂，孩子喝起来才安心。

晚饭后，顺手把两斤鲜奶放奶锅里温着，就忙忙碌碌离开了厨房。

春天的夜晚，温暖清新，早早完成作业的孩子和先生一起喊着一同去散步，我一直记得要去购买一袋酸奶当制作酸奶的引子，但是却忘记了灶上有微火温着的奶。

楼下超市里购买了酸奶，陪孩子和先生在小区里略走一走。先生催着要回去，孩子说还有一段课文要背诵，我则说让孩子歇歇眼，不用太急着上楼去。说着说着还是往回走。

俩男人走路总是麻溜溜地，我走路总是慢条斯理。孩子和先生的身影进了楼道看不见了，我还在琢磨，谁家的什么饭烧煳了，一种烤馍的焦香味道。抬眼看，找不到闻得见的味道在哪里。

就这样上了楼，家在二楼，先生和孩子先已进了门，听到孩子喊一声什么，我还以为孩子是不是绊住什么东西了，声音听来匆忙。

这时已到了家门口，但见房顶似乎有烟。妈，你煮的什么？我一愣，旋即快步跨进屋里。

哇，天，那黄腾腾的火，一堆火，燃在灶台上。我一步上前，要从水龙头接水，又想起来平时恐怕停水而存有一壶水，遂要拎起来灭火。

先生拦住我，问，你要干什么？快点浇灭呀！我急了。

不能这样。先生说。

妈，你有没有常识？油上的火，电上的火，灶上的火，都不能用水浇！你不懂吗？妈，你怎么什么知识都没有。孩子也在说。

要先切断电源，关上灶具开关。我这才想起来。查看的时候，发现灶上开关统统已安静地关住了。先生早就关闭了它们。

那怎么办？只能看着它燃烧吗？我不知道怎么办地看着先生。已经要熄灭了。先生说。

看着它燃，又燃一会儿，火熄灭了。

不知何时，先生已经早把所有的窗户都打开，通风跑烟，我这才发现厨房与客厅顶层，满是烟雾，弥漫着，呛得很。这时婆婆打电话说，头痛得厉害，先生要赶紧去看她。先生嘱咐我，这空气有毒，你俩通通风，一会儿早些睡吧，孩子明天还要早起上学。

先生带婆婆去医院挂急诊打点滴，他打电话过来说，孩子奶奶这边没什么大碍，感冒严重了，正在打针，我就住这边了，明天一早回去接孩子上学。他还在问，烟散净了没有，你和孩子不要总待屋里，那样的空气有毒，烟散净了再回去。

后来，一连好多天，从外面进家门的时候都还闻得到难闻的味道，是那晚我煮奶煮出的煳焦味。

回忆起来，自始至终，先生不曾埋怨我一声，也没有一丝言语神情的责怪。我的反思和内疚深深的。好恐怖，好后怕。以后再做饭的时候，我干脆抱着我的书，端一把小椅子，坐在厨房里，坐着守着，煮饭。

水开了，汤沸了，吱一声，我就麻利站起来，掀开盖子，调转小火，继续坐下，慢慢看书，慢慢煮饭。

坐在厨房里的感觉，很快乐；坐在厨房里的时光，很美好。

洗着豆，我想起童话书里，那位在灰堆里挑拣着各样豆的灰姑娘，想起她的水晶鞋、她的舞会、她的王子……我突然莫名感动，感动自己的生活，没有水晶鞋，没有舞会，没有王子，只有灰姑娘——和我的厨房，却是我想要的。

青春时候的婚姻和恋情，总是小船一般打转转，打转转的心，越来越安静在这岁月的尘埃里，尘埃里开出朵朵花，花满天。手里的红玫瑰，置于家的桌案；心上的红玫瑰，在行走的时光里，在生活的丛林里，一朵一朵盛开在餐桌餐盘，是那一棵棵小青菜，根、茎、叶分开来，清炒起锅摆盘，日日烟火氤氲，温润了光泽了日子，是那一朵朵绿玫瑰。

红玫瑰芬芳手眼魂魄，绿玫瑰滋养胃脾身躯，生活的清水千淘万洗女儿心，芙蓉面，荷叶裙，端小凳，守灶炉，捧书静读，花开满天——千花一瓣是每一个灰姑娘的厨房。

写作是"花瓣"通向自我的一条路，也是通向世界的一条路，是一趟无止的旅程；厨房与菜市场，是自我通向世界的"一瓣花""一棵花树""一个花园"，花事盛大，伴随着无止的旅程。"灰姑娘"发现这纯粹的美，拥有心灵的粮食，是生活迷人之处。

6

冬日的阳光正好，9 楼的邻居玫骑着电动车前头带路。

喏，就是这里，看，美丽的菜市场。哇，穿拱形的大门脸上横着六个字：美，丽，的，菜，市，场。在这小哪吒的故乡，马三立的故乡，霍元甲的故乡，"百花"绽放的地方，哪个谁取的这名字，真是意味、韵味、味味深长。

嘈嘈杂杂，热热闹闹，人头攒动，萝卜白，白生生；青菜青，支棱棱，人间烟火味噗噗噗地在绽放。

冬日的枝枝干干咿咿呀呀唱着，自在无比地伸展着，浸渍在金色如水的阳光里……

碧蓝的天空下，阳光房里，围桌坐了一家三口，男人，女人，孩子。

那一锅美味的香菇土鸡汤哟！是小鲜，是大国。生活的小鲜，心灵的大国。

来自人间至好的地方——"美丽的菜市场"。菜市场美丽得像这一锅香菇土鸡汤，还是土鸡香菇汤？

有区别吗？美丽是永远的，人间的和平，现世的安稳，岁月的静好，身体的健硕，灵魂的秀颀，都在菜市场里涵养着。

看得见菜市场的美丽，始明白世事与人生；感受得到菜市场的安详，方晓悟生活与生命之道。菜市场是哲学吗，还是宗教？活人的宗教，生的哲学，存在之理。

有字、无字，天堂、人间，汤汤水水，菜场、厨房、灵魂、世界，这些相通着，汪汪自有风来去，循环往复，川流不息。伊尹在做饭的时候，悟到经天纬地治国之理，我自是不能，我也不必能；我是平凡平庸平淡的，我是小蚂蚁，就做一只小蚂蚁。我喜欢文字，我在文字里也是一只小蚂蚁，我慢慢爬，其实我也在奔跑，只是我是一只蚁，用尽力，也是蚁速；看看白云，等等灵魂。大河流淌进海洋的时候，我看见天上的日月星辰，空中的风雨闪电，地上的姹紫嫣红，从菜市场，蜂拥蝶舞进厨房，又大摇大摆纷纷踅入了我的书房，坐上了我的案头，静静，青青，沉沉谧谧，望着我，等着我，待我用纸笔上拙拙地蘸着油盐酱醋茶去点化。

天，地，山河，人与人，一秒一分一天一月一季一年一世纪地过下来；菜市场，像太阳一样重复自己，像月亮一样重复自己，这重复里包含了无尽的内容和滋味。这美丽，属于人类。

叮咚，叮叮咚咚。门外，谁在雀跃。开门，开门——
给你拿两包温州酱油肉！
摁电梯，我去你家——
给你一些豆粉，尝尝石家庄的豆糊！
开门，开门，让邻居进来，让阳光进来——
"毛"字出头，这个字你们不认识吧？这是来自中原，我从家乡带的一种好吃牛肉，给，给，还有地道的红薯粉条、山药面条！

（选自《山西文学》2023 年第 11 期）

大河：喧嚣与孤独

丁　威

一

一个人一出生就拥有一条大河，是幸福的。

我出生的村子叫朱皋村，对于这个略显生僻的村名，我从未曾想过考据它的来历。它对于我，像舌头认知盐、脚掌认知鞋子一样熟悉，像面对镜中的自己一样清晰。朱皋村——一个在地图上留不下字迹影踪的名字——于我，却是刻在骨子里的，因此而了无新奇。

对于这个村子，我时常这样形容，放眼祖国的疆域，我的镇子如果算作偌大校园里的一只蚂蚁，那我的村子，不过是蚂蚁的一根脚指头。它如此之小，是一生颠簸中的一粒尘埃，也是一生无数心跳的起点，而那一生中余下的所有心跳，不过是第一下跳动的余波。

它小到，让我总是觉得，自己不过是小里的空空如也，是微不足道里的空无一物。直到有一天，我又意识到，我所在的小，包含了怎样的大——一条大河，无尽的远方。自那时起，每当我路经大河，看着广阔的河面，与蜿蜒到视线尽头的那一粒光点，我就仿佛有了无限的胸襟，去做一个，拥有一条大河的人。

这条河，便是淮河。

二

那时，我刚上小学三年级。每天四趟，斜挎着装满课本的沉甸甸的军绿色书包，像笼中的鸟雀被放飞一般，蹦跳着来往于家和学校。书包在屁股上一拍一打，鞭子催赶着牛马骡群似的，我自个儿把自个儿赶到杨营小学去。

那是由朱皋村到杨营村的路，也就是村子的主干道。由这条路一直往东，过杨营村，过船民公社，过王岗村，过大埝，从早上出门走到半晌午，地走上十多里路，就是往流集镇了。

这条主干道歪歪扭扭，坑坑洼洼，是一条布满碎砖头、烂石子的泥巴土路。大坑连着小坑，密密麻麻，多如夏夜繁星。雨天，大坑小坑滞留下雨水，望去，似一片片大坑小坑的孤岛与汪洋。好在村里没有车子，即使零星的三轮车，也"腾腾腾"叫得吵人，离着老远，我们就躲开了。雨天，三轮车吼叫着飞驰过大水坑，因为晓得轰隆的车声代替了喇叭，已远远地招呼着路上的行人，就未曾踩下一点刹车减慢速度，像是巨石激起千层浪，行人躲闪不及，立马泥水撒花般飞溅，瞬间变作一只可笑的斑点狗。

逢上连绵的雨季，墙面扑簌簌地掉下泥灰，草毡的屋顶喝饱了雨水，随时等候着坠落，让天老爷透过这一角破烂的屋檐，瞧瞧穷苦人千疮百孔的日子。就连灰瓦铺就的密实的屋顶上，往日迎风招展的瓦楞草，也在雨水的昼夜浇灌下瘫软了身子骨，成了屋顶的一摊摊烂泥了。一角屋檐，也已成为陡峭的悬崖生活的隐喻。

对于我，雨季意味着一双破了洞的胶鞋和隔着胶鞋与袜子啃噬双脚的冰凉。那一双搁置在角落的胶鞋已灰尘扑满，先前照出光影的铮亮与新鲜好闻的胶皮味已被时间磨蚀干净。它们像一对异卵双胞胎那样，因为不断地垒摞补丁，早已不是一般模样了。

第一道裂口往往是最触目惊心的。温暖踏实的新胶鞋，在我心里充盈的喜悦，让我十万分小心着，却还是一个不当心，伤口便出现在新胶鞋上，如一道闪电击打在我心上。我的心也随之被挤压到核桃般大小，回家更少不了一通责骂，怨愤着我何以如此不小心，才上脚多久?! 殊不知，新胶鞋破口对我的伤害，不亚于在我心脏上撕开裂口，几乎等同于夜晚回返的梦魇。

多年的经验，我爸已是练就了补胶鞋的手艺。一个遍身铁刺的锉子，一瓶长着牙齿的 502 万能胶水（曾经生生将我大拇指和食指咬下一块皮），当然也少不了一只已用到瞧不出形状的旧胶鞋。我爸把它裁剪成一小块一小块的补丁，去救援其他同类，直到救无可救，才把接力棒交给下一只废弃的胶鞋。为了能让胶水的"牙齿"咬合得更紧密，我爸像补自行车轮胎似的，先在胶鞋破损处用锉子锉，直到新胶皮的精光消失了，一圈毛茸茸的伤口翻滚出来，再比对着伤口剪下一圈旧胶皮，把伤口和旧胶皮上的灰末吹干净，小心翼翼地涂上胶水。那胶水和空气是天生的仇敌，一待跑出瓶子，立马硬得像一块痂子。我爸眼明手快，待伤口和旧胶皮一咬合，再顺着补丁的周边严丝合缝地抹一圈胶水，一个新崭崭的补丁就打好了。

对比着新胶鞋的照人光泽，我的心却要为这样一块丑陋的补丁难过上好多天。

如此这般，再破，再补。如果破损的地方靠近脚底，补不了，或补不及了，我也不舍得把一双没穿多久还闪着胶皮精光的胶鞋扔掉，就只好在袜子外面套上塑料袋。一层不够，就套两层，把脚裹得严严实实。塑料袋隔水隔热，似乎能保温，不多会儿鞋里就暖和了，叫人好一顿高兴，走去学校的路上，心情也变得满是春风得意了。可是还没到学校，胶鞋就渗进了水，上完第一节课，水已经渗透塑料袋，把脚咬得透骨冰凉了。就这样，我还是要老老实实、端端正正地坐在课堂上，忍受雨水的冰凉咬着骨头和皮肉，咬牙把一上午挨过去。

回家路上，我全然没了上学时的得意，胶鞋里"咕叽咕叽"的声响如影随形，像被癞皮小狗跟了一路。虽则小心着，却还是被同学听去了，少不了要好一番笑话。在这样缝缝补补又三年的生活里，我愿意让自个儿的心细得像一根针尖。

三

晴天里，这条路又是另一番模样了。碎砖头、烂石子突起，路面凹凸起伏，似处处都藏有陷阱，坑洼里有车辙印、牛蹄印和鞋掌印。整个村子的生活痕迹，仿佛都描画在了这条道路上。

上学、放学的路上，免不了追逐打闹，一个不留神，一块在土里埋下半截身子的砖块、一瓣深陷下去的牛蹄坑、两道挤压出来高耸着的车辙岭……就拽着了你的脚尖，由脚尖拽到你的小腿，直拽到膝盖上，像甩一个装满棉花的麻袋似的使你离了地，轻巧巧地甩到半空中。落地的时候，你却像一包装满了麦子的沉甸甸的麻袋，地球引力带着狠劲，路面又把你拽回来，脚尖停在原地，小腿前行着，膝盖还在飞，上身和书包飞得更快更远。你就像一只鸟张开翅膀那样张开自己的双臂，来得及或来不及撑住地面，都已无所谓了。因着你刚才追逐时的速度，路面想饶，也饶不了你。撑住了，你的脸面也许就保住了，但还是因着刚才追逐时的欢腾劲儿，你的膝盖一嘴啃在了土路上。如鸡蛋碰石头，路面或许同情你，饶你到什么程度，要看你的膝盖啃着了什么。

好在，你只是从膝盖到小腿秃噜掉表面一层皮。起初没有血，像一棵被削掉一层皮的树，先是渗出汁液，再是红隐隐的将透未透的血丝。两条腿，两个膝盖，像是在油锅上煎着。那些朦胧的血丝，在一粒一粒地吞着锅中的盐，那盐顺着血丝的纹路，一粒一粒闷雷般炸响。你觉得不单十指连心，真要疼起来，全身各处没有一处是不连心的。

周围的人把你扶起来，瞧着这两条血淋淋的腿，"呀呀"地叫着，倒吸着凉气，似乎在替你疼。那个和你追逐打闹的人，此刻守候在你身边，想说什么却没说出来，只有满面的愧色，只好把手贴在你的后背上，似乎想给你减轻一点疼痛。你呢，多想去触碰伤口，却只敢把两只手卷成荷叶般的盖碗，轻轻地笼罩在伤口上，又不敢离近了，那手掌心散出的热气，蒸腾得伤口更疼了。你低头朝着伤口吹气，想要吹灭那些不停响彻着的闪电和闷雷。周围挤了好几个熟人，都在询问你的情况。说到底，这也怪不得别人，哪有不追逐打闹着上学放学的？

要怪好像只能怪路面。如同小时候刚学会走路，摔倒了，即使不疼，也要憋着满脑门子的汗，扯着嗓子喊，哭出好一串眼泪来。我奶或者我妈，就把巴掌拍到地上，一边拍一边骂，都怪大地，摔疼我孩子。巴掌拍了，也责骂了，我却还是哭，她们就把鞋子脱掉，像扇耳刮子那样，把鞋底一连串地扇在大地上，这样我才把眼泪止住了，笑出声来。

还是怪路面吧，但你能在周围一圈人的注视下，拿鞋子扇路面几个耳刮子吗？你能把一连串的眼泪滚出来吗？恐怕，就算路面把你拦腰抱住，摔坏了你的骨头，摔破了你的脸面，你也再不好同小时候那样，把眼泪毫不值钱地由着性子流一大片了。你弯着腰，对着两块膝盖一个劲吹凉气，只敢在眼角上，像针尖缝缀似的，挤出来两粒比不上绿豆大的泪珠。泪珠那么小，那么小，缝缀在眼角，缝得那样紧实，到家了也没见掉下来。

谁会爱这样晴天雨天的路呢！

四

在这条路上走了几年后，我已是杨营小学三年级的学生了。我不再跟随堂哥、表哥的步子，而是自己选择上学、放学的路。这样说，是因为那时去学校的路有三条。随着我们年龄的增长、好奇心的增强，这三条路分别对我们产生了不同的冒险般的吸引力。

第一条路，也就是前文写到的那条横贯村庄东西的主干道。大路两边都是村庄的住户，一张张面孔熟悉而亲切，走在这条路上，闭着眼都能知晓家的方向。它司空见惯，中规中矩，像盐一样平常，属于一、二年级的小孩子。

五

第二条路，被一条偏移出来的小路拆分成三截。这条路的首尾仍是大路，而中间拆分的那一截——在大路北边那排住户的屋后——是一条瘦如羊肠的小路，雨天滑腻如青石条上的绿苔，晴天则像一条细瘦的白晃晃的长飘带。小路的一侧，人家的屋后檐边，一条瘦弱的沟渠随着小路曲曲折折，流淌过去的是家家户户的污水。水面漂浮着厚厚的绿藻，翻腾出腥臭的泡沫，是一摊真真的"毫无希望"的死水。另一侧，各类杂树交头接耳，有榆树、槐树、金龟子树［我们老家称"老水牛（ou，读作二声）树"，树叶分成三部分，形如扑克牌里的梅花，因树上多有金龟子，故名］，更多的是臭椿树。

夏末秋初的开学时节，多旱少雨。天上地上滚动着"火球"，大路被太阳晒出一窝窝细面似的尘土，又热又烫，来来往往的脚步、自行车，又扬起呛人的尘灰。大路两侧全是住户，无遮无挡，阳光筛下的"针"直通通地往脑袋上扎，让人觉得脑袋上不停地响着爆栗子。这样的时节，我们便时常走这条小路了。

小路一侧，房屋切下高高低低的影子，另一侧的树木，落雨般滴漏着点点光斑，那光斑经树木筛下后，已显出柔和的温度了。树林密密，树影幢幢，一条小路光影交错，一路走，脸面上明明灭灭。风起的时候，树影来来回回轻柔地晃动，地上的光斑便似在走，一个撵着一个，一个劲地跑，整条小路也变得仿佛不再贴着地面，而是腾空飘荡，舞之蹈之了。蝉在远处的密林中，一声乍起，那声音就有了交接，一树赶着一树的。蝉鸣似在空中迈着脚步，由远而近，"刺啦"一声，迎面而来，在头顶上划开了空气的口子。走在小路上的人，使劲把脚在粗硬的地面上跺，一跺，蝉立马就哑了嗓子，这一停顿，突然得让人没有准备，干脆得像冰碎。

天气越热，这条小路带来的欢乐就越多。那明明灭灭的阳光，随风舞动的阴影，树枝间穿过的喧哗的沙沙声，以及像雨一般淋落的蝉鸣，都给人兜头洒下满身的清凉。任日头再大，哪怕是送给刚蹦出池塘的青蛙一张干燥的蛙皮，送给满园子傍晚喝饱了水的菜蔬次日的蔫头耷脑……只要有这条小路在，任阳光兜头浇下炭火，我们也能似游荡的针脚，欢快地穿行在密林阴凉下，成为一条行于水上的不系之舟。

这条快乐的小路，唯一让人可恼的，是那臭椿树上的"花大姐"。"花大姐"的幼虫黑底白花，在椿树上攀爬蹦跳，成虫就生出两片薄薄的翼翅来。它们蹦跳、飞行，在密林中穿梭，并不停撒下尿来，淋淋漓漓，落树下人一身。一抹，有似有若无的粘手的黏，弥散出一股臭椿树般的难闻的木腥气。

若是谁被"花大姐"尿到了头上脸上，多半会拿另一些趴在树身低处的"花大姐"撒气。单掌迅速地一捂，便捉到一只。空着掌心，使劲地掼到地上，待它被摔得头晕目眩还未蹦起，追上去便是一脚。轻轻一声"啪"的爆裂里，有内心小小的解恨的爽气。

六

第三条路，便是高年级学生的去处了，而即便是他们，也时常需要结伴同行。那是山坎下的一条路，说是路，不过是下地干活的大人，用经年累月的脚步踩出的一条草木枯黄的路。挨着这路的，是一条由北面来的"江沟"，江沟折一道弯，一径朝东去，汇入滔滔流水的淮河。

夏秋少雨的季节，这条江沟的水便渐渐干涸，只留沟底一线细细的流水，分割成一截一截，再无往日里欢腾流淌的气势。遇上大旱年月，这江沟龟裂如龟背，沟底的淤泥灰白细腻，块块绽开，揭一块在手里，摸上去是滑润的触感。江沟的两岸，亦是树木葱郁。新叶初生，旧叶掉落，满江沟便铺上了层层落叶，变黄、干枯、灰败，厚如盖毯，脚踩上去有绵软的劲道，生脆的碎裂由上层的落叶传递到下层，那脚踩的声音，便被下层已经灰败的落叶吸收尽了。这样一步步走下去，便有一路的声音跟随，不但是远处、近处的蝉鸣，还有来自大地深处最踏实的回声，那每一步，都落到了大地的实处。

这条路，独自一人时，我从未敢去涉足。只有成群结队时，我才敢行走其间，那是由我的小表哥瑞恒带领的一群人，故意大喊大叫，显出热闹的人气，也为了给自己壮胆。仅有两人时，那是由我上初中的大表哥东子领着，他在前，我在后。他口哨吹得极好，单凭一张嘴，能吹出许多流行歌曲的调子来。我跟在他身后，听他脚下踩出喧哗的枯叶声，听他和着蝉鸣吹出好听的调子，我心里亦装着胆怯，便亦步亦趋地跟着他，时常要小跑着，才能撵上他欢快迈着的大步。

这所有人的胆怯，皆是因为那条江沟，在水量丰沛的时候淹死过人。望去如同茫茫汪洋的大水退去后，人们在江沟边，偶尔看见过随大水漂来的死婴，被河水泡得发白、肿胀，甚至已腐烂出森森白骨。加之江沟离村庄遥远，行人少至，树木遮出深厚的阴影，那游荡在江沟之上密林之间的空气，便带上了鬼魅之气，带着暗夜将临般的阴森。

村庄里，大人为了吓唬偷偷下水游泳的孩子，一再告诉自家孩子，午后山坎下的鬼气重，那些游荡的小鬼们，选择在午后寻找投胎的替身，来取阳间孩子的性命。

沿着这条江沟一路往东，过一道闸，便是淮河岸边如茵的草地了。紧邻着淮河北岸的是安徽省，靠岸处有一大片辽阔坦荡的平地，铺摊开广袤的视野。未播种时，那平地可见把耧理出的水纹似的痕迹；麦苗萌生的成长时节，则是一整块厚实的"绿糕"，有着缕缕细线般的灰白小道；而涨水时期，便是河与岸不分的一片大水汤汤了。南岸便是河南省，沿淮河往南走上十几步，是一条十多米宽的浅滩，浅滩上生长着厚厚的藤草，草茎攀缘着草茎，根须勾连着根须，把一片如茵的浅滩铺展得像一张可以安眠的温床。但安眠总与陡峭的梦境相连，这片陡峭如崖的山坎，被树木野草的根须紧紧攥住，根须离不了土，土也离不了根须，如此这般相守相持着这片山坎。但一入雨季，即便有如此茂密的草木深扎驻守着，也还是会有坍塌的危险。一夜间，便陡然跌落掉一块，坍塌出巨大的坑洞，让山坎边上的住家户几多的夜晚不敢睡去，即便终于熬不过睡意来袭，那梦境似乎也带上了一角山坎的陡峭，如临深崖，随时等候着崩塌和毁灭。

七

走过了阴森的江沟，跨过一道水闸，下一个浅坡，就真正到了淮河岸边的浅滩。浅滩上掺着淤泥的河沙湿润，愈近河水，河沙愈多，也愈加适合赤裸的脚掌。

淮河由北而来，挨近朱皋村，折了一道近九十度的大弯，再一路往东，继续壮阔地远行，生发千百条细流，流淌千万里疆域。这道浅滩，就是折后往东蜿蜒千里的淮河河滩。这道大弯，弯折得如此圆润优美，以致让我觉得，流经朱皋村的这一段，可算作淮河的腰肢，有着最跌宕、最动人的曲线，让一条汹涌乃至时常泛滥的大河，突然生出了温情与柔美。

也正是这道柔美壮阔的弯折，让人类多走了漫长的弯路。是时候了，该把这条弯路抻开，似乎不用蛮力把这道弯折抻开拉直，就不足以显示人类与天地争斗的伟力。让这条大河拐下的大弯，以人类的意志为转移吧，把它多余的部分像切奶油蛋糕那样轻松地一刀切去，绕开它，错过它，终结它，给这条大河的弯折处此后多年虽生犹死的日子，让这道弯折以一条盲肠的样子，苟延残喘地活下去吧。人类在别处重新开凿河道，绕开了它——这片大河柔美壮阔的拐弯处——也由一条滔滔大河，变成一线涓涓细流，由一根动脉，变成一根静脉。

那些年，它真的就安静了，像是突然被遗弃的孩子，开始自暴自弃，把地上的眼泪都流到了远方，流到了天上。这一道优美的弯折处，再无往日的流水喧哗，波光闪耀，取代它的是一条干涸的淮河支节，往日壮阔的淮河，把它往日的隐秘如伤口一般揭开，已是全然裸露出河底了，成了一条干瘪的蚯蚓，趴伏在荒凉的河床上。

那时，对于我们这些不晓时事的孩子来说，一条大河的衰败、死亡并不意味着什么，曾经奔流不息的河水阻隔着我们去往对岸。那里禾苗茁壮、绿草如茵，那里有属于外省的陌生新奇的土地和空气。此和彼，彼和此，一条大河分割的两岸，把我们变作河南人，把对岸变作安徽人，这种来自河流的切割，会在血脉里引起怎样不同的喧响呢？

我们好奇却也无知，无知却又不求甚解，只把目光停留在脚下，停留在脚步与体力所能丈量的最远的地方。对岸，只有不过百米的宽度，一条大河却成了天堑。如今，静脉的血液也已在此处蒸发殆尽，对岸像一面镜子似的朝我们走近，这也让我们在第三条路之外，多了一条更有趣的路。

干旱时节，人们再也不需要一条船，只需把鞋子脱下提在手里，裤子挽到半截小腿以上。裸露在外的河床，龟裂如一块块坚硬的龟甲，让一条河成了一条路，只需瞧着最干燥的地方，拣着路，轻手轻脚的，便能走过淮河去。而除去干旱时节，一年里的多半时间，曾经汹涌奔流的淮河，这时只剩浅浅一条细流，蜿蜒如小溪，曲曲折折，残喘着，不时便难以为继了。

如果不对你指指点点地说起，你怎么也想不到，这线细流，竟如英雄迟暮，它的前身是淮河。

八

夏末秋初，放学后，天上的日头，仍闪耀着刺眼的白光。我们走出校门，按捺不住欲飞欲奔的念头，便沿着山坎下到了淮河浅滩边。

趁着天光大亮，课下作业的烦恼还没来到心上，在课堂上木头似的呆坐一下午的我们，需要来到河滩上玩耍放松，把自己又沉又木的脑袋像茶叶那样，在水中浸润到松散。此刻，河滩上无遮无拦地吹着旷野的风，极目远望，天地广阔而浩荡，容得下任何心性和胸怀。我们这些笼中的鸟雀，一振翅，便撒欢在了河滩上。

那时，浅滩上已经满布着学生的身影了。也还有不多的几个大人，弯着腰，一手拿着口袋，一手拿着铁钩，一步一步地在浅滩上寻找着什么。我脱了鞋，挽起了裤腿，把书包和鞋子一扔，就走到了河床上。一步一个脚窝，圆嘟嘟的脚后跟踩出光滑的泥坑，我也像大人一样，把眼睛变作探照灯，在河床上的泥泞里寻找着了。

我要寻找的，是一种被称为"淮河鲍鱼"的淮蚬，它长如成人的手掌，宽约两指，表面是一层厚硬的壳，里面便是白嫩如荔枝的蚬肉了。把那白嫩的蚬肉剥好，淘洗干净，滚水稍灼，只三五秒就得，时间一久便老了，嚼之如胶皮。横着切小段，再佐以切成小粒的腊肉丁和掰成一拃长的红薯粉条，勾上匀溜的芡粉，做一盆鲜、香、滑、润、浓的"淮蚬鸡蛋汤"，是别处难得一尝而淮河岸边所独有的绝味佳肴。

在浅滩上看到有小洞，一有响动，便"滋"的一下喷出水来，那便是淮蚬了。大人们带着一根专门抓淮蚬的铁钩，顺着小洞往下插，再往上提，正好就钩住了淮蚬开合的嘴，一只淮蚬就被捉住了。我们小孩没有工具，只有两只手，待我发现了"滋滋"冒水的小洞时，便用双手在四周刨起了坑，只留小洞那一块，待坑洞刨得像一座城池，整个地围住了淮蚬时，淮蚬便成了"瓮中之鳖"，双手一收，它就在劫难逃了。

由于没有工具和经验，待我两手终于抓满淮蚬后，夕阳已消逝掉它最后的绚烂，倦怠地走到远方大河的尽头，留一点余光在树梢顶尖的烟影中。此时，我的心里早已没有捉淮蚬时的快乐了，也没有收获后的喜悦了，有的只是浑身泥污和迟迟晚归的害怕。必然，在家里，父母闲散下来焦急地等待，或者为生计奔波而无暇顾及我的晚归，无论哪种，对于我，只需瞧着浑身的泥污和不按点到家的时间，就足够一通责骂，甚至一顿拳脚。

因为担心和害怕，我总是在临近家门时，把抓满两手的淮蚬统统扔掉。虽觉可惜，但与父母的责骂和拳脚相比，我也只好"舍鱼而取熊掌"。回家的路上，我脑袋里设想着如何以谎言应对责骂，如何以眼泪应对拳脚。但无论如何，抓淮蚬时的快乐是结结实实存在的，我也因此，在痛之前，先期品尝到了甜。

九

多少次放学后，黄昏还洋溢着一张热情的脸，太阳在或深或浅的河面上照出粼粼波光。河滩边无数孩子蹦跳着，斜挎的军绿色书包在屁股上颠动着，快乐得像撒野的马驹，不甚宽阔的河滩，成了这群马驹肆意纵情的欢乐场。我也是这群孩子中的一个。我在岸边，望着春天的草如何拱动，夏秋的阳光如何把河水烧灼得炽烈、金灿，又遥望着一场冬天的大雪如何把河滩抹一层厚实的积雪，而那浅瘦河水上的雪，落水即融。那两岸积雪的肥白夹持着一条浅水，曲扭着，直伸向有着大海的远方。

那时候，我朦胧地知晓，我是大河之上的孩子，那或深或浅的河水，是血液一样的东西。正如沈从文所写："从汤汤流水上，我明白了多少人事，学会了多少知识，见识了多少世界！我的想象是在这条河水上扩大的。"

后来，我多吃下几碗人生的饭食，又写作多年，我更从骨子里体认了这份血脉相亲的关系——我与我之关系，我与笔下文字之关系，亦是一条大河给予的影响——我经见的人物坚忍、旷达之品性，皆由这块土地与河流哺养；我经见的文字沉静、宽厚之风格，也皆由这块土地与河流滋生。借由这方土地和河流，我知晓了一条大河犹如草木，亦有春秋之荣枯，我亦更清晰地认识了自我，艰辛的生活与时刻悸动的文学之心，让我对生命的体验有了更深的认知和情感，对笔下的人物事物有了更深的悲悯，也鞭策我更努力地在文字和生活中，找寻一种"深刻地理解他人的真理"。

大河枯萎，大河汹涌，年月滚动着流水的齿轮，将或粗或细的河水运抵此处，又运向无尽的远方。时间拍打着河流的堤岸，任河水涨落，只有河水喧哗，堤岸则无声无息。

十几年后，大路变了模样，小路无人再走，江沟水流静缓。而三条路所通往的学校，曾经的琅琅书声早已消失，只剩一片荒草掩埋的残砖碎瓦。唯有细瘦多年的旧河，重又宽阔起来，由北而来，向东而折，大河流深，拐着大弯。

（选自《青年文学》2023 年第 2 期）

大哥刘耀平

孙希彬

"在这个善变的时代，朋友或是情人，能走过三个月已经不易，能坚持六个月值得珍惜，能相守一年的堪称奇迹，能熬过两年的就叫知己，超过三年的值得记忆，五年后还在的，应该请进生命里，十年后依然在的，那就不是朋友了，已经是亲人、是生命的一部分了。"

网上流传的这段话道破了世间真相，强调了真情不易，提醒并叮咛人们要好好珍惜。照此说法，我与"大哥"刘耀平交往超过了三十年，早已走进生命，是彼此生命的组成部分了。

耀平长我几岁，自然是兄，可我朋友圈里，耀平年龄并非最长，称他"大哥"，一是从众，二是他为人处世像大哥，套用时髦的说法，有"大哥范儿"。平煤的朋友特别是新闻、文艺圈的朋友提到刘耀平，年轻的喊"刘老师"，年龄相近的喊"刘大哥"，关系亲密的直呼"刘老大"。每有聚会，酒过三巡，人不分男女，职无论高低，异口同声称"大哥"，可见耀平的大哥角色、气象已成且深入人心了。

记得是 1989 年秋天，翟平兄引荐，见到刘耀平，一场大酒，相互认可，订交，迄今已经三十多年。和耀平交往，离不开烟、酒、茶。我们那代男人，吸烟是标志，似乎不吸烟就不够男人，影响得十四五岁的少年都背着大人口叼香烟，站在街边乱抖腿。我们一帮朋友，老烟民居多，见面了，互相让烟抛烟，吞云吐雾之时，个别不吸烟者倒显得落寞。文化宫一角，我有一间小屋，来来去去多是文化人，洒脱随意。进到小屋，无论生疏，无须客套，互相甩烟点烟，烟雾缭绕中，喷得天高海阔。来者职业、口味不一，烟也良莠不齐，散支的、半包的、整包的，胡乱扔在桌子上。耀平烟瘾大，抽的烟档次比我高，聚到一起，总抽他的烟。有一天，他胳肢窝里夹一条烟，用报纸包着，来到我的小屋，闪着他特有的亲切的携着狡黠的笑意，说今天有人送来两条烟，阿诗玛，咱哥俩二一添作五。阿诗玛！当年的烟民都清楚阿诗玛的分量，我当时的感受就不需说了。

　　年轻时喝酒，频繁、随意、酣畅淋漓；酒店、家里、公园、路边，都是我们的酒场，耀平家、我的小屋是主场。我们一起喝酒的次数太多了，每一次有每一次的乐趣。某年早春，我们聚在总机场内部食堂，耀平、翟平、杜工部等一众哥们儿，主人问喝啥酒，大家七嘴八舌不能一致，耀平一锤定音：宝丰吧，便宜、好喝。主人说食堂里还有久放的宝丰，不知中不中？拿出来一看，瓷瓶白莲花，开瓶一尝，妙极！于是乎兴致大涨，五魁啊六顺啊喊将起来，食堂内一派欢腾。突然飘起了雪花，不知谁先发现的，惊呼：下雪了！众人隔窗瞭望，轻盈的雪花精灵一样飞舞，众声齐叫：好雪！好雪，好酒，好兴致。那一场欢聚，质量颇高。

　　某年某日，夜，一帮朋友在我的小屋聚酒，来的来走的走，最后仅剩下耀平、我，还有市报社的张黑吞兄，酒喝大了，边走边说醉话，高腔大口，旁若无人。文化宫院里修整道路，一堆沙堆在路中间，冷不防绊了一下，不知谁先倒在沙堆上，一人倒，其他人跟着倒，三个醉汉索性躺在沙堆上，相互牵拉扯抱着，继续大放厥词。不记得有没有月亮，不记得是不是星光闪烁，只记得那堆细沙，凉爽软润，躺在上边好舒服。

　　说到品茶，耀平是我们一帮人的导师。少时不知茶叶为何物，参加工作后才跟着老同事接触到茶叶，一开始是散装，大约是毛尖，叶大质劣，取一撮放进杯子，开水一泡，牛饮。20世纪90年代，日子好起来了，耀平率先文雅起来，书房里摆一茶台，整套的茶具，经常邀请朋友到家品茶。某日，耀平约众弟兄去他家，说刚搞到一款铁观音，甚好。朋友们围桌坐定，耀平忙碌起来，烧水、烫杯、洗茶……只见他拿出一小包茶，撕开，放进壶里，开始批讲茶的分类，几大名茶，铁观音的来历……很是郑重。水开了，沏茶。耀平边操作边批讲沏茶要领，第一泡，要倒掉，叫洗茶，第二泡，先倒进公道壶，再分到茶杯里，一人一小杯。只见他端起杯子，先闻，再品，轻啜入口，噜噜有声，提示大家品茶要一观（汤色），二闻（香气），三品（味道），四回味（厚重）。朋友们依样学样，也发出噜噜品茶之声，煞有介事，好不惬意。回味满口茶香，环视书柜书籍，听着缓缓的轻音乐，真是享受啊！不记得谁冷不丁蹦出一句：

哎呀！耀平你可是率先进入中产阶级了。众人大笑。

耀平总是这样，有好酒好烟好茶，一定要约朋友们分享，看着大家分享时的欢乐，听着朋友们对烟酒茶的首肯赞美，他也收获着人生的大快乐。耀平并不富有，他只是一位记者，只不过人缘好，朋友多，许多人也愿意与他分享。耀平乐于与人分享的美德，赢得朋友交口称赞，身边总有众多各路朋友。耀平太在乎朋友了，总听他说这酒是给谁谁留的，他不来不喝；这茶是给谁谁留的，得给他送去。他也说过给我留的什么酒，我听了心动之余，反复品咂友情的甘醇。有一段时间，我们喜欢谈论金批《水浒》，梁山好汉们的侠肝义胆豪迈人生让我们心驰神往，其实耀平身上，天生具有梁山好汉仗义疏财广交朋友的特质，难怪朋友们不约而同发自内心地喊他"大哥"，他的确就是热诚豪迈压得住场面的大哥。

耀平有大哥范儿，源自他的大哥心，体现在他的大哥行，但凡认识他的朋友，都以他为坚实的依靠。他与朋友们分享的，不止于烟酒茶，还有他的影响力，只要有人提出请求，他总是尽力帮忙，结果也大都能获得圆满。刚来平顶山时，为养家糊口，我开了一家书店，耀平每每向人推荐图书，还领着朋友到书店买书。耀平就是这么热心肠，又是那么自信，如今想来，感慨再三！那年岳父出车祸，接到老家电话，心急如焚，那时候私家车很少，朋友当中，能调动车的只有耀平，我不假思索，拿起电话就打，耀平一听事由，二话不说，让他的司机开车跟我走。妻子甚为感动，每逢提起此事，就说耀平哥帮了大忙。

耀平帮过的朋友、学生、弟弟、妹妹、侄子、侄女太多了，恐怕他自己都记不起来了，受惠的人却牢记在心。一次他不在场，听到有人提起他帮过大忙，动情地说：我就听耀平大哥的，他叫我干啥我干啥。还有一年轻人多次说：刘叔就是我的父亲。我转述给他，他微微一笑说：我都忘了。

人前人后被人喊"大哥"，参加聚会被众多"粉丝"簇拥，真情实意者自然是大多数，可难免有个别虚伪奉迎的，耀平心知肚明，一笑置之。人是社会的人，社会即舞台，每人都要扮演属于自己的角色，角儿当久了，不知不觉就会入戏。多年的弟兄，深入的交往，我隐隐感觉到，有时大哥也挺累的，家庭、亲戚之外，同事、同学、战友、朋友、学生……找他的人太多了，在别人眼里，他似乎无所不能，他又重人情追求完美，人家张口说了，不能驳人家的面子，更不能冷了人家的信任，于是尽心尽力去做。他应该也有不想做、做不来的事情吧，但人在江湖身不由己。他或许也有过委屈自己成全别人的时候吧，他没说过，我也不清楚。可我分明觉出了他的疲惫他的累，疲惫表现在他的身上，累写在他的脸上，看着他日渐显现出的衰老，有句话想说终也没有说出口——哥呀，别太累了。

耀平感染新冠病毒后，加上陈年旧疾，身体大大受损，瘦了几十斤。说一会儿寻常闲话，骂一阵病毒，话题一转，耀平说弄了大半辈子文字，打算把多年来发表过的各类文章合集出版。我说好啊，完全应该啊！他说书稿发给你，强调说你不搞新闻，新闻稿随便翻翻算了，有几篇散文，你可以看看。打开文稿，从头看起。说来别人不信，我和耀平谈天说地也谈文学，但从来不谈自己的作品，他写了什么发表了什么，他不说我不知道，我写了什么发表了什么，我不说他也不知道，或许我们都觉得自己的东西还没有达到郑重告诉对方的标准（一笑）？看作者介绍，知道耀平获得过煤炭系统的最高奖"乌金奖"，还被评为"全国优秀新闻工作者"，被聘为"中国好新闻""长江韬奋奖"的评委。作为新闻工作者，已达到所能达到的最高境界，获得所能获得的最高成就，这并不出乎我之所料，以他做人追求完美、做事追求极致的个性，一点儿都不奇怪。看过新闻辑，翻开文学辑，首篇《我家淮水》，展读之下，吃了一惊：大哥刘耀平，居然有如此文笔！耀平的散文，超乎想象的好，看这些文字：

"淮水打桐柏山六盘谷出，经群山林莽，绕苍松翠柏，一路摇头摆尾的，不一会儿就路过我家门口。

"淮水能照见每一粒沙，看清每一只河蚌在沙里踽踽地游。游是游走了，身后犁出一道弯痕，顺着印痕寻去，均可捉到一只大大河蚌……

"扎个猛子潜入水底，睁眼能瞧见鱼就窥在洞口，脑袋朝外，嘴巴一张一合地呼吸……"

再看这些文字：

"淮水并不一向温驯友善，不定哪年夏秋连阴雨，山洪突突奔涌而来，一浪一浪翻过岸堤，滚进村里……一夜间村子不复存在，房屋倒了，粮食冲跑了，桌子和床不见了踪影，鸡鸭猫狗之类很是罕见，残存的屋脊和树梢上，爬满了耗子和蛇……

"多少年过去了，孩子变成老汉，孩子的孩子也变成了老汉，只是淮水依旧，山也依旧。存于山水之间的人们，无论受过多少惊吓，赔去多少家当，却不曾抱怨淮水，也没想离开那条日夜湍流不息的淮河……"

在《我家淮水》里，耀平写水写人写动物，写景写情写感悟，写无忧无虑赤肚洗澡的少年，写手段高明举叉扎鳖的表哥，写面向淮水哭诉的乡亲，写汹涌暴虐势不可挡的洪水，写撕心扯肺的"叫魂"，写呼天抢地的祷告……这些鲜活可感的景象，通过他沉静、舒缓、饱含韵致的文字，构筑出一幅立体多维的淮水河畔人间风俗图。这些文字，从心底自然流出，呈现出的意象、意境和意义，源自作家的真实生活和作家对生活的独特感悟。欣赏着极品铁观音一样的文字，不由得击节赞叹：刘耀平果真是淮水养育出来的，《我家淮水》果然是淮水流淌出来的。不光《我家淮水》，《姥，你听我说》《我想我姨》《母亲的召唤》等，篇篇都是好文章。成色上乘的作品，当然引人注目，《我家淮水》获得 2009—2010 年度阳光文学奖，并入选《2010中国年度散文》。品读之时，正赶上编纂《平顶山文学大系》，没经耀平批准，我擅自决定收入，为大系增光添彩。

《平顶山文学大系》出版了，我给耀平送书，虽然听他说过"瘦了几十斤"有心理准备，但一见之下，还是压不住心惊，原本健朗洒脱的大哥，瘦得有些脱形，握住他的手，骨架依旧，只裹一层皮了。但神态还是刘耀平的神态，风格还是大哥的风格，我忐忑不安的心在他满不在乎的闲聊中，慢慢平息下来。那天我们去开封见河南大学教授郭灿金，散文家孙牧青开车，上车前，耀平说灿金喜欢喝这款酒，我得给他带上。听闻此言，我心里一阵酸楚，心说大哥呀大哥，你都病成这样子了，还惦记着兄弟爱喝什么酒。可这就是刘耀平，这才是刘耀平，惦记兄弟到了这份上，他不当大哥都难。

古都开封，郭灿金早早在酒店里等候。好友见面，相谈甚欢，耀平神态依然，谈吐依然，不敢喝酒了，他坚持要一只酒杯，让灿金满满斟上，像以往一样端起来和我们碰杯，并做豪饮状。我急忙阻止，他脸上闪出了特有的亲切的携着狡黠的笑意，说：你们干，我闻闻。看着他欲喝不能欲罢不忍的样子，心里两个声音在打架，一个声音说哥呀你不能喝，千万不能喝；一个声音说哥你想喝就喝吧，痛痛快快地喝……说出口的自然是前一种。坚决地近乎残忍地阻止大哥喝酒，内心却涌出一股浓浓的莫名的忧伤，耀平太想开怀畅饮，主动放弃倒也罢了，可他明显不想认输不愿割舍，这是怎样的无奈怎样的伤神啊。遥想当年，弟兄们英姿勃发牛气冲天，粪土古今害民贼，何其豪迈，何其雄壮！至如今……心忧之际，一个念想越涌越强烈：上天呀，你把健朗的身体还给刘耀平，还给大哥吧！我想看他痛快自在地生活……

[选自《大观》（东京文学）2023 年第 11 期]

万物的光

黎 筠

春天，风从紫丁香的花香中穿过时，小染正伏在一张破旧的木板床上望星月，确切地说是望着星月洒在院子里的光。这些光从树叶间漏下来，像谷粒，颗粒饱满，在黑夜中星星点点地诱惑着幼童小染。小染的眼睛具有猫眼的敏锐，很多时候，她能看到别人看不到的东西，小染是充满灵性的。

在万物的光中，小染首先迷恋上了家里的几幅画。几幅画把黑黢黢的堂屋的一堵墙占领了，那堵墙成了小染学习的课堂，那些画就是小染的课本。她把目光专注在课本上的时候，通常是每天下午三四点的光景，这个时候大人们通常赶着日头和牛羊下地了。他们用汗水一点点地把日子弄咸了，弄出了滋味儿，这种滋味儿是有色彩的，有声响的。这个时候，小染从午睡的床榻上走下来，揉揉眼睛，伸伸懒腰，和窗外的世界对对光，就摇摇晃晃地走向她的课堂，小染只用了一分钟的时间就肃穆地立在那些画前——她是什么时候学会这庄严的仪式呢？小染还不认识这些图画下面的汉字，她只有读墙上的画。她完完全全地读出那些汉字是在七八年后，当然，读的时候还要借助家里一本发黄的小字典。墙上张贴的那些画并不陌生，小染的哥哥曾经带着她去岗上拜访过画上的药草。画上的那些药草有的有花，那些药草的花就绽放在村南边的黄土岗上，红的绿的紫的黄的，铺得满眼都是，整个山岗看上去像是一张由鲜花铺成的床。当小染用汉字叫出那些药草的名字时，整片山岗都生动起来。

小染长大后语速极快。她说是从小阅读墙上的那些药草练成的，小染是这样读墙上的药草的：柴胡、忍冬花、白术、枸杞子、白芍、蒲公英、金银花、连翘、车前子、苦地胆、穿心莲、急性子……墙上的药草还有很多，这些药草有的是花，有的是茎，有的是果实。小染读了一遍又一遍，不厌其烦地，流水一样流来流去地读，小染读到了骨缝里、血液里，和迷走神经里。这些药草的药性在她的身体里挥发着，医治了小染通身的病，或许可以穿越时空医治小染几十年后的病。小染这个年纪，村里的孩子们大多可以随大人去田野里挖野菜了，可小染的身体还是软软的，掏不出绿豆大的劲儿，只能每天从午睡的梦中醒来，趁着家里人不在去阅读墙上的药草，这些药草一棵一棵被她稚嫩的牙齿嚼碎，溢出了汁浆，在墙上发出苦涩的清香。

小染被药草医治的时候，大人们没有任何的察觉，日头和日头下的一切生灵都没有察觉。只有日头的光依旧照射着村南边的山岗，这光穿透草木穿透乡间的瓦砾，穿过小染的身体，一直反射到那面墙上，小染看到墙上的药草分明在光波中摇曳着，摇曳着……

小染说梦中她的骨头会发光，会燃烧。小染说这话时，额头上的皱纹已经深入正午、深入黄昏，小染的文字里已经有了哲学与命理的玄味儿。而她总是回想起爬满药草花的那面墙。事实证明小染被满墙的药草附了体，她的思维一直逆向生长，开花。她在这种姿态的思维里，用文字呼吸，用家乡的药草呼吸。一次文学交流会上，她说文学把她的人生捆绑了，故乡又把她的文字捆绑了。小染的思绪回到孩提时，又总是想起故乡的那些飞鸟。飞鸟饿得仿佛没了肉体，只剩下灵魂。一群群的飞鸟在一场大雪中，肉体灵魂都放光，这光同样照亮了小染的文字。雪天，饥饿的飞鸟疯狂地在人家的屋檐下抢夺食物，疯狂得没了底线。之后这些飞鸟又一排排地站在电线杆上，姿态很优美。它们用雪水互相洗濯羽毛，清洗过的羽毛在日头下熠熠生辉。小染能够准确地使用修辞的时候，这些飞鸟就自由自在地在她的文章里展翅了，它们把身体里的草籽撒得到处都是，飞鸟是天使一般的播种机。来年春天一丛丛的花草在瓦舍上、小河边、旷野之地无拘无束地生长，开着明艳或娇羞的花。小染最喜欢瓦舍上的蒲公英，这些蒲公英也是飞鸟播下的，蒲公英的种子即便衔着一粒泥土也要在大自然里生根、发芽、开花、结实。盛花季节，一阵风吹来，蒲公英就开始在天空中飘来飘去，轻盈得似精灵，像善良聪慧的孩子，驾着翅膀在白云中俯瞰大地，像飞鸟一样把籽粒留给大地，大地便开始一轮轮的孕育、抽穗。大地的深奥是一棵蒲公英无法解读的。

　　一个人和万物的关系是有密码的，小染说她是村里和泥土最亲的孩子，土地在她的眼中会发光，小染在土地的眼中也发光。小染于故乡也是自由的，她闭上眼睛自己就变成了会飞的鸟，她眨眨眼睛就变成了会飞的蒲公英。她到底是谁呢？小染在一篇文章里还说，她想成为万物的管理者，她要有一双翅膀，每天飞行数千里去拜访无数的方格田、药草、高山及河流。注意，她用了极具仪式感的"拜访"一词，就像当初她极具仪式感地立在贴满药草的一堵墙前。她站在那里的一瞬间，其实就成了万物的管理者。许多年后小染证明了这一点，小染不是用皮鞭和其他的劳动工具去管理它们，小染是用文字，用文字里散发出的血肉气息去管理它们。小染习惯在万物的光中行走，小染的身体是单薄的，没有文字的功效，小染也许还没有学会在大地上直立行走。文字在她的生命中是发光的，文字像药草一样也有附体和医治的作用。小染写过许多文章，小染的文章大多涉及一条河、一座山岗和一片野性的药草。小染也是野性的，有时她是一朵野蔷薇，有时是山岗上的一棵不经修饰的野山楂，有时是天边一朵流荡的云，而有时又仿若一头猎豹。村里人无数次看到她赤着脚去追赶一团旋风，她极迷信地把腋下夹着的鞋扣向大地，然后把鞋拿起来，看看鞋子里是否有灵魂的影子。村里人一代代这样相传的，说刮旋风时把鞋扣在地上，拿起来时会看到鞋子里有各种灵魂的影子。那个时候小染十一二岁，激昂得浑身的血液嗤嗤嗤往头顶上冲，小染要看看人的灵魂是什么样子，花鸟的灵魂是什么样子。小染在大地上赤脚跑着，跑着跑着，她的发辫上冒出了生命的脂油，蓝色的脂油一滴一滴地往地下淌，肥沃了她脚下的土地！这时候有人喊道：小染，小染。小染头也不回地依旧往前跑，世界上所有的灵魂都往前跑，可她追不上，她看不到灵魂的样子。小染始终没有停下脚步，在时光中，她把自己跑成了青春的样子，跑成了一缕光。

小染后来终于看见了灵魂的样子，故乡的灵魂就藏在自己的文字里。

一个孩子走多远，还是父母的孩子；一朵蒲公英飞过多少重天空，它仍然是蒲公英。小染呢，小染仍然是乡村的孩子，乡村的日头照耀过她，乡村的五谷菜蔬养育过她，一只乡村的飞鸟和她对视过。

（选自《散文百家》2023 年第 3 期）

萧萧白发

张青春

年年节日或寻常日子看望母亲，她总是喜盈盈地张罗着，不知拿什么给我好。在沙发上坐下来，她总是伸出瘦骨嶙峋的双手，拉住我的衣襟，看不够也说不够。到了饭时，她总是颤巍巍地或走进厨房打开电磁炉，或在庭院东南角紧挨大门里侧烧简易的锅，馏馍，炒菜，下饺子，亲眼看我吃了似乎才放心。离开的时候，总是拄着拐杖，斜倚门框，朝着胡同口扬手致意，依依不舍地目送我远去。今年清明节，风里雨里赶回去，我看到的却是两棵翠柏掩映旧土又添新土，站立在母亲坟茔前头，哀痛不已，泪水顿时模糊了双眼，很快又像滚瓜一样顺着脸颊滑落下来。

我又看见母亲斜倚门框，一手拄着拐杖，一手搭着凉棚，向胡同口眺望着什么，满头白发在微风中飘绕，脸色苍白，神情凄苦。我的母亲原本是一位有灵性的女子，从她珍藏的相册上看到，少女时代齐耳短发，面如满月，眉清目秀，举手投足间尽显温婉端庄。

母亲李瑞芳，1937 年 4 月生于太康县窑后村。1950 年冬，随父李占亭赴任移居尉氏。1959 年 9 月，从开封地区第二师范学校毕业，同年在尉氏县第一高级中学任教，并担任该校团委书记。1961 年暑假，经同学介绍，母亲到郑州河南日报社任校对员。这无疑是一个改变命运的好机会。在尉氏小县难有大发展，到省会郑州就不一样了，个人事业会更上一层楼，生活水平也会有大幅度提高，更主要的是子女升学就业、婚姻，前景广阔。一周后，母亲回家站在餐桌前，双手捏住前襟衣角，怯生生地低头跟我的外祖父商量，却不料他一巴掌拍在餐桌上，一盏拳头大小的粗瓷茶钵"当啷"一声翻了个个儿，嘴唇颤抖："不行！人家都下放哩，你上放！"紧接着，又说："我是党的领导干部，自己的女儿还动员不了，怎能说服人家？"李占亭时任尉氏县人民政府第一副县长，性格耿直，清正廉洁。母亲虽然恋恋不舍钟爱的校对工作，但是一想到父亲李占亭出生入死做党的地下工作，从农家子弟逐渐成长为党的领导干部，自己这点委屈算得什么！在面临抉择个人前途的三岔路口，她像贾鲁河畔扎根泥沙的杨柳一样长大，也像杨柳一样不计贫瘠，默默服从，把生命、事业的根系隐忍地扎进土地。1962 年初春，响应党和国家"知识青年到农村去"的号召，母亲下放至尉通县四所楼区娄寨小学任教，一个学期后，又下放到太康农村，成为乡间罕见的一名新型农民。下放，指干部、知识青年调到农村或工厂等基层工作生活。母亲由窈窕淑女转变为纯朴的村妇，经历多少坎坷磨难，饱尝多少酸甜苦辣，却从未有过怨言。父亲常年在王集、琅琊岗、李占荣、葛岗、宋庄、龙曲、料城等地教学，根本顾不上家，祖父祖母年迈，里里外外只有依靠母亲。田间地头，庭院灶间，四季晨昏，昼夜忙碌。下放第一年秋天，生产队分十二个秫秸秆子，雁别翅儿，桑木扁担一肩挑起来，只听双腿膝盖轻微的"咔嚓"一声响，但还是挑起来了，颤巍巍地向村里走去。从此落下病症，中年后双膝变形，罗圈腿，疼痛难忍，行走艰难。我心疼极了，恨不能替替她，问她："就不能多挑一趟吗？"她答："那时，柴火缺呀！"

母亲乐观豁达，随遇而安。生产队分的粮食吃不到接新麦，擀面条用红薯面掺少许豆杂面、一小撮榆皮面（榆树内皮剪寸段，晒干，碓窑捶碎，罗面），一遍又一遍来回擀面片，竟然裂成几块巴掌大小的面叶，她用小擀杖，在面叶上趱（方言，来回擀压），待面叶厚薄适中，再切成面条，韭菜叶宽窄，三四指长短。下锅菜也有青菜，很少，通常是水炸芝麻叶、霜打红薯叶。红薯面苦涩的味道，擀杖磕碰柳木案板沉闷的声音，使我幼小的心灵感到一阵阵难受，我们一大家子，母亲劳作最辛苦，但她有时候一边擀面条，一边还轻声哼唱乡间小曲儿！

母亲心灵手巧。用茭草莛子纳锅拍，方圆百里没有超过她的。这是一种厨具，主要用于盖锅、缸、盆，亦可用于放置面条、饺子，干净、轻便。铡刀切下笔直、匀称的莛子，阴干，脱去苞叶，莛子黄中带绿，绿中泛黄，非常好看。上下两层，纵横交织，一只直径四十五厘米的锅拍需一百三十八根莛子，纳二百针左右。锅拍针脚，有"回"字形，也有狗尾巴形，若不仔细分辨，很难看出。母亲的锅拍，结实耐用，用十来年也不会坏。街坊邻居见了，无不夸赞："啧啧，这针脚，这手艺，百里难挑一！"

太康盛产棉花，女人大多会纺花织布。母亲白天去种地，夜晚来纺棉。棉线纺出来，还要络线、浆洗、染色、经线、织布、裁剪、缝补。我上小学三年级，母亲趁初春农闲，堂屋前边空地东西两头楔上尺把长柳木橛子，用来挂线，一趟一趟小跑着经线，地上很快就是一片彩云。红、黄、蓝、白，诸色皆备，按照一定比例搭配，可织成好看的花布。这个时候，院子里忽然有母鸡下蛋"咯嗒咯嗒"的声音，有小狗"汪汪汪"稚嫩轻吠的声音，母亲和邻舍帮忙的女人，无不停下手中的活计，一齐向声音起处望去，好一幅颇有诗意的村居经线图。

母亲一生勤劳。茭草砍下来，挑选笔直匀称的，刷去叶子，用铡刀沿着秫秸结节划一圈儿，剥去苞叶，笔直而光滑，好比一根根竹竿，秫秸、麻经子经纬交织，密实而整洁，俗称"光箔"，多用于晾馍、晒棉花等。她织光箔，也织毛箔。秫秸只刷去叶子，而苞叶尚存，斜放背阴屋檐下晾干，在村头开阔地斜支木架织箔，因为秸秆毛糙，俗称"毛箔"，多用于铺床、房间隔断、盖房搭顶等。织箔一般用六道线，隔一道，一织。不然，掂起一领箔，会零散。南院盖起三间起脊瓦房，东间梁头下竖立一领毛箔，当作隔断，俗称"箔篱"。到了腊月，张贴花花绿绿的年画，给人以整洁、清新、喜庆的感觉。西间梁头，棚上桁条，铺毛箔，储藏红薯片，也存放父亲从学校带回来的《人民日报》《河南日报》《参考消息》《红旗》等报刊，小学作业也少，我时常沿着梯子爬上去浏览，虽然只是一些新闻、社论，却读得津津有味。1981年，我的诗歌处女作《赶集路上》在太康县人民文化馆《红杏》杂志发表。次年初春，我爬上桁条装半麻包红薯片，架子车拉到王集，卖十二元，用十元参加吉林"《春风》函授文学青年讲习所"。其间，诗歌《希望》在周口地区文联《颍水》杂志发表，虽然只有一首，我却捧住杂志看了一眼又看一眼，第一次得到稿费九元，虽然不多，但在当时能买二百多个鸡蛋。

太康农作物一年两熟，夏季小麦，秋季大豆、绿豆、高粱、玉米、红薯。传统农作物产量低，只有红薯高产，因而便成为主要秋粮。霜降过后，用抓钩取下来，除了挖窖储藏，大多刮红薯片干储。刮红薯片大多在夜间，远远望去，田野里一盏盏灯笼高低明灭，忽明忽暗，游走不定。我家的灯笼是母亲自制的，俗称"气死风"，一盏煤油灯放在上下两端透气、周围镶嵌玻璃的灯笼上，固定好，能顶三四级风。红薯刮子，也是她自制的，一块二指厚一尺多宽三四尺长的柳木板，一端靠里正中一拃长之处斜茬开口，茬口两头嵌以锋利的镰刀，茬口与刀片之间留下一条韭菜叶宽窄的缝隙。刮子一顺摆在板凳上，她直侧着身子，端坐其上，右手还没有刮完，左手又抓起一块红薯，随时递过来。刮子下边，红薯片"刺啦刺啦"应声落地，很快堆起尖尖一堆。我是长子，十一二岁正是贪睡的年龄，但看到母亲劳累的样子，还是强打精神，装满一箩，趔趄着扛到垡头地里，右手一抡，红薯片子扇面似的撒开，再摸索着一片一片摆匀。收工，已到子夜。一个红薯季节，母亲双手沾满星星点点的红薯芡，十天半月也难洗掉。

母子关系密切，感情深厚。我五六岁，整天玩耍，布鞋露脚指头。母亲搲一瓢红薯面掺少许玉米糁，打糨糊，堂屋前墙蓝砖上粘一层又一层铺衬，再覆两张报纸，干了，"哗啦"一声揭下来。袼褙照鞋样子"替"下来，一指宽窄的生白布条子沿口包边，纳底，�帮。她一边扬起右手在头皮上斜划几下扯线的钢针，一边嗔怪："你的脚长牙了?"我以儿童狡黠的目光察觉，她并不是真的责怪，而是嘴角和眉梢挂着掩饰不住的笑意，脖子左侧靠近下颏一颗榆钱大小的痣，更加红润了。

十六岁，高考落榜，情绪低落，寝食难安，整日卧床，怀抱半导体收音机，以此消磨无聊的日子。家庭生活拮据，父母却执意送我到开封市第一中学复读。母亲苦口婆心地劝："没有场外的举人。失败是成功之母。参加高考的学生多如牛毛，能够考上大学的可是稀如牛角。这次没有考好，复读一年还可以再考嘛。"紧接着，还形象地说："供销社从外地新进一批紧缺物品，凭票购买。没有票证买不成。去开封复读，你就是一个手握票证的人!"我重新鼓起勇气，赴汴刻苦复读，寄宿在西南城坡原开封地区科委家属楼二姨家。其间，所幸遇到 20 世纪三四十年代全国十大新诗人之一陈雨门、河南大学中文系高才生郭云岭，所写作文深受两位先生赏识，其他各科学业水平也迅速提高。

2014 年夏，我去尉氏吉安巷看望母亲，她正在楼房厦底下乘凉，旁边矮凳上放着老花镜和一本《老人春秋》杂志。她接过一兜妻子新蒸的麦面馍、玉米面馍，先是"噎"了一声，紧接着说："老大家好茶饭，馍多周正！"我插话："出锅时她就挑好了。"她又说："年下在你家，她接热水给我洗脚、剪趾甲，值了。"说罢，母亲布满皱纹的脸上，分明洋溢着一种甜蜜的喜悦。她拄杖颤巍巍地从厨房端出一盘挂着晶莹水珠的水果，放茶几上，又顺手递给我一个丰水梨。我刚抓起水果刀要切开一半给她，她急忙阻拦："不分梨！"我猛然悟出母亲的用意，母子不分离，永远在一起。

母亲说话风趣幽默，生动形象。16 岁高考落榜，乡下升学率很低，她就说"参加高考的学生多如牛毛，能够考上大学的可是稀如牛角"。乡下女人爱议论东家长西家短，她就说"吃自家的饭，量人家的肠子"。一个人办某件事，她若不屑一顾，就说"看他能结个啥茧"。某件事对自己有怎样的影响，她就说"鞋大小，脚知道"。这对我的文学创作影响深远。

母亲与人为善。有一次还乡，一个快八十岁的老街坊忆起我的母亲。这个老街坊和我们家只隔一条胡同，我的母亲叫她"王大姐"。那天，她从南地锄小秋回来，正路过我家门口。"王大姐，过来过来，给你几个茄子！"我好像看见母亲正站在小菜园里弯腰剪茄子，觉得她对街坊邻居很和善，"搁合"得很融洽。

母亲平淡、清静、孤寂的日子堆积着，走过了月，走过了年，直至 2018 年 5 月 23 日，她突然倒地，五兄妹火速将母亲送往尉氏县中心医院，确诊为脑梗死，虽然经过抢救，还是落下右侧偏瘫后遗症，左眼也因为血管交叉堵塞失明。我突然想起来，母亲七八年前曾跟我说半仙算卦，她八十一二岁有灾。现在想来，可不就是嘛，八十二岁上罹患脑梗死，虽未要命，却也是致命的。患病之前，嗜睡，打呵欠，误以为属于老年人身体正常衰退，疏忽大意身体细微的变化，其实万恶的病魔正无情地逼近她的身体。现在，什么时候一想起来，我就深感愧疚和自责。

出院后，去看望她。她侧身右卧，我为她掖被子时还是看到她左侧膝盖下三四指处至踝骨里侧，前几年臁疮愈合留下尺把长褐色硬块，多条纵向纹路，触摸干涩。心绪很乱，我轻声问："吃个杧果吧？"她答："吃个吧。"剥开，喂她，只吃两口，一个劲儿地往外推，要我也吃一口。我不吃，她也不吃。临别，她坐在床帮上，往左微微趔趄着身子，显出努力的样子，慈祥地望着我："我送送你。"我心里头一惊，她已经不是年轻时候那个风风火火走路一阵风的母亲了，现在偏瘫成这个样子了，竟然还要强撑着送我！我走到院子里透过窗户回首看去，她一直看着我，向我不住地挥手。我的眼泪很快流出来了。我怕她看见，也怕别人看见，急忙擦去。

2021 年 7 月 20 日特大暴雨。五六天，洪水还未退，尉氏境内又袭来一波疫情。我坐卧不安，心神不宁，不知道母亲该怎样度过漫漫长夜。打电话或微信视频，她耳背，听不清。母亲在世上的日子不多了，我放下手头一切要办的事情，要陪陪她。

半月后的一天傍晚，我带着儿子、儿媳、孙子们，急匆匆地去看望她，一见面，她一把扯住我的手，问我怎么这么长时间没去看她。小时候，无论遇到什么困难，总是第一个告诉母亲，她似乎每次都能迎刃而解，然而一直刚强的母亲也有身体脆弱、需要依赖我们的时候，我们与母亲相伴，在平淡中体味相伴的美好。停了一会儿，她一再说："这么晚了，又来了！"

母亲的记忆大多模糊了。她坐在轮椅上看到一岁多的小重孙，扯扯小手，从别人怀里接过去，左手揽腰逗他。我附在她的耳边告诉她："这是小孙子。"她记住了，一遍又一遍地重复这句话。其实，她之前曾多次向人炫耀，自己有几个孙子、孙女，几个重孙子、重孙女。这个时候，母亲左手突然一颤，小孙子挓挲着两只胳膊，咧嘴笑了。民间风俗，小孩有天眼，依偎久病老人怀里，或发笑，人就活命。别人接过去小孙子，我为母亲戴上老花镜，手机凑到她眼前，打开图库，屏上显示外祖父李占亭遗像，我轻轻地凑到她的左耳边，大声地让她辨认，她认不出，依然用亲切、慈祥的面容看着我："这个是谁？"忽然，又翻出我的百天留影。这是一张黑白寸照，我身穿单薄暖兜，光腿赤脚，坐在小椅子上，手扶横栏，偏左歪头，嘴唇微张，眼睛眯缝，憨态可掬地望着什么。她很惊奇，左手拇指与食指张开，掌心朝上微斜，托举手机，仔细地看了一眼，又看一眼："这个我认哩，是小孩儿，就是你呀！"紧接着，又说："这张相片，好！你是从哪里弄来的？可不好找啊！"还说："这个小孩儿，精细——""精细"，方言，聪明的意思。这张照片五十八年了，她竟然还记得！临别，她左手虎口使劲儿握住我的左手，一抖，再抖，三抖，不舍得放下。一瞬间，我的鼻子发酸，扑簌簌地流下眼泪。

最让我锥心刺骨的是与母亲的诀别。2021 年 9 月 25 日，母亲因房颤、心律不齐住院。秋雨连下三天，让人心烦。10 月 2 日，竟日在医院陪护母亲。我还没有放下饭盒、茶杯等随身物品，她在病床上抬起左手，指着我，不住地"嗯嗯"。妹妹说："咱妈看见你了，跟你说话。"饭盒里倒出小半碗米油，用大号针管吸入，从嘴角喂她，竟然连续两三次听到正常人饮水咽下的声音。我很惊奇。这是多少天也没有过的。再喂，她嘬嘴，不咽。趴在耳边，问她，答道："不饿。"一会儿又说："吃饱了。"用湿毛巾擦擦脸，擦擦手，她又安静地躺下了。夜间在她右侧并排躺下，至子夜 2 点，她左手轻轻抚摸我的左侧下巴，感觉手掌涩拉拉的，我醒了，问她解手不解，饿不饿，渴不渴。她摇摇头。我起床，右胳膊拐起她，复又替换左胳膊，紧接着又爬上病床再次用前胸抵住她的后背，扛住，在背后用枕头、衣服垫高，使她仰卧，喂温开水。早晨 5 点，起床，叠被，洗漱，为母亲擦手洗脸。半小时后，她又安静入睡。母亲一生争强好胜，做出许多大事，及至晚年，病魔缠身，骨瘦如柴，胯骨锐似刀削，顿时一阵阵酸楚涌上心头，禁不住泪流满面。孰料，这次竟成了我与她的诀别！10 月 9 日 7 点 50 分，母亲永远地离开了。如果我能早会儿赶到，在她清醒的时候，拉住她的双手，跟她再说说话，那该有多好！这成了我心头深深的遗憾，我悔恨不已、抱愧终生！

　　站立在母亲坟茔前头，追忆母亲风雨坎坷的历历往事，我的心绪纷乱极了，悲伤极了。我不想说母亲伟大，因为母亲的确很平凡，但我也不忍心说母亲平凡，因为她的确有许多伟大之处；我想请母亲安息，因为她的一生确实太劳累太疲倦了，但我又不愿说母亲安息，因为她永远活在我们心中。

　　"燕子去了，有再来的时候；杨柳枯了，有再青的时候。"母亲离我远去了，我却再也不能见她一面——再也见不到母亲的音容笑貌，再也听不到母亲的谆谆教诲，再也不会在人群中喊起母亲，随即有人停下脚步回头应答。人间的路，母亲走过八十五年，今后要由我把她没有走完的路继续走下去，把她没有完成的意愿继续传承下去。这个时候，我的眼泪又来了。弯腰在坟茔前头画一个半圆，又在里边画上十字，然后点燃纸钱，跪拜母亲，悲痛欲绝，放声号啕大哭。

［选自《大观》（东京文学）2023 年第 3 期］

天边有片火烧云

贾志红

天边有片火烧云，晚霞的光从云彩缝里挤出来，斜照着我家厨房的小窗户。我妈在窗下的案板上擀面饼。白面的、薄薄的烙饼。一盘炒好的菜被倒扣着的粗瓷碗捂着，没有捂严实，醋熘土豆丝的香味从缝隙间逃出来，被我和弟弟的鼻子捉住。我们细细地闻，深深吸气，排除窗下鸡圈里飘出的鸡粪味的干扰，闻到了让人欣喜的气味，脸上乐开了花。啊，有肉香。我妈准是炒了一点肉丝，那盘被捂得严实的菜肯定是醋熘土豆肉丝。虽然，依着我妈的脾性，整盘菜里也不会有几根肉丝，但肉这个东西就是这么神奇，它具有强大的侵略性，它能挟住跟它混在一起的任何蔬菜，使它们退缩、臣服。我妈深知肉的优点，她说，肉菜嘛，就是吃那个被肉染了味道的菜。我和弟弟也认可她的观点，不认可也不行，那年月，肉是逢年过节才有的奢侈品。我们的味蕾最诚实，从不撒谎，掺了肉丝的土豆丝的确比纯土豆丝好吃一万倍，哪怕肉丝少得能数过来。弟弟兴奋地窜到我妈背后，踮起脚，搂住她的腰喊着，妈、妈，有肉、有肉。我妈用擀面杖轻轻抽一下他的屁股，说，你俩长着狗鼻子。

可不，我们的鼻子尖着呢，不仅尖，还有弯钩；不光能把我家小厨房的饭食味道一丝不漏地勾住，还能把邻居二妗子家的厨房气味搜刮一番。二妗子过日子俭省，她家厨房的气味总是寡淡寡淡的。去地里揪一些红薯叶子就能让二妗子一家人吃好几顿。这会儿，她端一碗红薯叶子糊糊面，坐在台阶上，呼噜呼噜，吃得山响，晚霞也映着她的脸，她乱糟糟的头发像霞光中的一蓬草。西天边的那片火烧云如电影里的漂亮布景，像被人用画笔画到天上似的，我们的小院也是满院红彤彤。

二妗子转动碗沿，边喝边吸溜，一碗糊糊面，被她吃得热闹极了。我妈听见二妗子吸溜糊糊面的声音，便倚着厨房的门框打趣说，二嫂，别不舍得吃，你家大母鸡下的蛋，不是光能卖钱，人也能吃，你看，二嫂，天边又有火烧云了，今年的麦子呀，准是个好年景。二妗子咽下一口糊糊面，撇撇嘴说，大妹子，我哪能和你比，你家有在城里挣工资的人，我家可是一屋子泥腿子，年景再好，细粮也不够吃啊。说完她又埋头对付那碗糊糊面，赌气似的，声响更大。我妈抽动嘴角笑了一声，二妗子半是讥讽半是羡慕的话让她忽然有了一些好心情，《朝阳沟》里的小曲顺势就爬上了她的嘴唇，她哼哼呀呀唱了半句，又猛然想起了什么，停了唱，叹口气，闭上嘴。灶膛里的火苗一蹿一蹿的，映照着我妈的脸，她像在想什么大事一样严肃。她总是这样，开心的时候会倏然收了笑容，陷入一种焦虑中或者说忧伤中。二妗子知道我妈在想什么，她起身回她的厨房，小声嘟囔一句：有本事就回城里。

我的心立刻提到了嗓子眼儿，我担心我妈听见这句话，若是听见了，今晚可能就不能吃安生饭了，那该多可惜，让人流口水的醋熘土豆肉丝呀。我便尽力发出很大的声响，比如吆喝我家三只正在吃食的母鸡，以掩盖二妗子嘟囔出的足以引发我妈愤怒的那句话。

我妈和二妗子，总是嘻嘻哈哈地说笑话，可是话里话外又暗藏针尖和麦芒，她们互相扎，我分不清她们到底是在打趣还是在斗嘴。其实都是一些碎碎的事情，过日子的事情，锅碗瓢勺的事情。我妈常说，日子过不好就会被笑话，人要硬撑着过好日子。我妈说这话的口气，就好像二妗子是那个专门等着笑话我们的人。不过，我们小孩子不掺和大人们的事儿，二妗子对我们和善，她的针线活儿做得好，她能把裤子上的破洞补出一朵花来。我妈顶服气二妗子的针线活儿。

嗯嗯，好，咱们好好过日子。我们顺应着我妈的话，使劲点头。当然要点头，好日子就是吃白面烙饼卷有肉的菜，谁能不顺应呢，傻子才不顺应呢，我和弟弟都不是傻子。

九斤黄、大黑和小白，三只母鸡正在鸡窝门口啄食用麸皮拌和的鸡食，鸡啄把装食的破铝盆敲得咚咚响，它们能把半盆麸皮疙瘩啄得一点不剩，在钻进鸡窝前，它们显得恋恋不舍，直到确定我们不会再往盆子里投食，才一步一回头地走向鸡圈的小门，却仍然不肯钻进去，而是在门口徘徊，除了食物，它们大概还留恋这黄昏的光景吧。鸡窝里黑咕隆咚的，那是多让人惧怕的黑色啊。人怕黑，鸡可能也不例外。可是它们又不得不在黑暗的鸡窝里挨过一个个夜晚，与被黄鼠狼叼走或者是咬伤相比，黑暗显得无足轻重。我家的母鸡黄昏时分在鸡窝门口恋恋不舍，它们总是在暮色降临后，才极不情愿地跳上小门的台阶。在钻进鸡窝前，大黑又回头望了我一眼。小白呢，不仅扭头望着我，还咯咯叫了几声，我和弟弟能听懂小白的咯咯声，那是在说明天见。

小白是一只羞涩的小母鸡，前天才刚刚产下它的处女蛋，白色蛋壳上有几条痛苦的血丝。这枚蛋，是我和弟弟亲眼看着小白产下的。我们趴在它的产房旁边，眼睛直勾勾地盯着它。我家供三只母鸡产蛋的产房，是一个大大的旧篮子，篮子底部铺了一层碎麦秸，像一张柔软的床。九斤黄、大黑和小白，轮流在篮子里产蛋，它们乖得很，有蛋的那天，必会早早地卧进去，一通使劲，再咯咯嗒咯咯嗒地报喜。收捡热乎乎的鸡蛋，是我和弟弟抢着干的美差。而上天仿佛是安排好了似的，它们从来不会抢窝，都是隔两天产一次蛋，我们天天都有鸡蛋收。小白在三只母鸡中年龄最小，就在我们还把它当作一只母鸡小姑娘时，它在我和弟弟的惊喜中学着九斤黄和大黑的样子卧进篮子，这勾起了我们的好奇心，我们想看看一只母鸡是怎样产下它生命中的第一枚蛋的。我们就那样趴在篮子旁边，眼睛像钩子。初产的小白大概又急又羞，鸡冠子憋得发黑，它终于忍受不了我们的眼光了，从篮子里蹦了出来，屁股里夹着那枚蛋，一扭一扭地在院子里跑，没跑多远，憋不住了，小屁股往下一蹲，一枚白色的带着血丝的蛋就在院子中的石板地上骨碌骨碌滚下来。弟弟眼疾手快，迅速抓住那枚蛋，却又害怕它的血丝似的，往我手心里塞。我托着那枚蛋，对着太阳瞄它，还煞有介事地微眯着另一只眼。那枚蛋在阳光下通体发亮，蛋壳仿佛吹弹可破。这枚蛋被我妈放在另一个篮子里，没有和九斤黄、大黑的蛋放在一起，我妈说小白的蛋是乌鸡蛋，要留着。

至于留着小白的蛋做什么，我们才不关心呢，这个黄昏，我们只关心卷饼。烙饼卷醋熘土豆肉丝将在这个被晚霞打扮得漂漂亮亮的黄昏，把我和弟弟的胃抚慰得舒舒坦坦。生饼已经被我妈擀好，摊在大面板上，就等着鏊子热了。我妈伸手在鏊子上方试了试热度，说火候还不到，再等等。然后她用尖头的擀面杖拨了拨灶膛里的玉米秸秆，火势仿佛就威猛了一些，火焰蹿得老高，舔着鏊子的底，也照亮我妈的脸。

每逢我妈烙饼的傍晚便是我和弟弟兴奋的时刻，我们在厨房门外的空地上疯跑，以释放兴奋情绪。供我们嬉戏的场地实在是太小，也就是厨房门口的一块空地，我们根本跑不开，只能像笼里的兔子一样绕圈跑，他跑我追，追上了就用玉米秸秆抽他的屁股，轻轻抽两下，玉米秸秆就软了，但是并不会断，这东西的芯容易糠化，皮却很有韧性，软塌塌的像是一根使不上劲的鞭子。我妈不大愿意让我们到大门外去游戏，那里倒是宽敞。她担心我们和村里的孩子们起纷争。能有什么纷争呢，不过就是打架而已，小拳头打，小拳头还。我们打了架是绝少让我妈知晓的，除非脸上的抓痕或是青肿出卖我们。我妈总是试图让我们明白我们和村里的孩子不一样。怎么不一样呢？我和弟弟一脸的不服气，我们晃晃我们的脑袋，又舞动舞动胳膊，再踢踢腿，证明着我们是健康的孩子，什么零件都不缺失，我们攥着小拳头说遇到欺负就要反击、要打架。其实，每逢有烙饼的黄昏，把我们留在院子里的不是我妈的命令，而是我们惦记着厨房里的烙饼，热饼卷热菜，想想就让我们直咽口水，闻着饼香，哪怕在巴掌大的地方嬉闹，心也是宽敞的。另外，我们其实还有任务，我们不能舰着脸白吃饼，我们得惦记着为灶膛添加玉米秸秆以获取我妈的赞扬。

烙饼和醋熘土豆肉丝令我和弟弟格外乖巧、殷勤。整个厨房都涌动着暖色，斑驳的窗户、被烟熏黑的墙壁都罩在一层光晕中，我妈的脸颊也是微红的，是晚霞还是灶膛里的火苗染红了她的脸，抑或是尚年轻的我妈本来就该拥有健康的肤色，我还真是说不清楚。

能说清楚的是饼的数量，我数了数，有五张饼。每次烙饼都是五张，好像我妈只认识这个数似的，其实我妈是村小学的算术代课老师，她认识的数字多着呢，成百上千，但她从来不会给我们烙成百上千张饼，她说白面金贵，不能由着性子吃。纵使某个周末，在城里工作的我爸回来，她也不会多烙哪怕一张饼，她说我爸在城里单位食堂有细粮吃，家里的白面要留给我和弟弟，我们贪吃，正长个子。分配的原则是我妈早就定好的，这是我家吃烙饼的惯例。我和弟弟每人吃两张。我们卷了菜，大多数时候是醋熘土豆丝，有时候，也会是我妈自己生发的黄豆芽、绿豆芽，冬天常常是萝卜丝。不管是什么菜，只要卷在柔软的烙饼里，就很香，我们是不挑菜的，也不敢挑。我们端着被醋熘土豆丝撑得饱满的卷饼，像端着个小炮筒子，用两只手捧着，咬一口，菜汁儿顺着嘴角流。剩下的那一张，我妈不吃，我妈自己吃混杂着红薯面或是玉米面的馒头：黑色的，黄色的，黑白相间的，黄白相间的。她把它们掰成小块，泡在热小米粥中，像喝一碗更稠的粥，呼噜呼噜的，与邻居二妗子吃红薯叶子糊糊面发出的声音一样。我和弟弟却是细嚼慢咽，把饼、菜与牙齿、舌头厮磨在一起的时间无限延长。那个时候，我偷偷地想，为什么我妈和二妗子吃粗粮时都能发出粗糙的声音？粗粮粗粮，大概就是因此而得名的吧。

我们眼巴巴地瞅着我妈，希望她把那张剩下的烙饼一分为二均分给我们。其实我们已经吃饱了，打着饱嗝，细粮和热菜令我们的胃无比舒坦。可是我们肚里各有一条贪婪的馋虫，让馋虫满意可不是一件容易的事情，我们管不住馋虫。但是我妈不答应，她能准确地判断自己的孩子是饿还是馋。她说，饿是水缸，几桶水就能装满；馋是村头的那口深井，没法填满。我们听不懂她的话，只能看着她把那张饼收在篮子里，篮子则被挂在房梁上，如诱惑或者说象征般悬于我们的头顶。她留着那张饼，说你们俩谁表现好就奖励给谁。那语气不像是我妈，更像是学校老师。哦，对了，我妈也是老师，别人的老师。老师们总是把表现好、奖励之类的词絮絮叨叨地挂在嘴边。不过，对于孩子而言，遗忘总是比牢记来得更迅捷。被我们惦记的烙饼很快就被我们忽略，它和几个黑色的、黄色的、黑白相间的、黄白相间的馒头厮混在一起，难逃被风干的命运。等到我妈意识到烙饼已经失去奖励的功能时，它已干硬得再也卷不住任何菜而遭到我和弟弟嫌弃，最终被我妈撕碎泡入一碗小米粥中。她在喝这碗小米粥时，呼噜呼噜声果然小了很多。这个感觉被我多次验证之后，我像个小巫婆一样既窃喜又慌张，仿佛不经意间打开了一扇通往秘密的门，而我却被这个门以及门后的未知唬住了，不敢走入门内。

我妈的奖励计谋总是这样不明不白消失于穿堂的风中，而新的烙饼又会在某个黄昏再次热腾腾地问世。

那时，我妈被下放农村已经好几年了，也就是说，我们借住在外婆家的两间老房子里也好几年了。外公外婆和舅舅们，他们获批了新宅基地，建了新院子，盖了新房子，就在离老房子几百米的后街。村里的新房子都在那一片，宽敞、空旷，几乎都是平顶，站在房顶能望见辽阔的麦地，望见通往城里的大路。有一次，说好周末回家的我爸却迟迟没有回来，我妈担心，就让我爬上外婆家的房顶去望着大路。我从傍晚一直望到天黑，终于看见一个骑自行车的人影摇摇摆摆地从大路那头游移过来，我知道那准是我爸，他从城里回来需要骑两个小时自行车，快到家时可不就累得摇摇摆摆了嘛。那天我爸也是从一片红彤彤的云彩里骑出来的，我一直盯着他看，盯得久了，我眼睛发晕、发酸，只好闭上眼，可是眼睛里还是一片红，一片红中还有一个小黑点在游动。

　　我喜欢待在外婆家的屋顶，傻傻地往远处望。麦田绿油油的时候，穿着白衣、戴着白帽的人挎着篮子在麦地间走，又在一些坟包前跪拜。风吹过，荡起几圈绿浪，把他们头上长长的白带子吹得舞动，像风筝将要起飞时荡在空中的飘带。我极想成为那片绿浪中某个白衣飘飘的人，便缠住我妈说，我也想去上坟。我妈瞪我一眼，说，咱们没有资格上坟，咱们是外姓人。弟弟想必也极想做这样的画中人，也或许他是贪吃篮子里的祭品，我们都知道，上坟用的祭品最终是被活人吃掉的。也果然，我们看到了麦地中的某个孩子，边走边从篮子里掏东西往自己的小嘴巴里填。弟弟急巴巴地说，妈、妈，管他资格不资格，咱们随便找个土堆去磕个头，然后就吃白馍馍。我妈一巴掌轻轻地拍在弟弟的小屁股上。

　　邻居二妗子是我妈的远房堂嫂，她常常给我妈出主意，说，妹子呀，花些钱把老房子修整修整，或许你爹娘就把这两间老房子给你了呢。我妈眼里便有乌云拂过。我们究竟还要在乡下待多久？这是我妈不敢想的问题。我妈似乎并不想拥有这两间旧房的永久使用权，"永久"两个字意味着永远回不到城市了。

　　起先，我家房子的对面有一小块空地，空地的一角堆放玉米秸秆，另一角堆放冬储大白菜和大白萝卜。玉米秸秆上有一层雪，这层雪能覆盖整个冬天，新雪压残雪，绵绵不绝，就如萝卜白菜覆盖我们的日子一样。而夏日的黄昏，支起小方桌，空地就是我家的餐厅了，雪当然早就融化了，连玉米秸秆也没影儿了，整整一大垛，"融化"在我们的灶膛里，化作像晚霞一样的光。后来这块空地物归其主，它被一间房子占领。新房子的主人是我妈的远房堂叔，我妈喊他六叔。依着辈分，我和弟弟喊他六外爷。我知道村子里几乎所有和我妈同姓的人都是我妈的堂亲，他们拥有同一个老祖宗，也曾经分享同一个屋檐下的冷暖以及屋檐上飘散的炊烟。

我喜欢看屋檐，就像喜欢看春天的麦田。尤其有晚霞的傍晚，一缕金光照着屋檐，灰瓦被镀上一层光泽。六外爷家的新房屋檐引来两只燕子做巢。燕子春天来，衔泥筑巢，在檐下养育小燕，秋天又飞走。冬天的雪后初晴，房檐下挂一排冰柱，冰柱折射出七彩的光，又慢慢化掉，滴答滴答敲击出好听的声音。

不过，我妈不喜欢看六外爷家的屋檐，她说六外爷家的新房占据了公共空间，她隔窗指着新房对我们说，你们看，他家屋檐滴下的雨是流到公共地界上的，老规矩是不能这样的，屋檐水一定要流在自家的地面上。

我顺着我妈手指的方向望过去，雨蒙蒙中，六外爷家的新房高大气派，比我们的老房子足足高出一头，就连他家屋檐的滴雨也是气势的，噗噗嗒嗒，压着我家的房檐，摔出很响的声音。而我家老屋檐的滴雨，滴滴答答，断线珠子一样，像人的眼泪。

这情景令我莫名地想哭，我抓紧我妈的手，似乎预感到会发生什么，而我妈的眼神是孤单、无助、茫然。弟弟到底是男孩子，他攥紧小拳头说，我们不怕他，我们还有外公外婆和舅舅们，还有一大群表哥表姐呢，他敢欺负我们，我就去搬救兵。

纷争是在几天后的黄昏发生的，那天正是我妈烙饼的日子，我和弟弟依旧难掩兴奋，在窄小的厨房门口疯跑，聒噪之声惊扰了六外爷，他一挑门帘，从屋里出来，大脚板猛地一跺，眼珠子瞪得像牛铃铛，吼道：外姓人，吵啥吵，被人从城里撵回来，还兴个啥！

如一声惊雷炸响，我们当即就被震蒙了，片刻的静止之后，我们随即张着大嘴巴，朝着天，哭得哇哇响，并非干打雷不下雨，眼泪也毫不吝啬，顺着眼角流进耳朵，又越过耳郭掉入脖子。我妈举着擀面杖从厨房冲出来，哽咽着说，六叔，外姓人住你家房了还是吃你家粮了？而后她紧紧抿住嘴，呼吸急促，胸口起伏，双肩颤抖。她用牙齿咬住嘴唇，拼命忍住眼泪，却终于没有忍住，哭声喷薄而出，眼泪如决堤的洪水朝着六外爷奔涌而去。

我和弟弟止住了号哭，我们愣愣地看着我妈，从没有见过我妈这般伤心欲绝。弟弟又攥紧了小拳头，他想起了自己的诺言，在越来越暗的天色中，跑步冲向后街的外婆家。

和我们一起被吓坏的其实还有六外爷，他没有想到他的话触痛了这个堂侄女的伤心事。他像一个挖沟人，掘通了一条释放悲伤的渠。他或许不知道那悲伤其实沉积已久，像湖泊蓄满无处释放的水，早就盼着有一个渠道把它们引出来，把它们宣泄掉。

救兵浩浩荡荡到达的时候，六外爷已经为自己的刻薄话向我妈道了歉。小院再次陷入安静，像什么都没有发生。二妗子坐在台阶上喝一碗黏稠的玉米面糊糊，眼皮都不抬一下。炊烟散了，霞光也散了。

许多天，我妈都没有烙饼，有晚霞的傍晚，她仍然不烙饼，以前，晚霞似乎就是我妈烙饼的信号，并非我妈浪漫，而是晚霞的光能增加厨房的亮度，谁不喜欢在光亮中完成一件烦琐的事情呢。

六外爷病了。二妗子说他得的是糖尿病。糖尿病嘛，据大人们说是慢性病，不会急急地要了人的命，但是却能缓缓地夺了人的气势和霸道。六外爷的脾性果然好了起来，与我们说话温和了许多。我们终于敢与他对视，这个往常瞪着牛铃铛般眼睛说话的人成了一个干瘦的、背微驼的老头。他常常站在他家气派高大的屋檐下望着燕巢发呆，长吁短叹。我们知道那是因为燕子一家去年秋后飞走后，今年开春竟然没有返回。六外爷从春天等到夏天，又等到秋天，还是不见燕子。六外爷一天比一天虚弱，不过，我和弟弟并不关心他是不是虚弱，我们有更伤心的事情，九斤黄、大黑和小白都病了。先是大块头的九斤黄出现症状，它的大翅膀仿佛变重了，身体带不动翅膀似的，也没有力气收拢它，任由翅膀散着、拖着，懒洋洋地不吃食。我妈盯着九斤黄看了一会儿，说，坏了，它得鸡瘟了。然后她急忙忙地去村兽医家，买了几包药回来，捏住九斤黄的头，掰开它的嘴，把药片塞进去，九斤黄听话地梗梗脖子，把药片咽了下去。我妈又依次给大黑和小白灌了药，还果断采取了隔离措施，她把九斤黄单独关在铁丝笼子里，笼子就放在我们房间的门后。夜里，黑暗中，我听见九斤黄在笼子里扑腾翅膀，一声比一声沉闷，也一声比一声微弱，挣扎似的，无望似的。九斤黄并没有叫，黑暗中我听到抽泣声，是弟弟在哭。第二天，九斤黄死了，第三天大黑死了，第四天小白死了。它们都死在铁丝笼子里，像在篮子里产蛋一样，轮流来，不争不抢。我们把九斤黄、大黑和小白埋在麦地里。弟弟问我妈，妈、妈，我们可不可以来给它们上坟？我妈举起巴掌，却没有拍下去，她也流眼泪了。

小白一共下了四十八个蛋，我妈数完鸡蛋后愣怔了好一会儿，说，以后再也不养鸡了。她把这四十八个蛋都送给了六外爷，她说，六叔，乌鸡蛋有营养。

那天，天边又有一片火烧云，半个天空红彤彤的。二妗子坐在台阶上趁着霞光补衣服，她对我妈说，大妹子，我家小子昨天和你闺女打架，扯破了衣裳，我估摸着你家闺女的衣裳也破了，拿来吧，我一块儿补补。

我偷眼看看我妈，又朝二妗子使劲摆摆手，示意她别出卖我。二妗子噗的一声笑了，撇撇嘴说，你个厉害妮子，当心长大找不到婆家。

我妈却破天荒地没有责怪我，她像想起来什么似的，揽过我和弟弟，说，妈给你们烙卷饼吃。

（选自《青年文学》2023 年第 10 期）

心中那盏灯

张　茹

1

我很想你，有太多想要表达的东西，却无法完整和准确地表达出来。

不管现在的你是什么样子，我心目中的那个你都已经无法改变。你对我而言，是一种难以言传的光，然而通向你的路，有些漫长——如此漫长。

你常在夜色之中，直抵我的心灵。这个发现让我愕然。寂静的深夜，我有种置身汹涌波涛之上的错觉。在黑咕隆咚的日子里，这一丝微弱的亮光，让我辨明了生活的方向。

窗外下起了雨。秋雨打着树叶，一阵急一阵缓的，我听着雨，遥想那些与你在一起的日子，不知什么时候枕头就湿了一大片。

隔了这么久，我究竟在想你些什么？

我也说不清，我甚至无法理解自己的所思与所为。

时光带走了太多东西。我曾想，把一些思念就留在原地，交给那时的风和雨。再说，很多很多厚重的历史事实，不都是这样交付给了更为漫长的时光？我的思念与之相比，又算得了什么？

索性，不去想吧。

但我很快就发现，这是做不到的。所谓的自我承诺，不过是一种想象。那自然而然的一些思念，就像这逐渐逼上身来的夜色，既无从逃脱，也无处安放，只好坦然接受。

泡一壶浓浓的普洱茶，茶汤由往日清澈的红变成了近乎咖啡的颜色。倒在透明的玻璃杯中，趁热，我喝了一小口。有些苦涩，经过喉咙时，我竟忍不住皱了一下眉；茶到胃之后，却有一种莫名的轻松感，就好像把我压在心口的思念，同茶汤一起咽下了。

还好有热茶。有茶，就有一种暖意、想象和生机，就能扫去别后苍凉和孤寂。曾经冷暖，岂畏浮尘？待一壶茶喝完，口中就有了一丝果味的甜，便似多明了一壶事理一样，那些想念算什么呢？忍一忍，总会过去的。

毋庸置疑，无论是晴天，还是雨天，没有重要的事件作为标记，就无法深刻地留存。夜间的一盏灯火，也只不过是躲避人世短暂的安详。我的记忆力似乎越来越差了，有时梦中明明记得很清楚的事，醒来却消散得不留痕迹，任凭大脑一片空白地木讷在原地。

空白或许才是永恒的存在。虽是这样，我想还是有什么东西是平行于我的，那些柔软而温暖的情感，占据在心头最美好的角落。听说，这个秋天会有为数不多的晚霞，红得堪比黑夜的灯火。还是别等了，或许会有惊喜。

2

午后的这一小段时光，安静、温柔。我时常在《月亮与六便士》里，与毛姆一起走很远很远的路，然后在困意来袭时再慢悠悠地回来。

这是我一个人的秘密，这个秘密让我充实。在梦想之中，我温顺地遵从桌上绿萝的质朴，做绿萝与这喧嚣世间的介质。窗外，繁花似锦是你们的，姹紫嫣红也是你们的；权贵是你们的，成功也是你们的。我只有一平方米的办公隔间，我喜欢这方寸之间的平淡和琐碎，静悄悄地做事，静悄悄地做人。

美国女作家桑德拉·希斯内罗丝说："你永远不能拥有太多的天空，你可以在天空下睡去，醒来又沉醉。在你忧伤的时候，天空会给你安慰，可是忧伤太多，天空不够。蝴蝶也不够，花儿也不够，大多数美的东西都不够。"

可我觉得，很多很多的时候，天空够，云朵够，蝴蝶和花朵也够。美有时就是一种忧伤，要那么多干什么？生活真正的意义是启发自性的爱，我已拥有太多太多——路旁的一株小草，池塘的一片荷叶，桌上的一本妙书，衣橱的一件美衣，儿子的一声呼唤，爱人的一弯微笑……更不用说，天空和云朵。

够了，足够了。人至中年，惆怅、落寞、屈服、无奈、悲凉，柔肠百转，百转而寸断，寸断如雪片纷纷。酒不能消之，诗不能消之，真的不能苛求太多。

四野里风来风往，琐碎又绵长，还是学会在风雪中跳舞吧。待雪化成水，水升成雪，千回百转，你还能守着自己的纯白，柔曼地旋转，激越地飞升。

3

总想住在一个院落，能自由支配时间，春听鸟鸣，夏听蝉，秋听虫声，冬听雪，过一种时光停滞的生活。

篱笆的院墙，院内花儿朵朵。养数只鸡鸭，一只猫咪，一只温顺的小狗，我着素衣布裙，在蔷薇花藤下，喝茶，听曲，读诗，写字。眼前最好能看见大片田地，屋后不远处，最好有一条清澈的小河，方便清晨追逐朝霞跑步，或者傍晚闲看夕阳西下，云霞绯红，或者干脆什么都不做，就呆呆地坐在河畔听风在耳边吹。

生活的质地原本坚硬，不像晚霞，像一个花枝招展的少女或盛装的新娘。屋后，倘若再有一小片菜园，那便是极好不过的事情，多少会稀释一些生活的硬度。在生机盎然的菜园里，采摘蔬果很容易让人感觉到坚硬的生活中透出的甜蜜和温暖。不过，此生或许只能寄希望于先生了。笨手笨脚的我，是真的伺候不好那些瓜果蔬菜。

种植的瓜果固然好，但经过生活的车轮碾压，我愈来愈发现，食野菜，是我的一大喜好。尤其是相关蒸食，百吃不厌。食野菜的时候，不用刻意去想，总能忆起小时候依偎在母亲身旁的日子。母亲刚去世时，我曾以为，在以后的生活中，我片刻都不会忘记母亲。哪想到，这只不过三年多的时间，一到忙碌的时候，母亲便悄悄从我生活中退隐，几日不想，甚至十几日想不起母亲也成了常有的事。

时间啊……

但无论忙到什么程度，只要看见野菜，我就一下子想起母亲。各式各样的野菜，给我一种母爱一样的温暖和踏实。小时候生活穷苦，母亲总会在农闲的时候，在田间采摘各种各样的野菜，换着花样给我们改善生活。经由母亲的巧手，一棵棵野菜就变成了美味的野菜包子、野菜饺子、野菜丸子、野菜饼子和野菜团子。

生活的变化太快太大，让人猝不及防。那时，我不知道这其实是一种巨大的幸福。母亲此生只一世，野菜却能生生世世。如今，我只能借助千百年来仍一直兴旺繁殖的野菜，来回想母亲洒落在风中的欢声笑语，捡拾年岁里那些温暖美好的记忆，感受着心灵经历的思念痛楚。

午饭后消食，看沈从文先生的小说《王嫂》，说的是在一个大户人家做用人的王嫂，胸怀大度、宽容和善，无论遇到什么境况，都能泰然处之，信奉"命中注定"，即便是女儿生孩子大出血死了，在外人面前也"只是微笑"，只是躲在自己屋里，饭也不曾吃，在晚上"悄悄地买了些香纸，拿到北门外十字路口去烧化"。

这一切只是因为，"她怕人知道要笑她，要问她，要安慰她，这一切她都不需要"。

王嫂心里肯定这么认为，在这个世界，哪有真正的感同身受？尤其是亲人离世之痛。所谓的安慰，也不过是在寒风凛冽、阴暗灰冷的冬日，暖阳一闪而过。所以，不需要。

不觉又想起母亲病重及刚离世的那段日子，虽是春末，暖阳宜人，但依然常常手脚冰冷，隔不几天便会在噩梦、心痛中醒来。母亲离世后，像把我的魂魄也带走了一样，我的眼中全是灰色。想及母亲在时，尽管生活有诸多不如意，甚至创痛、屈辱，但因有母亲，再受伤的心也是稍可慰藉的。母亲不在了，我伤心落寞时，心该向何方？

"生老病死，终有一别，要看淡这一切"，这是我听到的最多的安慰，可当时不曾真正理解这一切。随着草木落叶、发芽、开花，一季又一季，我才真正领悟到，人在大地和天空下的更替，不过是一种自然轮回而已。

不想了，那还想些什么呢？以前跑步时，路过的河边有很多我叫不出来名字但又很熟悉的草木、花朵，我都忘记了它们的存在，忘记了它们曾经占据过一段段鲜活的光阴。尤其是复工之后，我头痛头晕大病了一场，感觉这个世界的颜色又灰暗了许多。

于是，待身体恢复差不多后，我重新开始跑步，从最开始的 3 公里，到 5 公里、8 公里，再到现在的 10 公里，我在日出之前出发，看到青草的叶尖上露珠晶莹，风一吹，它们便从叶尖滚到草丛里藏身起来，像一个调皮可爱的孩子，我的心情瞬间就好了起来。

10 公里之后，太阳已然高高升起。河水反射着太阳的光芒，两岸草木色泽格外鲜艳、明亮。河岸上赶早市的果农卖着五颜六色香气扑鼻的瓜果，尤其是那紫得发亮的葡萄，个个饱满、温润、多汁。

我在一株紫薇树下做拉伸，花开满枝，清香扑鼻，心中自有一片空明与旷达。拉伸之后，打开微信，有朋友问及跑步之后身体是否大有好转，注意不要过度劳累。我回过信息，想着世上还有默默关心我的人，觉得分外宽慰。

生活里有坎坷和困苦，亦有甜的滋味。在坎坷和困苦时，与好友相聚，八卦一场，吐故纳新，足以慰藉寂寥平生。

山河岁月，终究有忘不掉的一幕一幕。

（选自《莽原》2023 年第 6 期）

中年期综合征

叶　灵

一次莫名眩晕的追根究底

许多人用尽全力，依然过着平凡的生活。我也不例外。

浓郁的艾灸气息，混杂着呼吸之间淡淡的草药味，久久弥漫在我的周围，以及屋子的每个角落。而我，不知从何时起，早已习惯了这被草木气息笼罩的空间。

走着走着，时光就成了加速度。大把大把的日子身不由己，在没有腰颈的沙漏中一泻而下。也不知从何时起，我已养成了这样的习惯——内服中药，外用艾灸，看似双管齐下、内外兼治，实际上却如一支浩浩荡荡但目标不明的军队，在此虚张声势一番。于我，不过是安慰心头日益严重的疑虑而已。

这段日子，突如其来的眩晕总是不时惊扰着我。短短的十几秒，身体就失重般恍惚起来，意识暂游离于身体之外，眼前的世界奇幻般开始缓缓旋转——脚下的水泥地仿佛成了虚空的棉花垛，路边的梧桐树一股脑儿地朝西倾斜，一群不知名的小鸟倏地一下子散开，飞向四面八方；一辆辆疾驰而过的电动车，瞬间被拉扯成虚幻的五彩斑斓的条影……一切让人始料未及。然而，就在我强作镇定的瞬间，那莫名的眩晕又随即逃离得无影无踪，再也找不到一点蛛丝马迹。以至于在医院我向医生一遍遍陈述症状时，总怀疑自己是否在心安理得地撒谎——不知是眼前的世界摇摇晃晃向我而来，还是我摇摇晃晃地向这个世界奔去。

就这样，每天如此反复。如谜一般。是身体发出执着而隐晦的预警，还是在伺机寻找喷涌的借口？逃避最终不是办法。

耳朵成了最大的嫌疑。这一点，我深信不疑。十几年前，两个耳膜因为疏忽都已穿孔，当时，只是左耳进行了手术，会不会是右耳因常年耽搁而成了梅尼埃病？这个洋味十足的名字，是我从百度上得知的。为彻底查清真相，我自作主张地一夜又一夜地在网上乱查，越查心里越慌乱，赶紧连看了两家医院。

第一个耳科医生，是个年轻女孩。我详细描述了症状后，她只是例行公事般拿起耳窥镜看几秒后，用一种不太确定却又很肯定的语气说，眩晕不一定是耳朵的缘故，可能是颈椎的原因吧。太多的不确定与确定都让我惊悸不安。还是决定去另一家医院看看。

这是市里最大的医院。耳科医生是位中年妇女。谁知，还未等我把症状说完，她就很利落地拿起耳窥镜，然后，又果断地下了"权威"结论——这不可能是耳朵的原因。

到此为止。不能再纠缠耳朵了。去看看颈椎吧。在原因没弄清楚之前，只有先一个个排除了，我想。

于是，挂号，排队，就诊。疼痛科。我不厌其烦地复述了一遍症状。颈椎医生双手提托着我的脑袋，前后左右地转来提去，"蹦蹦"的声响清晰地从喉腔传出。"是强直性颈椎。但头晕却与此无关，看会不会是脑血管的问题？""脑血管"这三个字，瞬间又好像一只无形的魔爪紧紧攥住了我。

又于是，再挂号，排队，就诊。眩晕科。第一次知道医院还有这么一个科室。一位胖医生这次问得详细，还让我像模特一样走了几个来回，又反复做下蹲的动作。不知怎么，有点拘谨的我，总感觉动作没有平时那样灵活自如。

胖医生略一思忖，随手开了张检查单子，磁共振脑血管成像。我没有任何纠结，不然一会儿下班就得到明天了。我又摇摇晃晃地赶紧排队，缴费，检查。

磁共振检查室里，一台巨型"航天舱"式的白色机器，丝丝冷意隐隐扑来。躺在上面，头被紧紧箍在了一个圆形的容器里。"千万不要乱动！"医生这句交代让我更为紧张。绷直略显僵硬的身体缓缓被送进舱内，逼仄的空间让人压抑，我紧闭双眼，瞬息，"咔嚓咔嚓"的火车声与"突突——"的拖拉机声不时交替，如此反复。头部纵横交错的无数血管，甚至于毛细血管，都被放射磁线一遍遍仔细勘探。

短短不到半小时，紧张而漫长。在高科技仪器前，我无疑是被"赤裸裸"了一回。这仪器能不能读懂脑袋里那数以万亿的细胞？否则，人们太多不愿为人所知也不能为人所知的隐秘，都将无处遁逃。

身体零件的日益磨损，生活琐碎的时时纠缠，中年的我犹如困兽，不知所措却竭尽全力，卑微弱小却又负重前行。生活在底处，每个人都是自己的英雄。

检查结果并无大碍。可随之而来的是我愈加地困惑——科学仪器的精密检查，当然不容置疑。那么，之前我向医生所有的陈述，岂不成了自己一次次臆想的虚构？也许，从一开始，我就处在了一种神经质的猜想？

不知是我摇摇晃晃向世界奔去，还是世界向我摇摇晃晃而来？

当医生的弟弟面对我多次的陈述询问，劝我说，你那毛病都不是事儿，没事儿多锻炼锻炼就好了，整天别乱猜想。可即使这样，我依然消除不了心头的疑虑。这具我使用了四十多年的身体，成了目前最重要的问题。

最终，我还是把自己交付给了中药。中医于人体和宇宙自然之间有着属于自己的一套精妙的理论体系，这点我深信不疑。草木一秋，春夏轮回；人生一世，生老病死。酱黑色的草木汤汁应该更懂——或苦或涩或辣或麻的汁液，顺着喉咙，一点点渗入五脏六腑。那隐约的草木气息，穿过肝肠，抚慰着脾胃……满满的一碗汤汁，不过是草木把从天地自然吸收的精华，按照一套神秘的密码，慢煎细熬而成。

寻常的草芥，于苍茫宇宙之间沉浮，生于自然，又将归于自然。有时，药汤就像天地间一把能打开所有玄虚的钥匙，不仅仅救赎着人的身体。草木本心，就如此刻之于我。

才发现，自己竭尽全力苦苦索求的，不过是这一团人间烟火。

一场与白发的纠缠较量

四五年前，无意间，当我偶然发现头上竟然冒出几根白发时，针刺般的隐痛从头皮一闪而过。手里捏着几根刚拔下来的白发，在空中几乎完全可以忽略，可在额前却是那么刺眼。我有点惊慌不安——仿若多年建造的坚固城堡，就这样被不速之客轻而易举地攻破。

我一次次以"勇士"的姿态企图阻挡时光——对着镜子，先用发卡夹住刘海，然后手指撩开额前的绺绺头发，仔细挑出藏匿其中的白发，最后一根一根猛然拔去。有时，不免会误伤旁边无辜的黑发。单调的动作，不厌其烦地重复，直至胳膊酸痛、手指发麻，我也要彻底扫荡干净，才肯罢休。常常，为了一根躲藏隐蔽的白发，我竟耐心满头一绺绺地搜寻，一块块排查，常常不觉间会荒废半日时光。面对几根白发，连我都惊讶自己竟然有如此大的耐心。

我倔强得如一个幼稚的孩子。

是时光的温馨提示，还是岁月的提前警告？也许就如田垄边角被遗忘的庄稼，因营养不良便以自尽来抗议罢了。我安慰着自己——夸张矫情也罢，自我炫耀也行。这恼人的白发，无疑是时光庄严宣判的"无期徒刑"，或身体衰老主动妥协的"降书"。

刚开始只有几根，没过多久，那额前白发便神不知鬼不觉地相继从头皮钻出，不是这里冒出几根，就是那里窜出一撮，在我惊慌失措间，肆意蔓延。即便是小小一簇，数也数不过来。终于，我决定快刀斩乱麻，索性用剪刀来了结，就算它们再疯长，怎么也不及剪刀利索，每一根白发都注定"在劫难逃"——明晃晃的刀刃贴着发根，轻轻一剪，仿佛便了却了积蓄在心头的牵绊。

我暗自窃喜。

但随之，每当我不经意间掠起额前头发时，那短短发茬微微的扎感总是从指腹一闪而过。我在头皮上狠狠撸几下，仿佛只有这样，白发才会老实一点。镜子里，明晃晃很是刺眼的白发短茬，才几天工夫，又冒出半厘米，而我，只能望镜兴叹，任由其肆意生长。

最终，我还是忍不住，每隔几天，就拿起剪刀"扫荡"一番。单调的动作，渐渐也重复成了一种习惯。每每此时，家人就见怪不怪笑笑说，剪得再勤也没头发长得快。

确实，倔强的白发，一如倔强的我。

如此，让我常常心怀恐惧——甚至在梦里梦到自己满头白发，孤独地站在高速运转的巨型齿轮上，它们相互咬合、相互搓磨，一秒又一秒，瞬息将自己碾压、黏合。循环反复。

前几日，见到一个省城的朋友，聊天间，她用羡慕的眼神说，你的头发还这么黑，有光泽多自然。我默然，顺手撩起刘海，那匿藏其中的发茬明晃晃地暴露无遗。朋友笑说，哈哈，我以前也经常这样剪，后来白头发长得太快了，剪不及了，干脆就罢手了。

剪掉了白发，却逃不掉时光的追赶，孩童般的赌气也不过是杞人忧天的自我安慰。不剪也罢，不剪也罢，该疯长就疯长吧。毕竟，曾经拥有过的一袭秀美黑发，已然穿过漫长岁月。

或许，女人对于年龄的恐惧，比男人更为敏感而脆弱——她并不在乎年龄增长所带来的苍老容颜，而是担心自己随着岁月的增长，会大梦一场，仍然一无所有。

下午，我像往常一样在河边散步，迎面走过来一位老太太。她慈眉善目，一身得体的休闲布衫，满头微烫的银发细卷，梳得很是妥帖，没有一丝杂乱。这个老太太年轻时，一定很漂亮有气质吧。老太太穿越世俗烟火，历经熏烤沾染，却依然保持着从骨子里散发出来的优雅——她已把自己活成了一幅美丽的作品。

看着镜子里额前的白发隐隐约约多了起来，我不再去理会——

纵然满头银发，染遍风霜，那也一定是时光和荣耀的冠冕。

一些被遗忘的烟火诗意

当夕阳从天际收走最后一丝余晖的时候，除过有一对白色的鸭子正在悠闲地畅游，河面上的一切都渐归于平静。这时，在河滨西路的公园里，我已来来回回地不知折了几个来回。

习惯每天傍晚来这里散步。待了一天的办公室，喜欢这样一个人漫无目的地行走。或置身于丛林花园之中，或穿行于熙攘人流之间，而周围的喧嚣热闹，我却能完全置之身外，独享着闹市中的片刻宁静。我常常边走边胡乱想一些事，大多是一些无足轻重的琐事，比如在路边看到母亲最喜欢吃的香脆梨上市了，便想着周末时记得给她带一些；天凉了，远在南方城市的儿子还好吗？差点忘了，花圃老板刚电话告知，说昨天刚进了一批花木，让得空去看看；还有，与闺密好久没见了，有点想念了，找机会聚聚……就这样，生活被我凭空胡乱涂画，却也充实快乐。

就这样，一个人来来回回不停地走，漫无目的地，散步成了条件反射，行人，湖水，树木，道路，从眼前渐渐消逝，时间也仿佛停在某个节点……完全放空，好像什么都不属于自己，又好像自己只属于自己。

然而此时此刻，我却没了往常那样洒脱，内心的纠结如河底蔓草缠绕般翻腾——一件鸡毛蒜皮不值一提的小事，怎么莫名其妙就成了压倒自己情绪的最后一根稻草？告诫过自己多少次，遇事好好商量慢慢说，可我怎么就控制不住自己，瞬间就爆发了呢？……我双脚机械地挪动着，从南折到北，又从北折到南。

秋后的傍晚很宜人。河滨殷红色的跑道上，人们三三两两结伴而行，几个孩子骑着车子在人群中穿来逐去，甚是热闹。广场上几个大妈正围着音响调试准备开始跳广场舞，叽叽喳喳地，这是她们一天中雷打不动的幸福时刻。还有一家三口推着轮椅上的老人，说说笑笑。靠近高架桥下的地方，有几个垂钓的已架好了钓具，渐入状态……

这一刻，他们是幸福的——在寻常的日子中，静享着小城所赐予的美好。我庆幸自己能在这个小城生活。

我常辗转行走于那些寻常巷陌中，或城郊河坝的柳堤上，感受着小城的一切所呈现的自然状态——喜欢在城郊村头，看几个顽童在草地上肆无忌惮地打滚；看南河边大片的芦花荡，郁郁苍苍，随风摇曳；看河岸顺势堆砌的石头，蜿蜒曲行，随性舒展；看河面上的横斜疏影，影影绰绰，瞬间被水流冲散……

雨后，我都要出去走走。尤其是在初春时节。往往是这样，昨日还光秃秃的草坪，今天就会不经意突然冒出片片新绿——那根根细蒙蒙的草尖，丝丝可辨，嫩蓬蓬的芽儿，在乍暖还寒的春光中，颤巍巍地顶着一小抹儿绿意，似隐似现，又咄咄逼人。连墙角的那几株狗尾巴草，也高调地随风招摇，没了平时的含蓄；石缝间久经踩踏的不知名枯草，也翠生生得可爱，挺直了腰板。大地上的生命力，隐隐如潮，蓬勃而汹涌。

我沉浸于此，也欣喜于此。

小小的梦想更易让人感到知足和快乐。我清楚，太远太高的梦想，大多数人终其一生即使踮起脚也永远无法抵达。我也曾如一个偏执迷茫的孩子信誓旦旦地要苦寻人生所谓的意义，只是到后来，忙忙碌碌奋斗了几十年，如今依然平凡普通，没有让世人羡慕的所谓显赫地位与财富，每天为生活打拼，依然过着清贫的日子。化繁就简，或许会让人更易感知幸福。生活本身不过就是场无师自通的修行。也许，寻常日子就是把平凡的生活嚼得吱吱作响，如此这般——每天萦绕在身边的那团烟火诗意，只是我把它忽略太久了。

每晚在广场北边唱歌的那位老人，总是那么准时。他穿着件大红软麻布衫，拉着音箱盒子，拿着麦克风，自顾自地放声歌唱——好端端的歌，经过他的改编，高音成了低音，低音成了哑音。刚开始，还有稀拉拉几个听众围观，后来，就没人了。可这位老人依然兴致勃勃地唱着，一唱便是几个钟头。有次，还见他虚心请教一个男孩如何下载 K 歌软件。

看到此，我常心怀惭愧——大多数的我们以及我们的大多时候，是否也有如此的热情拥抱眼前的每一天？

夜色渐浓，身边路过的人愈来愈少。那几个垂钓的人，也已收拾好东西回家了。空荡荡的河面沉入了梦乡。远处闪烁的霓虹灯倒映在河面，像是把一大堆红的绿的蓝的颜料随手洒在河里，洇成一团，恍恍惚惚。

路灯渐次熄灭。孤零零的我，依旧伫立于河边，一阵风吹过，身旁簇簇树木在夜色中静默着，似一尊尊禅修的佛——我独钓于这偌大的夜色与静谧之中，未敢有一丝的企图。

忽然，扑面迎来一阵水气，濡濡的，凉凉的。不远处，鳞次栉比的高楼上次第燃起了淡黄的明亮。

转过身，我准备回家。

（选自《延安文学》2023 年第 3 期）

人间风华

古保祥

1

漫天的纸钱在风中飞舞，一棵歪着脖子的柳树，还有一棵长了百年的杏树，纸钱与两种树意见不合，打起架来，叶子、树枝与纸钱在空中过起招来。

我不敢进院子，在院外看着这诡异的画面，脑海中尽是些对先辈曾经伟大而如今已经颓废记忆的过滤，我曾经试图在庭院的某个角落里挖出一些宝贝来，可是，我从小到现在，试了多年，一直没有成功。

我知道，我的祖父，并没有像祖母说的那样，在院子里藏满了"袁大头"或者金元宝。

他是个败家的男人。

古宅古色古香，我却很少进去，在整个前牛村里，我家的古宅应该是年代最久远的，听说里面住过一个德国人，这个人貌似是祖父的生意伙伴。一向鄙夷崇洋媚外的我，一直不愿意

151

进这个院子，与住过外国人有着极大的关联。

柳树听说是祖父栽下的，自从长成妖的形状后，就没有人敢动它了。

杏树是祖父的第二个老婆种的，她喜欢吃杏，是个戏子，迷三倒四的角色，唱起戏来，能连唱三天三夜不带停的。祖父晚年迷了眼睛，要了人家，从此后，开启了"祸国殃民"的步伐。

这两棵树，与古宅的格局极不协调。我小时候，曾经动过它们的枝条，用棍子使劲敲，当时月色朦胧，万物肃杀，棍子像刀一样，划过夜空，有些残余的杏子，掉落尘埃里，还有些调皮地跳进了屋里面，我试图打开房门，去寻找那些杏子，可是，我没有敢进去，我总觉得正当屋的太师椅上面坐有人，还有张百年破床上躺有人，祖母说太师椅是祖父的宝座，吸大烟的二奶死在那张床上。

那场事件之后，我便病倒了。祖母得知情况后，在古宅里大骂，骂这儿所有住过的人，住过的鬼，骂柳树精，骂杏仙，她买了五大捆的纸钱，似乎想将它们全部扔进古宅里，将这儿烧成一片灰烬。我躺在外边的土床上，眼里全是茫然，我是感冒了，我不想以感冒的名义来误导祖母，而祖母以为我撞了鬼。一个时代的鬼，她曾经从属于自己的朝代辉煌过，现在走了出来，一代人不管两代的事儿，可是，她偏要用尽自己的余生与潜力，试图将我与这个家族彻底剥离，尤其是不让我走进过去的那个世界。那个世界，以前是人，现在他们全都走进古家坟里，那儿，有鬼火闪动，有黄鼠狼出没，还有节日来临时，漫天飞舞的另一个世界银行发行的货币。我学了经济学后，认为，他们一直烧，那个世界肯定物价暴涨、通货膨胀。

这是一个时代的繁华，也是一个时代的落幕。我的祖父，在这儿成长，曾经试图恢复古家的无限荣光，可是，最终，败给了岁月与时间，败给了一个女人。这儿曾经住过外国人，他们意图侵占中国，将整个华北地区据为己有，他们也曾与祖父惺惺相惜，在满是灯光的屋子里畅谈是与非，如今，时过境迁，繁华没了，只剩下苍凉。

2

在祖母的箱子里，我经常翻找，因为我渴望能找到一些钱来换取学校门口的雪糕。

祖母发现后，通常不会理会我，因为她一直惯着我，她说我是她活在世上的全部希望。

因此，我在她的面前，一直肆无忌惮。

我找到了一张照片，上面两个人，一个人脸瘦长，十分像我的模样，我一直以为我老了后，会变成这个样子。

另外一张是个外国人，严格来说是个德国人，因为照片下面标了名字，不是英语，也不是中文，而是德语。

长得像我的人是我的祖父，他一度占据了半个焦作地区的头版头条，他与德国人德曼认识后，便来往密切，从而在煤矿里一直挣着中国人的血汗钱。我不知道这叫不叫汉奸，但至少他的行为，一度让我在同学面前抬不起头来。

我曾经做梦梦到过他，他穿着宽大的氅子，手握民国才有的纸扇，风度翩翩，花花公子。他想从我的视线里逃脱，可是，我没有给他跑掉的机会，我近前，抓了他的手，发现他的手瘦小枯干，像鸡腿，严格来说，像我的手，我从小便营养不良，与他的手一般无二。

你是谁？

梦的开局便不利，他强势惯了，他不会让一个孩子在他的面前唇枪舌剑。

我是你的孙子，我想与你对话。

他笑了，虽然他从未见过我，或者说只是在坟前见过我，或者说只是在过春节时才打开的族谱前见过我，或者是他见过我给他磕头，而我心里却一直想着动画片里的猫与老鼠打架的画面。

孙子，我太高兴了，说吧，啥事？

您的私生活太烂了，我是学您呢，还是不学？

孩子，我的那个时代，都是这样，现在是新时代了，你得尊重国家法律，一夫一妻。

我的第一个老婆，是后牛村的，大家闺秀，我可是碰都没有碰过她，便休了。那时候，我才 8 岁，童养媳呀，严格来说，我与她并没有事实婚姻。

第二个呢，她败了家，导致您挣的所有钱全被她败光了。

那是个插曲，我那时候不是在煤矿嘛，她在镇上卖唱，唱得太好了，我是个戏迷，便好上了，带进了家里，我便休了你的大奶奶。大奶奶不舍，不愿意走，我说会害了你的，她便走了。

那钱呢，奶奶说院子里埋了好东西，我翻遍了，啥也没有。

他不好意思地笑笑，说，没了，吸光了。后来，将家里值钱的家具也当了，她太固执了，戒大烟又戒不了。

我轰他走，他不走，我赶紧从梦中醒来，极早地结束了我的梦。我怕他在我的梦里待久了，便不想出来了。

我努力盯着太师椅看，那椅子是楠木做成的，听说一度想剖了，做成祖父的棺材，后来觉得材料不够，便保存了下来。

祖父的死与疾病有关，他年轻时候啥都吃过，老了肠胃不好，以前吃的那些怪物们伺机前来索命。他死前的状态我不敢想象，一定是痛苦万分，满脸是泪，但好歹是父亲已经出生了，我的亲奶奶，用一生的命薄换得了在这个家族可以荣光的唯一资本。祖父晚年将所有的权力全交给了我的祖母，包括他死的事儿。可是，啥也没有了，为了给他治病，当了许多东西，不能再当了，只剩下古宅这一个空壳子。有人想买，他说我死后再卖吧，我不想看着这些东西在我死前没了，这可能是我唯一的愿望。

果然没有卖，我的祖母性格刚烈，在他最后的时刻，满足他唯一的愿望。她当了自己从老家带来的玉镯子，为他延续了半个月的命。屋里全是中药的香味，煮过的中药渣堆满了村里的十字路口，像小山一样。

3

祖母福薄命薄，嫁了个男人，还带着一个病恹恹的吸大烟的女人。

因此，很长一段时间，她总是拉着我的手，在古宅里种菜、拾掇屋子，以度过无法倚靠的青春。

古宅院子不小，柳树下面杏树旁边，有块空地，本来停着一口大棺材，是祖母留给自己的。可是，自从我 3 岁时进院子，看到那块黝黑的物品而产生恐惧后，祖母便一怒之下，命人将它抬进了古宅里，那儿有一个阴森的所在，整日里锁着门，棺材便靠在那儿。

我一直希望那口棺材永远靠下去，不要使用。

奶，你不怕鬼吗？

怕啥，小时候我打过鬼。

吹吧，奶，谁敢打鬼？

我将话题转移到了棺材上面，问她，奶，棺材是谁给您的？太可怕了，那颜色太黑了。

当然是你爷留下的，楠木做的，金丝楠木，他不敢用它，我与你大（指父亲）将他往里面装，装不进去，后来找了个封建先生，说是他愧对我们，要留下来让我用。

后来呢，爷没棺材咋下的葬？

找了个薄皮的，他年轻时候享福太多了，死了就得用个不好的。

我当时在吃薄皮核桃，是另外一座宅子里的产物，薄皮核桃用手一捏皮就碎了，核桃肉露了出来。我听闻后，将这个薄皮与那个薄皮联系在一起，那薄皮棺材，是不是被时间一轧后，就碎了，然后尸体呢？

每年，祖母都要打扫一次古宅。我跟随她转遍了所有的小屋，我认真地数着数字，大约27间屋子。我在一间屋子里发现一张旧纸，是用毛笔写的房契，由于时间太久了，风吹进来，瞬间便风化成了灰，我感觉自己的脸被灰打疼了，回首便坐在那把太师椅上面揉眼睛。祖母叫了起来，我赶紧起身，她却叫了我，使劲将我摁在椅子上面，我想挣扎，可是她用尽了平生的力量，我没有成功。

太像了，简直一个模子脱出来的。

我的母亲不爱听这种话，她的孩子，样子自然像她，哪会隔代遗传长相。

村里的一些老人，见到我后，曾经一度认为我的祖父复活了，我不知道这叫不叫基因遗传，只是觉得是这座古宅赐予了我可以长久跟随的神秘力量。于是，我尽量远离它，只是碍于祖母的面子，我才勉强前往。但我尽量避开爷爷用过的椅子，还有二奶躺过的床。因为，经常听到他们的咳嗽声。

祖母从28岁守寡，活到了76岁，驾鹤西游，从此后，再也不回来了。

古宅依然存在，可是院子里少了唯一一个真正的知情人，一代人远去，新一代人不管三七二十一地不再依附于那座旧宅。总会有一些东西弃了，新东西才会光临人世间。

4

父亲对古宅的印象也不深刻，他在这儿出生，然后直到 7 岁那年，看着床上躺着的另外一个老女人，在烟雾缭绕中去世，然后抬头看她，象征性地哭了几声后，被扔进了坟墓里。从此后，每年的鬼节，他才会去那儿一趟。

然后的然后，时间过了 1 年，他 8 岁了，懂事了，可以替祖母分担家里家外的事务了，另外一个老男人却病了。他叫他父亲，可是，他却不愿意听他的任何安排。

他一直以他为耻，他通常在外面不提他，尤其是上学的时候。

父子天性，虽然不喜欢，可是，父亲的性格却十分随祖父。他性格倔强，世上所有的牛加一起，恐怕也不会让他回头。

他穿过柳树与杏树，手中端着刚刚煎好的药，药是从药店赊来的，钱到年底才能还。他曾经尝了一口药，可是味道太苦了，他喝后吐出来，没有吐地上，而是吐进了碗里。

他总觉得两棵树应该砍了，所谓"宅不种柳，家不栽杏"，可是，祖父竟然生生不信邪，他与洋鬼子勾结后，便不顾中国的许多哲学思想了。

　　家里的所有不祥可能都与这两棵树有关，父亲希望天灾降临，它们枯死了才好。

　　药一勺勺喂进祖父的胃里，他胃肠不好，不太能够消化得了中药的博大，一个劲地咳嗽吐痰。痰太黏了，吐在地上，空气中全是怪味，像腐蚀掉的肉皮，烂了，臭了，无法无天。

　　你要听你妈的话，我可能不行了。

　　父亲一向不爱说话，他一生说起的话，可能加一起，也不够一本书。

　　父亲觉得面子上过不去，毕竟他要死了，所以，他点头，表示应允。

　　我妈，我肯定得管，你放心。

　　祖父与二奶是一前一后躺在一张床上去世的。我曾经认真地看过那张床，是用桃木做成的，由于屋内潮湿，有一两棵桃芽竟然穿梭几十年后，凌厉地进了我的视线里。我将那些芽捏烂了，不解恨，扔在地上，用脚踩它们，直到它们成了一坨泥，一坨屎。

　　父亲的大多时间，是在地里度过的，他不是个聪明的男人，但他可靠、踏实、认真，跟了他你可能不会享福，但也不至于挨饿。他用了一辈子的时光践行了一个真男人的诺言，因此，虽然争吵，他却一辈子对母亲好。

　　父亲在40多岁时，便认真地想替我解决掉所有的障碍。

　　障碍来源于老宅，来源于两棵树。

　　柳树太老了，下面全是洞，全是小动物们，不知名的，不请自来，它们安家落户，从此后，将这儿当成了它们的财产。

一两只黄鼠狼经常在这儿出没，它们充满灵气，通常冲进鸡窝里掏鸡，只剩下一地鸡毛，而我的祖母在世时，是决然不会动黄鼠狼的，它们是仙，是黄大仙。

杏树倒是长了百十年了，还是老样子。这是一棵绝种的古杏树，每年结出的杏子味道非常怪，似酸非酸，似甜非甜，像酒像醋，更像喝多了吐出来的胃酸。

有高人指点迷津，说你爹在世时，曾经动过这个念头，可是却没有敢动，你动了，就坏了。

还是要动，如果不动，会留给后代更多的后遗症。父亲不信这个邪，请来的匠人远离是非，他便自己动手，3 天时光，这儿清空了，像电脑上用过的回收站，一点鼠标，便全没了。

父亲在 49 岁时，死于一场漫长的心脏疾病，那时，已经过了千禧年，好日子刚刚来临，国家政策也分外的好，可是，他却没有赶上大好的年华。

彼时，刚过六月，布谷鸟不知疲倦地从古宅上空掠过，一两只调皮的喜鹊不分时宜地在院内聒噪，刚过大丧，母亲嫌烦，用一块小砖头砸在喜鹊们中间，它们知趣地扬长飞去。

我又去了古宅，陈旧的椅子、快要塌掉的床依然，而真正了解它的人却一个个远去了，现在剩下的人，对它毫不了解，不知所措。它的陈，它的事，它的繁华，只属于过去的那代人，所以，只能是毁灭，拆除，等于扔掉了一个旧时代，迎接来一个崭新的时代。

5

父亲走后，母亲老了几十岁。

在父亲住院的那段日子里，她一直在医院陪床。

父亲从县中医院到了市一院，然后市二院，病情好转，回家康复，又复发，回到县中医院，又到了市一院，然后再回家，前后一年半时间。母亲的身体一直瘦弱，这对她是一种考验，可是，她却坚持了下来。

她不认字，在医院里，为了记清楚父亲换药的时间，她用自己独特的方式做记录。她找到一张白纸，上面尽记些别人看不懂的语言，像象形文字，又像甲骨文，但她却十分聪慧，她总能将父亲每顿吃的药用别致的方式记录下来，而出错率几乎为零。

父亲折腾累了，走了，也带走了她的灵魂，但时光凑巧幸运，我儿子出生了，他与自己的爷爷擦肩而过，失之交臂，谁也未曾见过谁。新生命的诞生无疑是最好的中药，她喜出望外，忘了伤与痛，从此后，风和日丽，草长莺飞。

有时候，我们难免争吵。

关于古宅，我年轻时一度想拆了它，可是，当我想起往事时，我觉得这是家族的记忆，要保存。母亲却不同意，她烦弃它的存在，那儿有痛苦的回忆，是一种纠缠，一种折磨，一种蹂躏，不拆不足以慰平生。

如果不拆，咱们就各过各的吧，孙儿跟着我。

拆就拆吧。找了吉日，我用了半天时间，用相机留存记忆，她则在一旁数着拆下的檩条数量。

那张风化的椅子，她劈了扔进了锅台里；那张死过两个人的床，她卖了，居然卖了一百块钱。

我知道，自从父亲走后，她表面的坚强只是每天的伪装，她不停地让自己动起来，就是为了减少闲暇的时光。她每天喜欢应付村里的红白事，又执着于给青年人说媒，她年轻时候耻笑媒妁之言，而在现在这样一个男多女少的时代里，她却喜欢上了成人之美。

我尽量保持冷静，不再与她做任何的争吵。我知道"女权主义"其实一直存在于每个女人身上，一个传统意义上幸福的家庭，从来不会畏惧痛苦与磨难，但最怕的其实是麻木不仁。男人活着就应当尊重女人，包括她们的过错。

我们有了心照不宣的默契，比如我每天照常回家，饭则按时摆在桌上；再比如她每天吃的药，我会每天掰开，放在一张白纸上。我试图重新寻找我与母亲之间的准确定义，包括回忆过往，在失去与得到之间，什么是无病呻吟，什么叫不识好歹，但我现在认为：她做的事情，都是对的。

我开着车驶离家园，她在后面认真地看着，她的目光太长了，一直不舍得放弃我。车远了，我再也看不到她的背影了，却一直想着曾经她的年轻、她的美丽、她的绝代风华。

（选自《安徽文学》2023 年第 9 期）

轻风落楝花

苟云惠

我注意楝花，是因为同村的刘姐，一个远房的侄媳妇。她用紫色的蜡笔，在一张白纸上，画了一朵花，当时我惊呆了，五瓣，花蕊浓染，像勾魂的眼，细细柔柔，单纯、干净、无邪。什么鸡冠花、小桃红、月月红、野蔷薇，在它面前全部失色。我肯定，它不似我见过的任何一朵，胜似我见过的任何一朵。

"喜欢这花朵吗?"一群坐在楝树下做针线的妇女中，刘姐慈祥而温柔。

"喜欢!"我毫不犹豫地回答。

刘姐指着满树的楝花对我说:"你看，你看，这是楝花，我准备用这个花朵做鞋样，给你做双鞋!"

她说的时候，恰巧有风经过，一瓣瓣小花飘然而降，如流星雨落在妇人们的鬓角，落在她们的针线筐里，落在刘姐画画的手上，一股淡淡的清香，沿发丝掠过耳边，我抬头，见满树楝花，摇曳生姿，似彩云轻烟，若繁星满天。

我呆呆地看，心里诧异，它什么时候开的花呀，我怎么从来没注意过呢?

记忆中的楝树站在我家房子的西面，碗口那么粗，两丈多高，绿叶碎花，清香淡雅，像一位安静、沉稳又温婉美丽的女子。

那时我不谙世事，低头走路，不知道仰望星空，不知道"风有信，花有期"，对二十四花信风之末——楝花，没有感觉，更别说情有独钟。

闷热的夏天，小伙伴们用棍子打楝子，在楝树下，挖几个窑窝，趴地上玩一种游戏——"走楝窑"，斑驳的阳光照下来，照进每个人的眼睛，照着照着，冬天就开始下雪了。

我的脸、手皲裂，父亲捡些僵硬的楝子，洗干净，找个罐头瓶放进去，再加些水把它们淹没，泡软后，每天早上洗漱完毕，捞出几颗，在手心里来来回回地搓，搓掉果皮和果核，涂抹手脸。

我不喜欢用它，白白的、脓脓的，一股说不出的臭味。可是我家买不起"雪花膏"，也买不起"蛤蜊油"，冬天来临时，用楝子难闻的果肉，能缓解皮肤皲裂，避免张开嘴巴一样的口子。

传说明朝皇帝朱元璋贫困落魄、饥饿难忍之时，在楝树下休息，风一吹，楝子如一个个小石头，啪啪啪砸中他的头。气不打一处来，他随口骂道，好一个楝树，让你烂心而死。

皇帝金口玉言，说什么都会应验，所以每到春节前后，楝树便心裂而干枯，形同死去。

开春，桃花、李花、海棠花，全开过了，它寂寂如冥。暮春夏初，楝树才死去活来，如染如熏，静静地灿烂，一树浅紫色的烟霞，正如元代诗人朱希晦所言："门前桃李都飞尽，又见春光到楝花。"楝树年年历劫，怪不得叫苦楝树，苦啊。

父亲兄弟姊妹五个，大伯父在外地工作，很少回家。大伯母一双大脚，人高马大，家里家外，伺候了庄稼伺候爷奶。看见久不进家的大伯回来，平时干脆利索、大腔大调的人，却像个害羞、胆小、做错事的孩子，缠着奶奶和姑姑，不敢回自己屋，因为他们结婚十几年，仍不见瓜果。

后来大伯死于疾病，大伯母改嫁他乡，不到一年，为新家开枝散叶，接二连三。奶奶曾让姑姑去看她，她又哭又笑，仿佛苦楝树熬过冬天，尝遍春寒，到了初夏。

二伯父没上过几天学，勤快、勤俭、老实厚道，只知道低头干活。他娶了能说会道的女子。

"阿宽，你的手好大，你的肩像你的名字，又宽又温暖。"

"阿宽，我要给你生一群孩子，你要好好劳动，多挣钱。"……她弯眉细目，肤若凝脂，惹人爱怜。

二伯耕田劳作，去十几里地外的集市，卖柴卖粮，饿了渴了喝井水，几分钱一个的烧饼、馒头，他舍不得买，为了攒钱，给二伯母买洋布做上衣，买她喜欢吃的蜜桃。

她怀孕了，即将为爷奶生下第一个孙儿。

"阿宽，我还要给你做鞋呢……"

她留下一句动听的话和嗷嗷待哺的姐姐，难产而死。像又轻又淡，风一吹就散的紫楝花，繁华三千，徒留恍惚一声叹。

二伯带姐姐远走他乡，音信皆无。

爷爷整夜咳嗽，奶奶每天喊心脏疼。

好在还有父亲、叔叔。可是有一天，二十几岁的叔叔也忽然受伤而亡。

苦楝树，苦楝子，再也没有鸟儿停落了。

我开始有记忆，大约是父亲的一次出远门。

家族中，我家一直是最末，到父亲这一代，侄子侄女，几乎都比我大，有的甚至比父亲还大。

父亲外出的第一天晚上，八哥带着两个侄子一个侄女，来给我壮胆。

三间茅草屋，坐北朝南，东厢房既是爷奶曾经的卧室，也是我们家的厨房。爷奶去世后，他们的床上放满杂物，厨房和堂屋相通，仅有半面墙相遮挡，煤油灯通身漆黑，高悬在厨房和堂屋中间，共用的光芒，从未用旧。西屋是卧室，一张床是父亲的，一张是我的。

八哥说我们不睡里屋，打地铺。加上我共五个人，在堂屋的地上打地铺，铺好用麦秸秆做的稿荐，大家躺下轮流讲故事，猜谜语，什么田螺姑娘、董永与七仙女、八仙过海，什么"门闩门鼻，刷子骨朵来开门""东山一头牛，西山一天牛，天天晚上来碰头"……

煤油灯幽暗的光，不时被"打灯婆"（一种飞蛾）冲击，灯芯每忽闪一次，他们就停下说话声，哪里稍微发出一点儿响声或动静，他们就闭气静止，仿佛担心什么，害怕什么，仿佛有无形的东西，会穿墙术、隐身术，透过一切钻进屋子。

我早已习惯了听天籁，多种音节的风声、雨声、猫头鹰凄厉的叫声，老鼠吱吱地磨牙和簌簌地走动，墙壁掉渣脱皮、树枝晃动，以及断枝落叶倏然发出的啪嗒声……灯什么时候灭的，我不知道，听着听着我睡着了。

醒时天已大亮，光线从门缝钻进来，正好照在我身上。八哥他们全部不见了。

他们不睡里屋，是害怕。夜半灯灭，不知谁最先蹿出屋子，然后一溜烟各回各家。从此，我开始一个人，不用陪，也没人陪，成为独守家门的人。

当命运偏离航向，又无能为力时，我们是无辜的、无奈的、不幸的，又是坦然坦荡的。像那棵苦楝树，淹埋内心的霹雳，平静地接受现实，即便被折磨得痛不欲生，花还是开了，虽然开得晚了些，果子有些苦，但它通身是药，可以治病。

父亲参加生产劳动，教孩子们读书，多方联系熟人，为生产队买化肥等紧缺物资，积极帮助乡亲们，疏导、协调家长里短、红白之事，无偿替村人写字、写信、写对联……在苦难中修身站直，获得尊重。

在村里，我人小辈分长，村上很多看似是婶子大娘，父亲却让我喊她们"张姐""李姐""王姐"，一开始我不理解，不愿意。父亲说姓氏后面加个"姐"是尊称，你是她们的小姑姑，有的还要喊你姑奶奶呢，你不能直呼她们的名字吧。这样的解释让我心安了许多。

她们没少帮我，留我吃饭，帮我缝衣服，偶尔还有人给我做鞋子。她们在鞋上绣各种各样的花，我最喜欢的，是柔美肆意的楝花。刘姐做的那双鞋，一直在记忆的抽屉里闪闪发光，偶或打开，抚摸、端详、感叹，时光如流，感恩生活，感恩成长。

小时候曾不止一次拿出画笔，学刘姐的样子画呀画，想等自己长大了，也学她们的样子，做鞋子，做衣服，这样就不会夏天光脚磨茧子，冬天冻坏脚指头。可我怎么也画不好看，父亲说好好学习吧，长大买鞋穿。

《庄子·秋水》中曾说凤凰："非梧桐不止，非练实不食，非醴泉不饮。"我读的时候，特别希望"练实"是楝花结的楝子，青如小枣，黄如金铃，清热、平肝、行气、止痛、杀虫、消除皮肤病。解释说是竹米，为此我很失望。

最终还是想明白了，竹米是竹子的果实。竹子一般能活五十到一百岁，一生开一次花，开花即死亡。竹米难得，刚好配凤凰神鸟。

（选自《躬耕》2023 年第 4 期）

月光里的槿湄

赵　敏

市里红十字会招募志愿者，我看了招募条件，符合。于是，就报了名。第三天，一个陌生的电话打进来，我看是本市的号码，就接了。电话里一个低沉安静、略带点磁性的女中音飘过来，问我是不是姓赵，前天是不是应征了红十字会的志愿者。

她说她是市红十字会社区服务这块工作的负责人，叫叶槿湄。她给我详细说了她的名字是那个"槿"字，那个"湄"字。我听这名字十分拗口，也没有接她的话。

我们在她约定的地点见了个面，她问了我几个问题。这些问题有工作方面的，有家里情况的，还有工作环境和家里环境方面的，最多的是我的身体方面的。最后，她告诉我说：你身体近两年做了几次手术，特别是背部骨折手术，虽然不是大手术，但牵涉到工作强度。红十字会的社区服务、卫生救助等工作，劳动强度是很大的，特别是对散居在社会上的孤老病残，开展社会救助和社会服务，是奔波繁重的。另外，还有卫生救护，要培训，要有一定的卫生知识，我们招募的人员，更喜欢医护工作者多一点。

　　她说，这些你都没有基础，不具备基本条件，更重要的是你的身体条件。这次见面，我知道是红十字会派她来对我的面试考核。我虽然没有被她明着录用，但我听明白了她说的话意，我想我应该还有机会。

　　人，如果不熟悉不认识，就是见无数次面也和没有见过面一样的。我和槿湄，就是这样。

　　初夏的微风清爽宜人。暮色阑珊，我沿着小区门前的路向西走着。路两边种着美丽的楸树，楸树是一种观赏树，还是一种绿化树，是落叶乔木。树干通直，高大挺拔，花朵鲜艳硕大，枝叶茂盛，遮阴观赏效果好。这树还吸收有害气体，植在路的两旁，树荫浓，花美观，像我们这条街，不宽，因为楸树就很有层次感，增加了路的婉约与柔美。楸树是南方树种，来到中原也生长得如鱼得水。可能是刚栽上的缘故，树的周围用木桩和铁丝固定着，树身上挂着营养液的瓶子。

　　走着走着，不经意间看见了槿湄，她站在路边一棵楸树下，楸树硕大的蘑菇形枝叶朝上散开，在暮色里伸展着枝条。槿湄也看见了我，她朝着我柔和地笑。我先对她开口：你怎么在这儿？她返身指着这条路尽头的那座院子说：我家在那个院子里呢！然后又问我：你搬过来新城多久了？我说两年了，我就在路口这院儿住。她又说我们离得很近，是邻居呀！原来不认识，就像从没有见过面似的，是个遗憾的事儿！要不是你这次报名红十字会做志愿者，我们还不会碰见，就是碰见了也不会认识。

　　月色这时亮起来了，我们一起沿着路朝西走去。走到她家那小区门前，她指着第二栋楼说：我家就在六楼。她把话又岔开了说：我们去湖边走走吧！

我们在湖边散步，在月光下走了很久，说了很多话。分开时，没有再相约。之后的傍晚，只要无风无雨，我们总能在家门口的楸树下碰见，然后，沿着路一直向西，出了路，走向湖边。

她长得很美，在朦胧的月光下，看不出具体的年龄。身材纤细，窈窕。她脸色有点苍白，很瘦，一双有点儿潮湿的眼睛，很大。看人的眼神不是忧郁、幽怨的那种，而是柔和恬淡、明媚自信的那种。整张脸生动，妩媚，平易，让人有种想接触她，想握着她的手告诉她心里话的想法，却又不敢随意说出不敬的话来。她是个柔软的美人儿，我这样想，但我又觉得她气场很强，是十分低调的那种气场，还是心中有秘密的人。

我们在湖边的长椅上坐下来，白龟湖湖水涨满，微风吹来，湖里有小浪，打着湖边的湿草，波澜壮阔的水面一眼望不到边。

她看着我说：你有话对我说呀，你想问我什么？我笑着说：觉得你的名字很好听，可又喊着拗口。她也笑着说：她们也嫌拗口，只喊我"槿"。我名字是有渊源的，我的名字里，有我们叶家的往事……

她给我说了一个挺长的故事，她们叶家的故事。

她说她奶奶有四个儿子，父亲是她奶奶的大儿子，到她父亲这一辈儿，她又有四个哥哥，叶家三辈没有女孩儿，奶奶催着父母快生女儿，母亲体弱多病，本不想再生。可奶奶不依不饶。母亲又怀孕了，生下她后，十个月没有下床。她是腊月生人，大雪纷飞时节，她家的院子里两株梅花开得正盛，一株白梅，一株红梅。在北方，冬天屋子里是不冷的，有炕，很热很暖……

她平视着我问：你读过萧红的《呼兰河传》和《生死场》吗？我说，读过，从小就读过。萧红是 20 世纪 30 年代的才女，她那种散文诗的小说，清淡、散漫而又不失温性的柔和，显现了 20 世纪 30 年代北方农村的广阔与深厚，小说平缓的语调，读醉了多少热爱那块黑土地的人们。她的中篇小说《生死场》，鲁迅称是一部力透纸背的作品。当年，萧红的作品，我也读得如痴如醉。

萧红小说里的每个字都如浸了海棠香的古玉，无论如何被岁月敲打，依然带着缱绻迷人的音色。萧红的呼兰河，在槿湄的声音里轻颤，传达到心间，似看见那片黑土地上众多亲人们的面孔一样。

她说，许多年之后她想起在家乡和奶奶、父母、哥哥们一起生活的那些年，她还太小了，记忆也十分模糊不清，不知道是不是她做的梦。在她家门前那条深远沉郁的江里，夏天江里的水滚滚流向东方，冬天江里的水冻成了一河的冰，封河之后，人、车都在上面走，一点都无碍，孩子们也一整天在上面滑冰。江里春季来得晚，秋季才是江水一年中最平缓最暖情的时刻。她十分爱秋季江里的水缓缓向东流去的日子。白色的泡沫被水冲干净了，她觉得那水就是顺着她柔美的脸颊，沿着她的颈肩流淌下去的，流过她软软的身体。

　　她清醒过来，这一切都不是梦，而爱她呵护她的奶奶四十年前在她离开家乡的时候就已经走了。她说无论春夏秋冬只要有太阳，天空是暖的，奶奶就会一直坐在她家屋后的一个叫"青园"的园子里。园子是她家老屋的自留地，是个小果园，种的有苹果树、杏树，杏树耐寒，也是她家每年水果出产最多的树。果园里还有几棵桃树，奶奶说，桃树吉祥，长寿，只是结的都是些毛桃，长不大，不好吃。

　　青园的侧口有一条路，她说叫"梧桐路"，沿着这条不宽的路朝前走，还会看见路标。她说到现在她也想不清楚，那条路在她的记忆里一棵梧桐都没有种，不知为什么叫"梧桐路"。

　　关于她的名字的来历，她北方的老家，她从北方的老家很小就来到这座城市之后的一些故事，那是我们成为朋友之后很久，她慢慢说给我听的。与她见面，也成了我们俩定式的时光。这座城里，无论哪个地方，都留下了我们散步的足迹。偶尔一笑，也很暖，很惬意。

　　她不去红十字会值班或走访的时候，我们会在一起，她从市里红十字会下班回来，我们也会在一起。这时候，她会给我朗诵一些名人的诗词、散文，或者她自己写的笔记：

　　"喜欢在深夜里淡淡地想你，想这世上有你这个人，风波都可以平定，一杯白水喝尽时，拥被而眠，仿佛已经过了好几程惊涛骇浪，轻舟过了万重高山……"

　　她说，这是一个女作家的散文诗。

　　我喜欢和她散步，与她相处，所有的不安，烦躁，焦慌，都在她给我的朗诵里安抚，烫平，如月色落在我们家门口的白龟湖面上，我们肩并着肩向西走的那条"宏图路"上，每一棵硕大灿烂的楸树上，湖水里，连涟漪都是温柔的。

我知道，是很久以后才知道，她对奶奶的思念和不舍，她为什么总是朗诵萧红的《呼兰河传》和《生死场》……

她对叶家"青园"的思念和不舍，她对家门口那条"梧桐路"的思念和不舍……她来到这座城市四十年了，从她二十二岁之前，挥手告别那块黑土地的时候。

她好像一张美丽的旧相片。时光年岁里，掺糅着昨天与今天不败的情伤与过往，翻新着生命的阅历，羡煞无数倾慕者的眼睛。

说实话，我对她很依恋。

她带我加入了一支市里的模特队。队里最小的沈女士也已经五十二岁了。加入之后，我才真正理解了"高人在民间"这句话的深刻含义。队里的钟姐，已经六十七岁了，还像个小姑娘一样活力四射。每个节目，她都是领队，站在队列的中间，腰肢纤细，直直的身板。一驻足一抬手，脚落地，腿伸展，立刻就显现出别样的风韵。大家都说，钟姐自律得很，这种自律是无须提醒的自觉，以约束为前提的自由。

槿湄是模特队的副队长，只要她到了队里，众姐妹就会围着她说个不停，笑个不停。一次周六，模特队又在市艺术中心聚齐，队里排练《祝福祖国》大型模特走秀表演，参加全国模特竞技比赛，地点在北方的一个城市。离槿湄老家已经很近了，槿湄欣喜得无以言表，她也参加了节目的排练，她对我说，她终于有一次回去的机会了。

排练中，三十个队员的队列变幻多样，她晕倒在队列里，姐妹们把她扶到走廊上，她醒过来说，不要紧，是昨晚上没有休息好的缘故，姐妹们都相信了，可是我不信。

在艺术中心的台阶上坐着，我握着她冰凉的手，给她擦去满头的冷汗。我终于知道了，她是个中期乳腺癌患者，三年前就切掉了一只乳房。手术后，她在她老公的怀里大哭了一次，夫妻两人商定，她患癌的事情，任何人都不告诉。包括他们远在上海工作的女儿和女婿。

四十年前，她跟随三十岁的未婚夫来到这个城市。那时候，这个城市已经建市二十多年，城市建设的脚步才刚刚开始，方兴未艾，任重道远。她和老公是第二批来到这个城市的三线建设者，当时她只有二十二岁。四十年，她和老公把青春和汗水都洒在了这块土地上，这是他们共同的第二故乡。老公是哈工大毕业的硕士研究生，来这里后，从一个技术员一步步走上了领导岗位。她和丈夫很忙，都很忙，没有再回到千里之外的故乡。

一个忠诚的建设者背负着整个民族的大业与希望。

本来夫妻俩计划好了，等两人都退休了，就回到生养他们的那块黑土地去，再走走转转。她突然就患癌了，她和老公再也没有时间回去了，也许今生都不可能再回去了。

那个晚上，暗淡的月色，她静静地看着老公，对他说，就这样决定了吧。她转过身，面向阳台的方向，窗帘没有合紧，透过缝隙，可以看到那一抹月牙儿，散发出朦胧迷人的光芒。

她就这样成了市红十字会的工作人员。工作使她忘记了自己是个癌症患者。手术后，她配合医生的治疗，因为发现及时，很大程度上得以好转。她不放疗，也不化疗，只吃中药维护术后的保养，三年来居然没有复发。

她说，这得益于大家对她的关爱，她已经很感恩了。其实，她到市红十字会上班，干的都是她早年在医院里所干的业务。她照顾别人还没有别人照顾她多，她访问每一位招募的志愿者，了解他们，就像慰藉自己的心灵一样。那种乐观、豁达使她接触生命的源泉，她就不会枯萎。她说她虽然病着，可她也享受着生命最后的灿烂。

月光里的槿湄很美。因为有这个城市在脚下托着她走，还有七十岁的老公给她做的每一顿饭菜，还有女儿在遥远的上海每晚给她发一个视频，还有红十字会的每一项到位的工作安排。

还有她发自深情的朗诵，根植于内心的修养，为别人着想的善良。

我最终接到红十字会的电话通知，她告诉我，我已经是一名红十字会的志愿者了，从今往后，我是她的助理，还是她的朋友！

我们牵着手又走向了白龟湖边，我仰脸看着她湿润的眼睛，她正准备给我朗诵萧红的《呼兰河传》。

（选自《躬耕》2023 年第 7 期）

高考之夜

陈来峰

我高考那年，天气奇热。第一天考试下来，头都是晕的，也不知道考得怎么样，只知道浑身燥热，不停地流汗。

父亲陪着我回到家，给我往池子里放好洗澡水，让我痛痛快快洗了个澡，心绪总算渐渐平静下来。

晚饭后，母亲又塞给我两个煮鸡蛋，说："晚上饿了填填肚子，看书也别看太晚，早点睡觉吧。"

我回到屋里，刚坐下翻了几页书，外边突然响起唢呐声，伴着唱歌跳舞的嘈杂声，此起彼伏。我关上所有的窗户，用手堵着耳朵眼，都无济于事。那些"咿咿呀呀"的喧闹声还是直往耳朵里钻。

我心里顿时又烦躁不安起来。

原来是村里有人家办丧事，晚上请了吹唢呐的、唱歌唱戏的，要折腾半宿。

父亲去跟人家商量了半晌，根本没用，他们嘴上说小点声，实际上声音还是那么大。农村的习俗，丧事最大，别说高考，天大的事情都抵不过它。

灰溜溜回来的父亲夹着一张席子，拉着我说："走！咱到村头去歇会儿！"

来到村头，唢呐声小了很多。父亲找了一片空地，将席子铺开，催着我躺上去，他则自己一屁股坐在地上，笑呵呵地说："这里挺好，你睡吧，等他们闹够了，咱们再回去。"

我抬头，看见不远处的庄稼地里，隐隐约约冒着几个坟丘，一下子紧张起来。

父亲嘿嘿笑着说："莫怕！你以后就是大学生了，知识分子不信这鬼啊神的，再说，有爹在呢！有甚怕的！"

我犹豫着，但还是缓缓地躺下来。抬头看见满天星斗，月亮又圆又亮地挂在天空中。

天空真美啊！月亮真圆啊！村外的空气真好啊！美中不足的是，总有蚊子冷不丁地来骚扰我。

父亲拿出随身带的芭蕉扇，给我"呼呼"地扇着凉风，驱赶着蚊子。

我第一次跟父亲这么亲密地接触着，交流着，我也是第一次感到父亲的勇敢和强大。不知不觉中，我很快进入了梦乡。

那年高考，我顺利考上大学，开启了人生新征程。在以后的学习和生活中，我不止一次回想起那天晚上的经历——美丽的田野，圆圆的月亮，以及父亲那摇了半宿的芭蕉扇。

（选自《农村大众》2023 年 6 月 7 日）

诗书传家久

忘年长久成兄弟

——纪念田中禾先生

墨 白

一

1990 年 3 月中旬，还在老家小学任教的我和大哥孙方友一起赴郑州参加河南省小说创作座谈会。出席这次座谈会的作家、评论家有 60 多人，可谓队伍庞大，他们大多是 21 世纪前后中原文学的中坚：于黑丁、南丁、张一弓、孙荪、乔典运、鲁枢元、段荃法、刘思谦、阎连科、张宇、李佩甫等。我就是在这次会议上结识了田中禾先生，现在细致算来已有 32 年。田先生在会上"抨击陈腐的乡土文学观念，强调文学的雅致、创新和艺术性"，他的发言给我留下了深刻印象。同时，他对我提出的"小说的形式问题"也十分感兴趣。另外我发现，在文学创作上田先生不遗余力地提携后生。这一点，在后来我们的交往中得到印证。

1992 年 9 月，我的中篇小说《幽玄之门》发表在《收获》第 5 期。随后，我收到了田先生写来的书信。信中，田先生主要谈了阅读《幽玄之门》和我大哥孙方友发表在《花城》的中篇小说《谎释》后的感受，同时跟我探讨了一些创作上的问题。次年 2 月，我给田先生写了回信。我们的通信后来以《人性与写实》为题发表在《文学自由谈》1993 年第 2 期。后来，田先生把《幽玄之门》收入《河南文苑英华系列丛书：中篇小说卷》中。这对一个在乡村小学任教的青年来说，是莫大的鼓励与关怀。

1995 年 8 月，时任《鸭绿江》编辑的小说家刘嘉陵来信为"九五以后的小说"栏目约稿，并建议请田先生来写关于我小说的"名家笔谈"。在给田先生写信前我心怀疑虑，没想到接信后田先生爽快地答应下来，并撰写了《在梦境中寻找现实》一文。田先生在文章中说："墨白是一个既有才华又有自己想法的青年作家，从一开始就非常自觉地追求艺术形式的创新。对于沁透了农民文化、泛滥着俚俗趣味、感觉迟钝的河南文学，他使我看到新的文学观念已经不再是空的认识。"这是我"出道"以来文学界最早对我创作的评论。

再后来，田先生出任河南省文联副主席，在创建河南省文学院之后，把我和李洱、行者等人从基层调入文学院搞专业创作。由于文学观的接近，在文学创作上田先生自始至终都在鼓励我，他在《为墨白描白》的文章里说："在墨白的作品里，我看到的是一个知识者、思想者面对生活的严肃思考，语言的文化气息和形式的现代追求，使他的作品展示出一种广博的胸怀和开放的视野，墨白在自觉地进行着知识分子的写作，有着自己的哲学和文学观。"这确实体现出了田先生为人的品格与胸怀。

此后，我们不但在各种与文学有关的会议上见面，且居住在相隔不远的一条街道上。虽然如此，但真正使我们熟悉起来的还是鸡公山。

二

20世纪80年代中期，现鸡公山颐庐景区下面的员工之家院内的一号楼，曾被河南省文联租用10年，为前来度假的作家、艺术家服务。其间，田中禾先生曾同于黑丁、南丁、李準、苏金伞、张一弓、孙方友、李佩甫等作家陆续来山居住、度假写作。2005年夏天，因田中禾先生的大哥在鸡公山度假，他再度来到鸡公山，与夫人住在南街职工一号楼东侧，并结识了信阳当地作家陈峻峰、詹丽等人。

2006年夏季，田先生约我一起去鸡公山度假。这年的6月，我和田先生两家人一起从郑州驱车南行，途中在信阳与陈峻峰会合，然后前往鸡公山。陈先生当时很是兴奋，心想这次从周口来了一个"壮汉"，准备与我这个"酒友"大战三个回合。可是我却不胜酒力，席间我的"矜持"让陈先生大失所望。这事后来成为鸡公山众朋友笑我"杯盏不胜春"的谈资。随后的几年，我们两家人都会来鸡公山避暑写作，同住北岗18栋，一边度假写作，一边接待闻讯前来的各地文友。

那时，每隔一日两位夫人都会早起往南街购买山民从山下挑来的蔬菜，我和田先生算着夫人们快回来时就相约走下门前那长长的长满了青苔的石阶，到下面去迎接。也有误算的时候，我们下了石阶不见人，就沿着山路走下去，一直到北街口处。等见了人，忙过去接过大包小包的蔬菜、食物。多是傍晚，我们会把餐桌移到廊台上。凉风习习中正在斟酒，忽见有雾从下面的山谷里盘移过来。一只小松鼠从廊外花园的石墙上朝我们这里窥望。田先生常常把生活在别墅后山间森林里的动物称为邻居：一只流浪猫、一对在树上坐窝的喜鹊、几只住在树洞的小松鼠、一群在花丛中劳动的蜜蜂，甚至还有水窖边一条不知年岁的蛇。每次晚餐，田先生都会留下一点食物：十几粒花生米，或者一些干果。他一边收拾一边自言自语着："给我们的邻居留一点。"说着端起碟子，挺着他笔直的身子走出廊台，把食物送到花园的石阶上。我们，活脱脱地成了一家人。

田先生的长篇小说《父亲和她们》就是在这里最后完成的。小说出版后，我写了一篇《文学是人们修正自身的理想图像》的评论，我们还做过一次"小说的精神世界"的对话，发表在2010年10月14日的《文学报》上。也是在鸡公山上，田先生写了数篇随笔与散文，同时开始长篇小说《十七岁》的创作。这期间，田先生在鸡公山陆续结识了张辉、傅光辉、陈宏伟、田君、吴俊、黄晓伟等挚友。后来，陈峻峰在《无穷的胜景》一文中描写田先生的这段生活，文章最初发表在《鸡公山文化》2021年的秋季号。

但是，到了 2009 年，因田先生夫人不适应鸡公山潮湿的气候，来避暑写作的只剩下我一人。为此，陈峻峰又有《一个人的别墅》一文流行于世。尽管如此，田先生和家人偶然也会回到山上小住。2012 年 7 月下旬，我和田先生同南丁、马新朝、何弘一行赴光山县出席一个作品研讨会，在游过邓颖超祖居、司马光故居、天台宗祖庭净居寺、金兰山等地后，田先生一时动情，决定回鸡公山小住，当即和夫人通话，定下了动身时间。

记得 2017 年夏天，田先生再次回到鸡公山，住北岗 4 栋。那些天，我们就像过年一样，天天相互拜访，或在我们熟悉的山间小道上漫步畅谈。这次田先生留下一首诗，还有一幅墨宝：

> 一峰引领三楚闻声，大别绿来更葱茏。
>
> 云出谷底随心飞，雾起林梢漫有情。
>
> 草淹石阶竹摇楼影，旧墅偶露异国风。
>
> 幽窗故事话不尽，烟云百年蝉鸣中。
>
> 丁酉晚夏闰荷小住鸡公山北山四栋偶得踏莎行奉赠晓伟为一夏兴事田中禾并书。

我学识浅薄，直到我写这篇文章时也没弄懂这是一首诗还是一首词。虽然不懂，田先生的这幅墨宝还是被鸡公山武警疗养院的黄晓伟主任装裱后，悬挂在鸡公山万国文化研究会会址客厅的墙壁上。

　　我曾在 2022 年 7 月，把载有陈峻峰《无穷的胜景》的微信公众号"周口作家"推送给田先生，田先生回复："峻峰的文笔很有才气，这篇文章很真诚，但是我觉得太客气，本是性情朋友嘛。"我回复："是尊重。"我又回复："6 月 28 日信阳有个活动，见了徐洪军，问他，说您给他打过电话。天热，多保重。"田先生回复："留点念想。"随后，我给田先生发去一张他和鸡公山文史专家姜传高在北岗 18 栋前的合影，田先生看了照片回复："难得的鸡公山专家。"

　　2022 年 7 月，田先生有信给我："今年本打算上山住一段，疫情闹得不消停，破坏心情。我特别讨厌核酸、刷码、'电子镣铐'。干脆待家里……"随后，我给先生发去一张我们两家人在 18 栋前的合影，田先生看了照片回复："18 栋门口花圃的绣球花是咱们第一年去时亲手栽种的，竟蔚然成景。"从文字中，可见田先生对鸡公山的情感和眷恋。就是在鸡公山的朝夕相处中，我们成了推心置腹的人生挚友。

　　当年田先生从兰州大学三年级退学回乡体验生活，一心要做作家。这是命运，或许他生命里就有这一劫。后来，他在社会上尝遍了生活的甘苦，这期间也曾流落到信阳平桥，这段生活经历后来被他写进了长篇小说《模糊》里。田先生是一位具有文体意识的作家，这从他运用了多种视角的《模糊》里就能得到印证。2010 年出版的《父亲和她们》与他早期的《匪首》在叙事上形成了鲜明的对照。而《模糊》运用了多视角的复调叙事来结构，田先生在他的每一部小说里，都在尽力寻找着最适合表现内容的形式，具有改变我们现实里旧有文学观念的力量。

<h1 style="text-align:center">三</h1>

2019 年 11 月下旬，我参与策划并主持在郑州举行的"田中禾文学创作六十年暨《同石斋札记》新书研讨会"，会议当天，陈众议、贺绍俊、张清华、高兴、田原、王彬彬、陈东捷、宗仁发、朱燕玲、李国平、何言宏、王守国、孙先科等来自中国社会科学院、中国当代文学研究会、北京师范大学、日本的城西大学、南京大学、复旦大学等学术机构的专家学者，河南省作家协会、河南省文学院的文学工作者，以及《世界文学》《人民文学》《花城》《文艺报》等文学期刊与新闻媒体的作家、编辑、新闻工作者等 90 多人齐聚一堂，以田中禾 60 年文学创作为切入点，回顾和总结新中国文学，特别是改革开放以后的新时期文学，极具历史价值和现实意义。

紧接着，新冠疫情暴发。早在疫情之前的 2019 年年初，借河南弘润华夏文学艺术中心成立之际，田中禾先生与宋丰年书记发起了"文友雅集"，每年的端午、中秋、春节之际，都会邀请文艺界的朋友共叙友情，经常参加雅集的有李佩甫、杨东明、孙先科、李静宜、王刘纯、张云鹏、李伟昉、刘进才、艾云、马达、张晓林、冯杰、张鲜明、刘海燕、饶丹华、李勇、刘宏志、李勇军、张晓雪、张延文、赵立功、奚同发、宋云龙、陆静等文艺界的朋友。为了雅集，田中禾先生还亲自撰写邀请函，首曰：

> 君歌且休听我歌，旧时清光似往昔。
>
> 今年中秋弘润夜，华夏举杯吟明月。

田先生还为此填了一首《临江仙·庚子仲秋寄弘润华夏文学艺术中心诸文友》：

> 深秋曾聚忽仲秋/相见依然故挚/耳边铿锵席间语/曲水流觞寄/酒酣论诗旨
>
> 庚子春长万家寂/哪堪天道人痴/风云过处逝如斯/何谈阴晴雨/心朗月自踯

"文友雅集"一时成为河南文艺界的美谈，田先生乐观豁达的人生态度也由此可见。

2022 年 8 月间，杨文臣博士的著作《田中禾论》完稿，我把我为此书所写序言发给田先生。田先生回复："谢谢你的文字，难掩的真诚和深挚。文臣这本书不仅投入了巨大精力，也投入了自己的情感和思想，我读后多次想与他通话交流，怕影响作者的独立思考意识，出于尊重，没有发表意见。谢谢他的认真、投入。"

2023 年元月，由河南省文艺评论家协会、河南省小说研究会、河南文艺出版社、郑州大学出版社主办的"21世纪河南作家系列研究工程"之"河南散文20家"《田中禾专辑》在《牡丹》杂志上发表，随后我把微信公众号推送给田先生。癸卯年春节，我给田先生发微信拜年："田先生，墨白给您拜年了，祝新春快乐，万事大吉，幸福安康！"田先生给我回复："墨老，兔年健康快乐，阖家安康！田中禾拜。"

田先生年长我15岁，我们是忘年交，借用汪曾祺"多年父子成兄弟"一语，我们则是"忘年长久成兄弟"。可让我没想到的是，这竟然是田先生与我的最后文字。

四

2023年6月中旬，我因来信阳参加著名作家浉河区采风考察活动，回到鸡公山小住。16日上午10点，在北岗18栋与19栋之间的平台上，我突然接到张晓雪（田中禾女儿）的电话，她在电话中告知我她父亲在5月底回老家唐河时感染了病毒，回来后住院20天仍然止不住低烧，最后转入重症监护室，又有十多天过去，仍不见好转。我惊愕。

第二天下午，我匆匆赶回郑州，约晓雪在东风路与丰产路交叉口的瓦舍茶社一见，仔细了解田先生的身体现状。田先生转入重症监护室之后，每日定时的探望就成了家人最为渴望的。一天，晓雪进到父亲的病房，看着日渐消瘦的父亲难以抑制自己的泪水。父亲深情地看着面前的女儿，朝她挥了挥手，轻声说："去，到阳光里去！"晓雪含着泪水的讲述，深深地刺痛了我。是的，这就是我所认识的田先生，无论在什么时候，他都是那样乐观。可是这次，因遗传与基础病，又因病毒感染，田先生的肺功能日益衰退，这很是让人担忧。因田先生一直住在重症监护室，我没能如愿见他一面。

随后的时间里，我常和晓雪电话联系，关注田先生的病情。7 月 25 日晚 10 点 28 分，我接到晓雪的微信："我们的父亲田中禾于 7 月 25 日安眠长睡，慈爱无幽隔，栩栩犹在。父亲生前事业顺利，家庭圆满，儿孙绕膝，一路风和日丽。此后我们与父亲岁岁牵记，年年眷念。我们尊重父亲生前意愿，不举行任何告别、悼念仪式，不举办任何纪念会、追思会。不发讣告。受母亲委托，儿子张沛、张晓雷，女儿张晓雪携孙子张一鸣，孙女张美宝、李美珠 敬告。"

是夜，噩耗传来：中国当代著名作家田中禾先生因肺病在郑州悄然逝世，享年 82 岁。最终，我失去了人生最崇敬的挚友：先生驾鹤向西去，世间再无田中禾！

26 日凌晨 3 点 40 分，我打电话给微信公众号"河南文学"主编李一，告知他田中禾先生去世的噩耗，并发给他我刚写完的《沉痛哀悼田中禾先生：中国当代著名作家田中禾先生逝世！》一文。这篇关于田中禾先生文学生涯与成就的文章摘自我先前的散文《我与田中禾先生的交往》。

26 日早晨 5 点 34 分，微信公众号"河南文学"推送的文章《墨白：沉痛哀悼田中禾先生！》在今日头条发布，同步推送这条消息的还有搜狐号、网易号、百家号、知乎号、360 个人图书馆等网络平台。随后，我把这篇悼念文章发到微信朋友圈和中国小小说作家群、河南省小说研究会、文学中国等 30 多个文学微信群，并推送给河南省作家协会、河南省文学院、《文学报》、《莽原》与南阳市文联等相关单位与田先生的生前好友。

7 月 26 日 8 点左右，顶端新闻·河南日报客户端记者张茹、大河报·豫视频记者陈曼、《河南日报》记者张冬云先后与我联系，随后顶端新闻、豫视频等网络媒体与河南省文联、河南省作家协会、《莽原》杂志发布田中禾先生逝世的消息。这天稍晚，《文艺报》《文学报》的网络平台跟进发布了田中禾先生去世的消息。

为尊重田中禾先生生前意愿，田先生家人在田先生去世后不发讣告，不举行任何告别与悼念仪式；所以我先后接到宋丰年、李佩甫、张宇、高兴、何向阳、邵丽、赵兰振、孙先科、张云鹏、李伟昉、王安琪、吴圣刚、杨文臣、徐洪军、饶丹华、张晓林、张鲜明、赵立功、南豫见、南飞雁、杜思高、马达、李勇、刘海燕等文艺界人士的电话或微信，他们向田中禾先生的家人表达哀思，或由我转达悼词或唁电，其中，河南省文学院发来的悼词云：

墨白转晓雪：

惊悉田中禾先生不幸逝世，极为痛惜！谨致以沉痛哀悼，并向家属表示诚挚问候！

田中禾先生是中原文坛乃至中国当代标志性作家之一，以《五月》《匪首》《父亲和她们》《十七岁》《模糊》《同石斋札记》等为代表作品，作品关注现实，描绘中国当代社会风云变幻，作品对世道充满悲悯之情，为民代言发声，为世传言立传，在当代文学创作领域成就显著，作品具有广泛的影响力。田中禾先生其文、其人，都堪称中原文坛典范。

他的去世，让我们失去了一位好师友，中原文坛失去了一位好作家、一面文学旗帜，他的去世，是河南文学界的重大损失！

田中禾先生斯人已去，作品文采不退，其人其文让我们永远怀念，风范犹存，文章千古。

河南省文学院

2023 年 7 月 26 日敬挽

河南省文联原党组书记、文学评论家王守国来信说："《同石斋札记》获河南省第七届文学艺术优秀成果奖，看到有文章只介绍他得第一届、二届、三届文学艺术成果奖，那都是很早以前的，第七届 2021 年评出，代表了他的最新成就，建议加上。"

信阳师范大学文学院副院长徐洪军在微信朋友圈留言说：

"刚刚收到墨白老师发来的田中禾老师去世的消息，心中感到震惊和疼痛！查微信，4月9日晚上，田先生还在跟我联系呢！在我的印象里，田先生身板硬朗，笑声爽朗，风范儒雅，怎么会呢？联系晓雪老师，得知竟是新冠肺炎作祟！今年暑假全力搜集整理的《田中禾年谱》初稿已经接近尾声，本意请田先生审阅，不想竟然成了永久的遗憾！定将年谱好好整理出来，不负先生的期待，并以此纪念先生。"

由以上可见，田中禾先生深受世人的爱戴。

7月26日晚间，晓雪告诉我："今天我接了一天电话，回复了一天微信，拒绝了无数来访。我父亲活到这般爱戴也值了。"7月27日晚些时候，晓雪又告诉我："早晨送走了父亲。心里留下一个窟窿，余生再也补不上了。中国作协、省委宣传部、省文联、省作协等文艺团体都送来了花篮，还有铁凝主席和张宏森书记也送来了花篮。虽然没有举办仪式，我父亲身后仍然获得了如此之多的哀荣。为他感到骄傲，深感安慰！"

田中禾先生生前曾任鸡公山万国文化研究会会刊《鸡公山文化》顾问，2020年初春的一个上午，我专门到田先生的寓所为其求字。田先生二话没说，展纸润笔，挥毫写下：鸡公山文化。那情景至今历历在目。"到阳光里去！"田先生在接近生命的终点告诉女儿的话仍在我的耳边回响。

2023年7月25日夜间，我接到田中禾先生去世消息的时候正在鸡公山，随后所写文章、发布消息也都是在鸡公山上完成，可见田先生与鸡公山有着来世的因缘。尊敬的兄长，愿您在鸡公山森林的鸟鸣与云雾中，在满天的朝霞与如雪的皓月之中，安息！

2023 年 7 月 28 日凌晨

于鸡公山戴维德别墅（77 号）鸡公山万国文化研究会会址

（选自《快乐阅读》2023 年第 12 期）

想象之状

陈峻峰

一切都缘于我和墨子一个有关中原人历史南迁的写作考察"计划"。因"计划外"应朋友之约，多了几日大别山秋色之行，日程就有了改变。墨子由此诞生了他的哲理格言，其中有说，计划，是预定了的，让人多少可以想知。倘使提前做了功课，你便获取了那里的信息，某种意义上，计划的当天，你就已经出发了；而果然到了那个"计划中"的地方，你已丧失感性和敏锐，没有什么好奇的了。而改变，是毫无准备、完全的陌生和未知，抑或最普通的景象和事物，也会有倏然激励的效果。因此，意外，激发了文学的想象。

遗憾的是，我当时没有记住墨子说的原话。

现在的情状是，哲理还在，格言没了，就只剩下想象。时空已经转换，我们正行走到另一处。这个另一处，就是豫皖交界的固始县，我的老家，古蓼国之地。

蓼是生长在水岸、边地的一种草本植物，多个品类，我老家所常见的，乃水蓼和红蓼。红茎绿叶，花呈穗状，一串一串的，红白相间的色彩在梢尖随风摇曳，绿是嫩绿，红是水红，白是米白，妖艳极了；且成群、成片地疯长，旱涝无碍，生死不惧，展现一种强大生命力。虽为常见草木，还是令人不由得从内心发出赞叹。红蓼的籽是酵曲的原料，能酿酒。命为国名——蓼国，想必先祖有诗人气质，是一次触景生情的感染。又因蓼之谐音故，固始也成了廖姓发源地。蓼国最后灭于楚，又被崛起的吴国中原争霸、大举进击淮上吞并。战血粘秋草，征尘搅夕阳。十年经转战，几处便芳菲。山河破碎，生灵涂炭，那蓼仍旧自顾自地旺盛生长，忘情花开，就像我故乡这片土地上的人。

东汉建武二年（26），光武帝刘秀封其妹婿大司农李通来蓼地为候，遂改蓼为固始县。刘秀的意思是天下定、郡县安，其坚固从现在始；同时也希望他们之间的友谊如初心，坚固如初始。一代帝王的雄才大略和家国情怀，溢于言表。后来，"固始"一词就有了自身文化的延展，取"欲善其终，必固其始"意，成为固始对外宣传的统一表述。而到了唐代，固始便出了一位中华历史上的重要人物，他就是"开漳圣王"陈元光，闽南人以及台湾人祀奉的"共祖"。

陈元光（657—711），字廷炬，号龙湖，河南光州固始陈集乡人，初唐著名政治实践家、军事家、诗人。年十三，领乡荐第一。总章二年（669），随父领兵入闽。父卒，代领其众，平定泉（州）潮（州）间"蛮獠啸乱"，岭表悉平。还军于漳，事闻进正议大夫、岭南行军总管。垂拱二年（686），上疏请建一州泉潮间，以控岭表，委刺史领其事。诏从之。进中郎将、右鹰扬卫率府怀化大将军，仍世守刺史。自别驾以下，得自辟置。后为蓝奉高刃伤而卒，时景云二年（711）十一月。百姓哀号，相与制服哭之。权葬于绥安溪之大崎原。其生前建漳立州，开发闽南，功勋卓著，被尊为"开漳圣王"，所带去的五十八姓军校，其后代子孙，众多播迁于中国台湾和海外。郑成功、施琅、陈嘉庚等，皆为南迁固始人后裔。

其实这些，网上搜一下，就全有了。这让我一个固始人，在自己的家乡，立时尴尬。

对于一篇文章或写作者来说，你所描写陈述的对象，那些背景介绍，以及人物、事件、结构、积极的思想主题、首尾照应等等写作要素和规则，你总避不开；尚在踟蹰，就发现了你在这个全球化、信息化时代，想象，无处不遭逢尴尬。一方面，是想象建立在生活事实之上——这来自传统书写教义的情状；另一方面，是超越故事结构的文本创制在想象中的可能实现。而这必然呈现为两种完全不同的叙述和文字，但哪一种是终极写作和民众及至民族阅读的需要，在现时代，我们多多少少有些慌张和盲目了。

不难发现，确有一些作家当下仍痛苦于叙事方法的选择，这种选择时的犹豫被我称为"写作的刀刃"。直白一点说，就是你究竟是面对生活——文学狭义与概念化的生活来写作，还是面对内心写作；再直白一点说，你是物质的追逐者，还是精神的探险者；似乎还可以直白一些，你是泥实、是生活事件的描摹者，还是想象、是艺术真实的创造者？一切犹豫都由此生发开来，所谓当代诗人们曾有的"第三条路"、知识分子和民间口语写作的激辩和交锋，以及对现代主义、后现代的学习模仿，都不过是一些企图和努力，让我们看到所有艺术形式在二者之间抉择上愈加无奈的奔突和焦躁。事实上，也绝非那么复杂，我们在直面现实与生活的同时，能否立足大地，融入时代，然后低下头来，返回内心，并遵从它，那里有一个富足的记忆与想象的矿藏，更深邃，更阔大，也更丰饶和辽远！

这个话题是在到达固始后的次日下午，我和墨子在固始银博大酒店的房间里的一次谈话所涉及的内容。日期和行程已不重要，那天下午，我们同时觉得，需要一次谈话。事后我们都很诧异，并不断回顾谈话的情境和心境，涉及的话题和内容，以及空间的光线、窗外隐约的市声、信阳毛尖溢出杯沿的芬芳，甚至我们坐在窗子前的身体姿势，还有我们以蓼国、陈州两种不同地方方言表达时的语气。

没有录音，没有记录，我们感到了谈话的充分、自由和幸福。

墨子乃豫东陈州人士，自认为是当代中国最后一位尚未沉沦的"先锋"作家，他小说里的"颍河镇"，间或具有"作家地理"的取向意义，并梦想成为福克纳的约克纳帕塔法镇、马尔克斯的马孔多、鲁迅的鲁镇、莫言的高密、沈从文的边城或湘西。他的幸福，是他发现了我和他在文学和写作认知上的不约而同；我的幸福，是他作为"先锋"作家提供给我的经验和启示。那会儿我特想借用美国黑色幽默文学作家库尔特·冯内古特的幽默来表达："我不能再过没有文化的生活了。"

是的，生活和写作，在现今，都极大地考验着我们对时代的认知能力、思维的创新能力、书写的想象能力，而想象力则直接代表着一个作家的生命力和创造力。世界反复被描摹过之后，作家是否能肩负起人文启蒙、原创、常识及思想史的继续述说，进而发现大地深处的灯火、人类精神的星空，以及爱、悲悯、美和真理，并找到呈示的形式和载体。那么，可以说，一个作家想象力空间的大小，以及对生活自觉和坚定的实践，还有胸襟和情怀、雄心和梦想，决定着我们和文学最后的广博和荣光。

我和墨子的谈话是在那天下午，下午肯定不是一天的开始，它是一天中的后半部分，是一本书的下卷，未必是故事的结尾，也未必是继续。因此，我们期望它是一个重启。但下午这个时段究竟具有什么象征意味，我做不出比喻。我只恍惚记得，谈话的最后，我们抬起头来，暮色微暗，仿佛从我们房间楼层的下面氤氲升起，悄然笼罩了我们。

次日上午，我们俩便站在了固始县陈集乡"陈氏将军祠"的门前了。从一处场景变换到另一处场景，那种人生遭际、惊诧、魔幻，如想象之状。

粉墙，黛瓦，六棱格窗，活泼泼的石狮门墩，黑底的匾额和楹联，更有门前"月塘"清凌风水的映照，以及一塘仿佛用来听雨的残荷，全是江南写意的古典物格和韵致。只是祠堂院内的落花、秋树、碑刻、照壁、廊道、厅堂，诸多原因，有许多凄凉和冷清，也有一些凋敝和破落。我一个陈氏一族后裔，实在不想把它拿来再做文字呈现。

秋日乡间集市惯常见到的景象和繁闹，间或藏有更多生活的可能和意外，于是从将军祠出来，我们俩就消逝在那里了。我们各自去了木材加工厂，去了镇子上的邮政所，去了菜市场、杂货铺、小吃店，去了堆满了千奇百怪光碟、录像带、明星画报的地摊儿，还去了一个榨油的小作坊和深藏在一个窄窄巷道里的粗布染坊。一溜圈下来，我竟意外地遇见了很多还认识我的人，说起了我的父亲，问起了我的母亲。如何重返时间的迷藏和纵深，说来已是往昔，已是逝去，已是记忆和怀想。我父亲是在 20 世纪 60 年代末从北乡调回，被安排在陈集这个地方工作，后来母亲也调过来，在陈集小学当老师，我们家就居住在这座陈氏将军祠最后一排房子的二楼上，是父亲的"寝办合一"，委实拥挤了点。在那个年代，祠堂是封建"四旧"，多被砸烂和摧毁，这一处建筑却被留下了。乡政府把它作为办公区的一部分规划和利用起来，客观上保护了它。直到改革开放后，固始根亲文化兴起，这一处建筑重又恢复为陈氏将军祠，成为地方历史文化纪念地。这样说来，我于今兼以何种身份？寻根者、写作者、故乡人、客家、游子、陈姓后裔？我来，是来凭吊、拜谒、怀旧、追踪、辨认、寻找、认祖归宗？我真被人问住了，也被自己问住了。于是从集市的熙攘里匆忙回来，环绕"月塘"，若有所思，慢慢抬起目光，遥望不远处的安山，即浮光山，我知道那里还有一方大塘，就是"日塘"。如此，两塘碧水，古往今来，相互映照，便有了历史，便有了光芒。

依然来自传说，或者阅读，还有官方的宣传词条，说少年陈元光，曾随祖母魏敬游浮光山，至日塘，抖缰入池，人马在白浪间驰走腾卷。老太太拊掌大笑曰："此真吾家白龙战驹也！"随从遂呼元光为"白龙少帅""白龙小子"。"日塘"后改称"白龙湖"，元光也自号龙湖，后来他的诗集，就叫《龙湖集》。其中有三首诗被收入《全唐诗》中。《龙湖集》是真的，"龙湖"的故事显然来自民间的杜撰，被后世载入史册。于是想到那些赶集的人，他们大多未必能说清陈元光于中华文化血缘与脉缘的意义，更是不存历史真伪探源、日月黑白之辩，这不是他们迫切需要的生活。他们往往会从农贸市场出来，饶有兴致地到卖光碟的地摊儿消磨时间，那地方与生计无关，但内心里有莫名的涌动和难耐，让他们无论怎样，都不能不去溜达溜达。

一地花花绿绿的碟片，完全不是城市所见到的那些如齐秦、艾薇儿、布兰妮、老鹰乐队或者维也纳新年音乐会，多半是二人转、四季推子、黄梅戏、越调、评书、相声、小品、豫皖交界的民歌小调，不乏你情我爱的江淮情歌和酸曲儿，却代表着一种我们无法感受的文化取向和精神愉悦；可以想象，那个买了碟片的农人孩子样的快乐和陶醉。

乡村秋日傍晚，暮色氤氲，炊烟缭绕，米酒在那一时也温得热了。那个农人，斜倚在木椅上，眯着眼睛，用指头轻轻拍击出他熟悉的旋律；播放碟片的机子——这好玩的玩意儿，是他在南方打工的闺女或儿子，专门给他捎回来的，他用了很长时间才摆弄熟了电线、插头和遥控器的奥窍。因此每次把那碟片送进取出，他都兴致勃勃。一曲妙趣横生的乡土小调播放毕，妻子把饭递到他的手上，他顺手就在他女人的屁股上摸上一把，那女人会嗔怪地骂他一声，充满了民间浪漫情调。岁月的巨大沉疴和土地劳作的辛苦，在此一时刻消散了去。村子的那头不知是谁喝醉了，摇着步子，仿佛宣泄，可着嗓子吼了一句淮北平原上的沙河调……

陈氏将军祠之东南，乃"七星拱月"地，陈家的祖灵祭祀之地，与宗祠构成印证和呼应；再南，就是浮光山了。更多时候，豫皖两地人民都以自己所处的方位称它为东大山、西大山、南大山、北大山。地图上则标示为安阳山，简称安山，为正名。古代该山之南是安丰县，之北是阳泉县，有人取了两县的首字名之，没有讲究。山上有一些小气候，天气变化的时候，山顶会向上蒸腾白雾，缭绕飘飞，气象万千，仿佛是雨的信使，向你预报雨的到来，于是成为"固始八景"中的一景：大山雨信。倒"形象"，亦"文化"。

山顶之上，便是云霄庙，固始人都叫它大山奶奶庙，为陈元光奶奶魏敬夫人的公祭之所。魏敬世称魏妈，乃唐开国元勋陈犊的夫人，曾随丈夫征战天下，为一代巾帼英雄，南宋高宗追赠其济顺昭德夫人。因此，历史便将她演绎为唐谏议大夫魏徵之妹，或隋中书令魏潜之女。这大可不必认真追究，善意的附会与演绎，总是含了诸多民间崇尚之情和道义诉求。历史更需要我们真实记住的是，先是其子陈政于唐初奉诏南下入闽，平叛啸乱，后有魏妈带陈元光随长子陈敏、次子陈敷千里驰援，行至浙江江山的落霞山，陈敏、陈敷相继病逝。魏妈含泪葬子，领兵继续南征，终与陈政会合，屯兵福建云霄。

间或，一个晨曦奔涌的清早，或落日熔金的傍晚，老太太携了子孙面对当地一湾清澈碧透的河流，家山北望，忆念中原，遥思故里，一往情深，感慨系之：此水如上党之清漳！

魏妈一句深情感慨，遂成福建漳州的命名。哦哦，我知道，我不能这样粗糙地叙述这一段历史过往，更为困难的是，我们至今甚至还不清楚当年他们南下行走的路线。山路？水路？历史已经不能辨认出那些固始子弟，是怎样用一双脚山重水复走完了那漫漫征程；没有走完的，他们的尸骨葬在了何方；凄凄荒草中那些年轻的亡灵，是否一直像迷途的孩子，恓惶等待来人把他们领回自己的家门。及至不可想象，数千兵卒和他们的眷属，一路风餐露宿，含辛茹苦，如何解决饮食问题，如何应付野兽攻击，还有蛇蝎、蚊虫、劫匪、山贼、湿气、瘴气，又如何遮蔽风雨、医病疗伤？他们是否有人恐惧、绝望，偷偷哭泣？是否有人把脸转向身后，眺望来时的方向？是否于寂寞的行进途中，也偶然哼一曲家乡的江淮小调五句子山歌？……

历史掩藏了太多生动感人的细节，历史也为我们提供了悠远的想象空间。而作为写作者来说，一种是直接将历史拿来，演绎真实或杜撰的故事章节，比如那年，两个与陈元光相关的电视剧同时拍摄，其中有一个剧本我是看过的，内容的很大一部分竟是陈元光与太平公主的恋情纠葛，以此为"卖点"。为此一帮人在那里"设计"陈元光的死法。有人提议可以安排成陈元光的头颅被砍下，身体还骑在马上飞驰。他们说着这些的时候，谈笑风生，毫不避讳，我先是倏然惊出一身冷汗，然后心开始淋淋漓漓地滴血。我为被商业和功利驱动的写作者、所谓主创人员，深感痛惜和羞耻。相信时间过去，很多人都将遭受一个时代草率写作的恶果，令那些粗糙浅薄的灵魂永远不安。当然，我们可能从来也没把他们视为真正意义上的作家，他们玷污了这个称号，也绝对和我们谈论的艺术想象沾不上边。另一种，一定是超越了历史本身而到达人类共有生命精神的写作，他们才能发现陈元光的意义、中华氏族香火传续的意义、人性的意义、经典的意义，以及文本的意义。

在陈集，说到安阳山，说到大山奶奶，很多人顺嘴都能说出当地的民谣："君卫君，臣卫臣，大山奶奶卫护的是陈州人。"原来，大山奶奶魏老夫人就是墨子老家陈州人氏，我怦然心动！因为陈州，还是我及至天下陈姓的发源地！

生活常常比想象更奇幻，更奇崛，更奇妙。想象之状，或者就是生活之状。无疑，那必是经过了（艺术）想象与加工了的生活之状。

时至明朝，魏妈神化为云霄娘娘，庙祀神主为三霄——云霄、琼霄、碧霄，为应世仙姑之正神，即福荫万姓之送子娘娘，庇佑后代，家家奉祀，及至全国。因之，在新中国成立之初上溯的数百年间里，每年农历十月十五的大山奶奶庙会，魏妈的陈州娘家人都会抬着香案神亭，举黄罗伞仪仗，浩浩荡荡，从陈州乘船顺颍河、淮河而下，至固始往流、三河尖或乌龙集码头上岸，再向南，一路吹打，热闹非凡，赶往陈集，为他们魏家姑娘奉上锦衣绣鞋，然后扫尘沐浴，更衣上香，朝山祭拜，那是我们无法想象的旷古历史盛景之民俗大观。他们是顺着一种荣光而来，顺着一条脉缘而来，顺着一个旺盛的氏族联姻而来。因此，那更是我们无法想象的旷古文化盛景之天地大观。烈日秋霜，忠肝义胆，千秋家谱，古蓼乡和陈州地、我和墨子两个写作者的汇合和巧合，无意或有意，都是否在印证什么、追寻什么；是否已触碰到了什么、感应到了什么，一位祖父的手，或者更加遥远时空里的一个名字、一个词、一个句子。

真实，虚幻，未知，注定，层叠繁复，隐忍疼痛，以及那嫩绿、水红、米白，漫山遍野，想象在一些时候不可定义的内心情状里，文学就在那里发生了。

（选自《青年文学》2023 年第 8 期）

白马原自丝路来

王小朋

出洛阳东关，向东约 10 公里，便是"中国第一古刹"洛阳白马寺。古刹之"古"，因其始建于东汉永平十一年（68），这也是中国历史上官方修建佛寺的开端。

古刹紧邻一片平旷的麦地，新割过的麦茬散发着温热的气息。麦茬下的黄土，掩埋着曾经辉煌的城市。这里是汉魏故城遗址，东汉延熹九年（166），大秦（古罗马帝国）国王安敦派使者朝见汉桓帝，到达的便是这里。丝绸之路最西端，第一次与最东端有了直接的对话。

2000 多年以来，丝绸之路上的故事风起云涌，变化日新月异，而洛阳白马寺，正是丝绸之路文化交流的直接产物。

白马驮经

白马寺占地约 4 万平方米，有大小建筑百余间。寺院坐北朝南，为中轴对称格局，布局规整，主次分明。寺内主要建筑都分布在中轴线上，自南向北依次是山门、天王殿、大佛殿、大雄殿、接引殿和清凉台，两侧还有钟鼓楼、门堂、云水堂、客堂、斋堂、祖堂、禅堂、方丈院等附属建筑。

相传，关于白马寺的记载，起源于一个离奇的梦。

永平七年（64）的一天，汉明帝刘庄在早朝上跟臣子们说起自己昨夜的一个梦。梦中他遇到一个金色的神人，个子很高，头顶散发着光芒。明帝便问群臣，谁知道这个金人的来历。

这个举动让臣子们甚感意外，一个以勤勉著称的皇帝突然和大家拉起了家常，而且聊起了梦境，群臣有些不知所措。这时候有个大臣站出来告诉明帝，这个金人是西方的佛，佛有一套自己的学说，跟中原文化不一样。汉明帝若有所悟，于是派出一队使臣，前往西域考察，后世一些文献称之为"永平求法"。

一年后，东汉的使臣在西域大月氏国（今我国新疆伊犁一带），遇到印度高僧摄摩腾、竺法兰，便邀请他们一起回汉朝去，两人同意了。

永平十年（67），使臣带领两位高僧用白马驮载佛经、佛像到达洛阳，觐见汉明帝。汉明帝非常高兴，给予两位高僧很高的礼遇，后下令在洛城雍关西的御道旁兴建僧院，为纪念白马驮经，取名"白马寺"。当时，白马寺规模宏大，气势惊人，"于其壁，画千乘万骑，绕塔三匝，又于南宫清凉台及开阳城门上作佛像"。

即便如此，东汉朝廷并不允许汉人出家，同时规定寺庙必须建在通都大邑里，传教对象限定为胡人。从历史留下的只言片语里，可以看出汉明帝自己并不信奉佛法。那么，汉明帝大费周章的一场求法活动，却并没有以弘法为目的，其真实意图到底是什么？

重启丝路

西汉时期，汉武帝派张骞出使西域，又令大将卫青、霍去病北征匈奴、封狼居胥，将丝绸之路的控制权牢牢掌握在自己手中。

自此，东西之间的贸易和文化交流越来越频繁，东方王朝也赢得了越来越多其他国家的尊敬和支持。汉朝与西域诸国和谐互通的国际关系，使得双方都得到了快速发展，也把友谊的种子深埋在丝路之中。

西汉末年，天下大乱，中央政府无暇顾及西部边陲，加上匈奴人卷土重来，遮断丝路，西域诸国逐渐与汉朝政权失去了联系。

东汉建立后，经过光武帝时代的休养生息，生产逐渐恢复，国力再次强盛。到了明帝时期，社会更加稳定，经济越发繁荣，文化快速发展。

再次打通丝绸之路，恢复大汉昔日荣光，重启久违的国际贸易，便被提上了日程。

然而此时，丝绸之路已经中断半个世纪之久。丝路沿线的西域诸国长时间不与中原交往，如何建立起认同和互信，才是恢复交流的关键。谋臣们认为，击败匈奴非常必要，但并不是丝绸之路再通的充分条件。西域诸国虽然饱受匈奴欺凌，但是文化相似，大多信仰佛教，汉朝虽然宽和，可文化的隔阂，让他们很难产生亲近之感。

为此，汉明帝暗自决定，引进佛教，以示汉朝包容四海之心，借此结交西域诸国。

有记载认为，佛教传入中国，要早于东汉，其中最有名的故事是"伊存授经"。《三国志·魏书·东夷传》注引《魏略》载："天竺又有神人，名沙律。昔汉哀帝元寿元年，博士弟子景卢受大月氏王使伊存口授《浮屠经》曰复立者其人也。"

除了伊存这类使节，通过丝路到达中原的胡商，也可能以零敲碎打的方式把一些佛教故事传入汉朝国土。汉明帝刘庄自小喜爱读书，对这些故事自然有所耳闻。

《后汉书·楚王英传》记载，永平八年（65），明帝下诏让天下人以缣帛赎罪，楚王很快派人送去缣帛 30 匹。明帝专门下诏表扬他，诏书中出现了"伊蒲塞""桑门"等佛教词汇。

按照时间推算，此时汉明帝的使臣还在西域，白马寺要到两年之后才得以建立，与半年多前朝堂上说梦的情形两下对比，让人忍俊不禁。或许那一次夜梦金人，只是他与近臣之间默契的政治表演吧。

洛城驼影

不管怎么说，高僧请来了，这件事已经沿着丝绸之路四处传扬。

汉明帝永平求法的故事，得到了西域诸国的赞扬，也使他们重生向往中原之心。永平十六年（73），汉朝的威望已经在西域树立起来，汉明帝见时机成熟，便派窦固领军四路，进击匈奴，一直打到天山脚下。

在洛阳佣书十年的班超看到了机会，投笔从戎，跟随窦固出征，后来又以假司马之职出使西域各国，将隔绝 58 年的丝绸之路再次打通。

此后，班超万里封侯，经略西域 31 年，71 岁回到洛阳，死后也葬在这里。

嘉平元年（249），中天竺僧人昙柯迦罗来到洛阳。

此时的洛阳，已经成了曹魏的首都，而白马寺也毁于东汉末年的军阀混战，直到曹魏重新营建洛阳宫殿时，才获得重建。国家稍稍稳定后，魏文帝曹丕就派大将曹真西北用兵，平定河西，复通西域并设置了西域长史府。昙柯迦罗沿着丝路抵达洛阳，找到了他梦中的白马寺。在这里，他开创了中国佛教戒律。

颍川人朱士行此时正在白马寺中学习，公元 260 年，在昙柯迦罗主持下，他登坛受戒，正式剃度，成为中国历史上第一位汉族僧人，法号八戒。

丝绸之路的畅通，使得东西方交往更加频繁，洛阳城里不仅常常出现风尘仆仆牵着骆驼的胡人，而且开始有了围绕市场形成的胡人聚居区。北魏孝文帝时期，将首都从平城迁至洛阳，中国历史上第一个少数民族政权，正式入主中原，并把更多由丝路传来的文化，带到了这里。

其中最为注目的，便是佛教的大规模兴起。据《洛阳伽蓝记》记载，洛阳城中寺院一度多达 1300 余所，城外更是留下了闻名遐迩的世界文化遗产——龙门石窟。

数毁数建

自古以来，洛阳便是兵家必争之地，常常遭受战火。白马寺也不可避免被多次殃及，数毁数建，历经沧桑。

据记载，白马寺在武则天掌权时期面积达到顶峰，也是当时洛阳城外的重要文化景观之一。在盛唐，许多诗人慕名来到这里。

开元年间的某个夏天，王昌龄即将离开洛阳，綦毋潜和李颀以及洛阳的好友们送他出城，夜宿白马寺。王昌龄非常感慨，写下"月明见古寺，林外登高楼"。从诗中隐约可知，当时的白马寺规模宏大，高楼矗立。王昌龄虽然短居洛阳，但感情深厚，日后曾写下"洛阳亲友如相问，一片冰心在玉壶"的动情诗句。

到了张继的时代，大唐帝国经过安史之乱，已经开始走下坡路。白马寺在战乱中也损毁严重，大约留守的僧人也自发整修过，但是已经非常寒酸了。张继夜宿于此，也写了一首诗："白马驮经事已空，断碑残刹见遗踪。萧萧茅屋秋风起，一夜雨声羁思浓。"

此时的"茅屋"，显然不能与王昌龄时代的"高楼"相比。

至北宋，经宋太宗敕修，白马寺恢复了一些气象，司马光、文彦博等都曾到此游玩，留下了一些诗句。明代敕修时奠定了流传至今的格局。

至清代，洛阳八大景之说形成，"马寺钟声"位居其二。传说白马寺内有大钟，与洛阳城东关鼓楼上的大钟同频。每逢白马寺僧人撞钟，十几公里外的东关大钟便与之和鸣，堪称奇观。

1961 年，洛阳白马寺被中华人民共和国国务院公布为第一批全国重点文物保护单位。1983 年，被国务院确定为全国汉传佛教重点寺院。2001 年 1 月，洛阳白马寺被国家旅游局评为首批 AAAA 级景区。

迄今为止，白马寺是全世界唯一拥有中、印、缅、泰四国风格佛殿的国际化寺院。

古寺新生

"白马寺前冠盖盛，送行宾友尽英豪。"历经 1900 多年岁月洗礼和战火侵扰的白马寺，至今依然香火不断、钟声不绝。

白马寺所在的白马寺镇，地处洛阳市瀍河区。这里不仅有千年古寺白马寺，还有中国最大的帝王陵寝聚集地——邙山陵墓群，同时也是中国古代最大的都城——汉魏洛阳故城所在地。白马寺镇还有众多历史遗迹、文化名胜：殷代殷王陵，庄严肃穆；金代齐云塔，规模宏大；永宁寺木塔，巍峨高耸；神州牡丹园，百花争艳……

除此之外，白马寺镇释源文化小镇项目，总占地面积约6平方公里，依托白马寺文化，按照"心灵家园、医养空间、文化圣境、禅意原乡"四区和"白马寺城市交通带、洛河生态景观带、禅意文化体验带、汉魏古城墙观光带"四带进行建设。

洛阳丝绸之路博物馆，位于白马寺镇，距丝绸之路东方起点之一汉魏洛阳故城遗址约5公里。该馆通过"丝路漫漫　绵亘万里""丝路起点　洛阳回响""丝路新声　古都宏篇"三大部分构架起古代与现代的桥梁，为洛阳古老的"丝路基因"赋予崭新的时代精神，并使其与现代生活深度融合，从而推动丝路文明的创造性转化和创新性发展。

近年来，瀍河区立足白马寺、汉魏洛阳城等历史文化资源，谋划文旅业态，推动文旅产业成为发展新引擎。刚刚过去的"五一"小长假期间，白马寺镇累计接待游客23万人次，与2019年同期相比增长38.6%，文化旅游热度再攀新高。

"伽蓝半化洛阳尘，汉代鸿胪迹尚新。"今天的白马寺，不仅是"白马驮经"的佛教寺院，也是古都洛阳的网红打卡地，更是丝路文化的传播平台，增加了千年帝都的文化底蕴，带动了文旅产业的蓬勃发展，讲述着悠久动人的丝路故事。

（选自《瞭望东方周刊》2023年第13期）

难忘的老厂

马万里

世上有些事，总是让人涌起怀旧的心情来，止也止不住。上个月，位于市区南通路上的和兴化学工业有限公司突然关停了。拆迁公司进入厂区拆迁，连熟悉的门卫都换了生脸。但每当路过这里时我还是想再拍一拍老厂的照片，譬如一进大门的南北小楼、彩虹门东侧的化验室等。然而那天当我站在大门口举起手机刚拍了一张，里边一个声音大喊："喂，你是干什么的？"随之快速向我跑来，吓得我赶紧冲里边摆手示意对不起。收起手机，我竟然有一种做贼的感觉，心里一阵发虚。但转念一想，我可生气了，你厉害个啥？我曾是这个厂里的人啊！

关于这片土地，我曾经是那么熟稔。我对这里的一砖一瓦、一草一木都充满了感情。这个厂原名叫化工一厂，始建于 1964 年，是十几个从对印自卫反击战退伍的军人、制革厂分离来的十几个人，以及化工局从其他两个单位抽调的十几个人组成的，他们从几根扁担、几口大缸起家，最终创建了这样一个国营厂。厂子占地有 200 多亩，呈东西走向。我父亲曾在这里做过食堂的大师傅、干过采购员；我母亲在石灰窑敲过石灰，在托儿所当过阿姨。我是1984年进厂，到现在已经有30多年了，那年我不满18岁。我父亲、母亲、公公、婆婆都是从这里退休的，还有我姐、我哥、我弟以及我爱人、小姑子、小叔子全都曾是这个厂子里的人。

最初我在五车间上班，干的活儿是炭黑包装工。炭黑是乙炔气经高温裂解后产生的一种黑色粉末。刚进厂时厂房里黑里吧唧，工人穿着黑棉袄、扎着塑料绳，像赶大车的农夫。快下班时他们打扫卫生，每个人脸上除了牙白，其余全都是黑的，比乌鸦还黑的那种。下班回家后擤的鼻涕、吐的痰里都有炭黑，炭黑质轻而无孔不入。我妈专门给我缝的白被头都浸染了一圈黑。我同学曾去看过我干活，说我像个下煤窑的。那时，厂子里的女孩儿不喊姓名，统一叫某妞，我在这里的名字叫马妞，听起来既亲切又温暖，像妈妈喊的小名。直到现在工友们见了还喊我马妞。那时我们上三倒班，除了上班，下班就是无忧无虑地玩耍。我们几个刚从校门走出的男孩、女孩下了夜班会骑着自行车跑博爱阳庙去喝一碗肉丸汤，然后回家睡觉。发了工资，也会很奢侈地去吃二两赵记烩面，那时一碗烩面三毛钱二两粮票。1988年我结婚时也只是休了三天婚假；也曾第一次去北京门头沟参加青春诗会，最多也是离开单位一周；最长离厂时间半年，那是生孩子时享受的产假。其余的时间风雨无阻，全在厂里，跟同事在一起的时间比跟家人的时间都长。记得有一年大年三十上四点班，日暮黄昏时，远近噼噼啪啪的鞭炮声很催人，我们急不可耐，但又无计可施，眼巴巴地看着人家回家过年，心里急切盼着自己能早点儿下班。在五车间一线岗位上我干了有三四年，那是最为值得回忆的美好时光。那时每天上班点名后工段长总是要讲几句注意安全的话，工段长在上边讲，总有个人在下边小嘴吧吧吧，工段长情急之下就会喊某某某你上来讲一下。于是乎就有人将某某某的名字喊成外号"讲一下"了，这个外号地球人不知道，唯有车间人熟稔。但也有许多被封为"博士""老干部""教授""队长""大侠"的雅号。工人嘛，喜欢开开玩笑，起个外号也不伤大雅，叫着顺溜，被叫者也不恼。他们喜欢男女搭配干活不累，嘻嘻哈哈，大大咧咧，心无城府。但也有人心眼小睚眦必报，不过也不用惦记谁鼓捣谁，反正干的都是黑活、累活，反正已是这个厂最底层的了，但谁也别想沾谁的光，一个个精得像狐狸。

刚开始上班，我很瘦弱，拉不动大铁车，炭黑包也摆放得不整齐，致使拉车去仓库卸包时炭黑包会散落一地，有的包摔破了，一时间黑雾弥漫，这时便急得想哭。但在工厂里不像在家，没人把你当小孩看。好在这是熟练工，只要不呆不傻掌握技巧后就能轻松自如地干活了。那时卸完包，也有男青年主动献殷勤，他们会帮我们拉车，让我们女的坐上。几个女孩儿背靠背坐在车上，不知谁先起头唱着《甜蜜的事业》里的插曲《我们的生活充满阳光》，在前边拉车的男子也会突然合唱……这时恰好厂里阳光普照、鸟语花香，我们在愉悦中工作，对未来充满了向往。冬天，我们喜欢去电石炉包装棚里做饭，那里既可以取暖，还可以快速吃上米饭。那是刚从炉膛里流出来的铁水，然后从大锅里倒出来晾，温度自然很高，我们会拣温度不太高的电石块，把盛有大米的饭盒放上焖米，不大会儿工夫大米饭就焖好了。中午我们都习惯圪蹴在一起吃饭。那是一个盛大而欢快的场面。大家说着笑着，彼此交换着一些美味。李妞带的红烧肉会让我尝一块，赵妞带的饺子也会突然塞一个给黄妞。最为搞笑的就是王师傅，他每天吃大米饭，然后会在碗上放几块金灿灿的炒鸡蛋，总是先把菜配饭吃了，就留那么几块金灿灿的鸡蛋炫耀着，眼看米饭下了一圈又一圈，鸡蛋还在中间部位高高挺立，小田就会猛不防地从他碗里夹起来送到自己嘴里，惹得他大骂：去你的！

工厂里不比坐机关，必须练就大嗓门说话，才能在嘈杂包围中一骑绝尘。每到上夜班，我的生物钟就格外准，快到上班时眼睛会一会儿瞄一眼表，那时针、分针嗒嗒嗒的响声，时刻提醒不能再贪恋旧梦了，而只有此时才倍感睡觉原来是多么舒服的事情啊，多想再睡一会儿，一小会儿也行啊！

后来我便上了炉头做了一名操作工，习惯听那风机嗡嗡声、刮刀上下声、大螺旋皮带的转动声，有时瞌睡得睁不开眼睛，不由自主会闭眼睡一小会儿，但耳朵是经过长期历练的，始终醒着。突然一声异样的怪叫之后大地一片寂然，那就是停电了，便不顾一切去关阀门、充入惰气。安全大于天谁都知道，如果乙炔气里混入空气，后果不堪设想。不当家不知柴米贵，那时我们不怎么关心工厂的产量，也不关心厂长是谁，停电或检修的时候是最快乐的日子。因为没活儿，我们可以快活一下。后半夜嗡的一声突然停电，我们就会兴奋地嗷嗷大叫，然后钻进刚刚生产出来的热腾腾的炭黑包堆里，或枕，或盖，美美睡上一觉。有时正做美梦呢，会被工段长一脚踢醒，他是心疼我们压坏了产品，不好卖。要是白天停车，或者大检修，就更加热闹了，三个横班的人聚在一起，一帮老娘儿们能把工段长欺负个半死，工段长平素好讲些带色的段子，开过火的玩笑。这帮老娘儿们一点儿也不甘示弱，泼皮得很，过分的时候，甚至会合伙扒他的裤子，给他抬夯。

我们厂的主打产品乙炔炭黑，1980 年被评为国家优质产品，获得银牌，那是父辈们的荣耀。1985 年，在参加全国评金牌活动中，在几百家炭黑行业中又脱颖而出，获得金牌，也为全市赢得了第一枚国家级金牌。那时工厂前进的节奏，一个重点接一个重点，一个高潮接一个高潮，非常明确，起伏有致，强烈饱满，人人都能感觉到。产品供不应求，经济效益好得不得了。仓库成了零库存，拉货的车辆从我们车间一直排到厂大门口。连平时积攒的废弃炭黑、掏旋飞炭黑、落地炭黑都被一抢而空。那时，没人嫌弃我们干的活儿脏，感觉这些炭黑黑得耀眼、黑得美丽，都是黑黄金、黑玫瑰。那时我们厂的闺女找对象不用相，他们说那里的闺女个顶个的好，小伙子呢，更多的金凤凰正飞在路上。就连我们车间书记领金牌时都说，别看我们干的是黑活，但我们脸黑心红。

还有两件事现在一想起来就感觉疼。一次是我们组长在夜里突发的事故中食指被刮刀轧断了，那是凌晨三点，工友们把他送到厂卫生所，那汉子竟然没掉一滴眼泪。我一个人在炉头上看车，操作工王玉娥拿着那半截断指去卫生所送，我问她一个人害怕不？她说不怕，就是感觉那半截指头的神经一直在动。

还有一次检修，一声巨响之后我看到一个裹着棉猴的男子从高处大鸟一样飘落，眼睛紧闭、脸色煞白、衣服炸破、棉花裸露，此情此景弄湿了我沉闷的心境。所以，彩虹门上挂的那幅"高高兴兴上班来，平平安安回家去"的标语写得多好。

还有那年，一号仓库莫名失火时我们一个个奋不顾身扑火的情景一直历历在目，那时我们没有一个退缩的，全都是英雄。

当风轻柔起来，春天的脚步就一点一点地走近了，路边的连翘花也张开了嫩黄小口，白玉兰更像鸟儿一样脱壳欲出了，一瞬间它们就站到了枝头。于是，我在厂里看到了那些长满羽毛的希望，忍不住自己也扇了扇翅膀。于是在工余时间我开始了文学创作，第一次在报纸上发表文章。我还参加了全面质量管理小组，在省市发表过无数篇 QC 成果，代表厂里参加知识抢答赛、演讲比赛。1987 年 10 月，厂团委搞"一帮一，一对红"活动，我和 50 多名团员骨干和帮扶对象登泰山、拜孔庙。

1990 年，歇完产假后我离开了五车间，去了厂中心化验室。在无数个暗夜里，我一个人掂着取样盒，去车间取样品。也就是在化验室与车间的路程中，我喜欢和满天星斗私语，喜欢和一群蚂蚁对话，喜欢看发电厂大烟囱里飘出来的缕缕云烟，我常常插上想象的翅膀，给它们取无数个好听的名字：我叫它们白云、白马、白棉花，亦叫它们张板凳、李小霞。与单位一墙之隔的是王褚村的祖坟，紧挨祖坟的是火车道。我在《穿破黑夜的列车》中这样写：穿破黑夜的列车呼啸着穿破我的梦／我挺身站起来／窗外半个月亮像一盏孤寂的灯／我辨不清方向的列车　来去匆匆／列车过后／我已成了喧嚣的一部分。这首诗就是我在后半夜流淌出的半醒的梦。长此积累，我才有了更多的诗情，为此在 2007 年 10 月光荣地参加了《诗刊》社举办的第二十三届青春诗会。

当然，我和化验室组长一起滴定分析的照片也被印在厂里的宣传册上，和产品介绍一起周游列国、远游世界！20 世纪 90 年代后厂子由国营厂变更为中外合资企业，厂名也改成了焦作鑫达化工有限公司，产品畅销十多个国家和地区，是我们焦作市第一个出口创汇企业。那时厂里进了许多大学生，化验室也分了几个，其中河南大学毕业的小马和我一班，之后我们成了最要好的姐弟，相约"苟富贵勿相忘"。厂里先是搞"破三铁""精简机构"，后是军事化管理，连走路都是三人成行，两人成排，雷厉风行。最严的是夜里巡检组，半夜查岗，睡岗者被逮住挨批评、扣奖金。那时检查卫生特别严，连房顶都不许长草。开大会时，我和工友代表机关支部上台演过三句半，合资庆典时走过鲜花队。很多单位来我们厂参观学习。那时经济效益好，工资向上浮动三级，幸福指数高，生活小资。然而，生活充满了变化，随着全国三角债的出现，以及乡镇企业异军突起，我们的竞争对手日益增多，加上厂里高层内部不团结，企业一度走入低谷。市里更换了厂领导，中外合资改成了民企，名字也改成和兴化学工业有限公司。

几十年下来，厂长换了一茬儿又一茬儿，不同的个性，不同的风格，不同的做法，千差万别，啥样的人都有，但工人却不常变，最多时候我们有1800多名职工。厂名也跟着不断变，但无论如何变，我们都习惯叫它老厂，对于老厂，我不能算作一个守一而终的人，最后几年因故调离了。但我始终感谢老厂培养了我，给了我文学的最初滋养，培育了我的正气、直爽、大嗓门、坚忍、吃苦耐劳的良好品德。刚调走时一个朋友告诉我，再也不用看你穿着工作服、黄球鞋，抹着小黑脸时的模样了。然而，我的确很怀念那段时光。

有些地方，天天在那里不会觉得有多么好，但一旦你真正离开，你才会感觉原来上天的安排都是最好的。有那么多的温暖，有那么多阳光明媚的日子可回想，那么多可爱、朴实、憨厚的工友可记起。我们曾经同甘苦共患难，把最美好的年华、大把的光阴给了厂子，厂子也恩赐厚待我们，是我们的衣食父母。一个生存了五十多年的老厂就要消失了，随着老厂一起消失的还有那些为之奋斗了一生已经逝去的、健在却已经是脸上布满岁月年轮的、虽然还处于中年却为老厂奋斗了多年的人心中的依靠，他们同老厂有割不断的情感！因为有老厂才有他们；因为有他们才有老厂曾经的沧海桑田。消失的是老厂，消失不了的是他们对老厂深深的怀念！

纵然时光流逝不再回来，总有一座老厂矗立在心里最重要的位置，南通路2号的门牌刻在了心上。我相信在这片热土上工作过的每一个人都会有老厂情结，都会记起那些激情燃烧的岁月。光阴如水般在记忆中重新掠过，白驹过隙，岁月有痕，我恍惚又回到了从前，祭奠我们共同失去的青春。

[选自《北京文学》（精彩阅读）2023 年第 6 期]

赶露水集

李乐岩

村里人说，露水集要赶早。天一放亮，就铺满了摊位。炊烟未起，赶集的人已走出家门，迈着或急迫或悠闲的脚步，聚到街心里来。

拨开薄雾，迎着几滴小雨点，露水集的景象尽收眼底，当之无愧的第一景或许就是早餐店了吧！瞧！那热气腾腾的油条、胡辣汤、豆腐脑……摊主熟练地搬起一个个蒸屉，大的小的油条就像他的孩子一样乖巧地躺在暖窝里。听！"卖馒头喽！红糖馒头、刀切馒头，菜馅的、肉馅的，咸的、甜的、辣的……""师傅，来碗胡辣汤和豆腐脑两掺儿。""好嘞！两掺儿来喽！""师傅，我也来一份……"一餐两块钱，包你吃得饱饱打小嗝。

挺着鼓鼓的肚皮，每个人都笑着拥入集市。或许，赶集的人们永远不知道什么是疲倦吧！一些七老八十的老爷爷，他们总会担着沉甸甸的箩筐并摆在路旁，蔬菜都沾着晶莹的露珠，煞是新鲜。老爷爷们总会实打实地售卖他们的劳动产品，天然无公害。当然，露水集是没有限制性摊位的，自由来自由走。不经意间，水果摊、蔬菜摊就会变成一家子。

儿时的早晨，我总会早早起床，跟着奶奶到邻村去赶露水集。刚开始时，我还不会走路，奶奶就背着我去。渐渐地，我学会走了，奶奶就用自行车驮着我去。到最后我学会跑了，奶奶就用手牵着我去。

那条不到一公里的乡间小道，是奶奶和我无尽的幸福空间，我和奶奶几乎每天早上都会走上一遍。虽然我俩走得很慢，但总是乐此不疲。路上遇到熟人，大家会相互打个招呼："婶子，这就是早几年您天天背的那个小孩?""是嘞! 俺大孙，会跑了。"奶奶总会骄傲地回答。这时的我疑惑地望着奶奶，奶奶笑了，我也笑了。

还没有来到集市，嘈杂的叫卖声就钻到了耳朵里。和奶奶赶露水集，所买的东西无非就是瓜果蔬菜。家里缺东西的时候，我和奶奶会大包小包地往家拎。家里什么也不缺的时候，即便啥都不买，奶奶也少不了要和小商贩们唠上几句家常。每天早起赶露水集，对于在艰难环境中讨生活的奶奶来讲，可能是她最大的心理安慰吧。

赶集归来，做饭的任务就交给了母亲。现买现做的早餐，吃到嘴里倍感新鲜，饭后上学也会很开心。偶尔赶集回来晚了，怕上学迟到，我和弟弟总会边走边吃。虽然那样看起来有些狼狈，但那种幸福的感觉溢满了我们的身心。

后来，随着众多的菜市场和大型超市的出现，露水集逐渐被取代，奶奶赶集的兴趣也随之消散。有时我也会冒充一下家里的"采购员"，到市场里面逛一逛。每当我进行采购时，看到这些五颜六色的瓜果蔬菜后，我的脑子里就会开始思考。我时常会想：每天总要喝上一碗的胡辣汤里面一定掺杂着不可告人的秘方，王大爷幽默的叫卖声也有门道。

（选自《现代快报》2023 年 12 月 21 日）

时光慢

高卫国

早些年，每个乡村都有一个属于自己的戏台，有多少个村庄就有多少个戏台，如果村庄没有戏台，就成了一件令村里人感到羞耻的事儿。晃寺的戏台搭在皇姑庙的门前，孙村的戏台在村头堤坡下的平旷处，我们村的戏台搭在村西头的小学门口，戏台下开阔的土地平整若晒坪。

唱大戏可以撑起一个村庄的脸面，一个村庄搭台唱戏，整个村庄的人都跟着长了精神。走在乡村道路上，设若半路遇见附近村庄的故交旧友，邀请对方来看戏，声音里自然也多了几分自豪。

我们村庄有一个古会，设在农历十月初五，到了这一天，满街筒子都是走亲戚的人和小商贩，热闹异常。每逢古会，一定要搭台唱戏，戏台早在两天前就已经搭建好了，戏在古会的前一天开唱，过了初五这天，还要继续唱几天。到了临近古会的日子，从邻村嫁过来的媳妇会叮嘱自家孩子："吃过饭喊你爹，套车去接你姥姥来住几天。"隔着墙就听见大嗓门胖婶的吆喝声："喜娃，下午别疯跑了，骑车去接你姨姨来咱家看戏。"

在祖母的叮嘱下，父亲也架上牛车，到神标和北豆公两个村庄，去接我的两位姑奶。

站在时光里，站在旧物遮蔽之下，生命的细节慢慢地抻开，童年时看戏的一个个瞬间被拉伸延展，记忆便像放电影一样清晰再现。如果沿着这条时间铺就的道路向回走，一定能和一个孩童相遇，这个孩童正是童年时期的我，透过时光的隧道，仔细打量，我扛着一个小板凳紧跟在祖母的身后或者牵着祖母的衣襟，那是我们正在赶往戏台的路上，也可能是戏曲散场后走在归家的途中。

第一次和祖母去看戏，老旦端坐在戏台中央咿咿呀呀唱个不停，他专注投入的表演并没有吸引我，我坐不住就拿出了自制的链条枪，祖母告诉我不能这样。回家的路上祖母叮嘱我一路，祖母读过私塾，说出的话蕴含道理："戏曲在民间传了多年，即使原不知其味，带着真诚观看，时间久了也能品出剧中的美。再说一心不可二用，就像你念书，要专心，不能歪到这边，扭到那边，上学时不能老想着爬树逮鸟，摸鱼摘瓜，心一乱，书上的字就飞走了。"

记得鲁迅先生写过一篇《社戏》，内容是他童年时期看戏的经历，鲁迅在文中也曾写过，老旦咿咿呀呀的唱腔，他们几个孩童都不喜欢，于是"回转船头，驾起橹，骂着老旦，又向那松柏林前进了"。其实，小孩子毛猴一般顽劣，在那个懵懂的年纪谁又懂得欣赏戏曲艺术？看戏看的并不是戏文和情节，仅仅图个热闹罢了，又怎能轻松走进戏曲营造的世界。

我最喜欢在密匝匝的锣鼓点中，看武生和刀马旦出场。戏台上扎靠背旗的武生和头上戴着两根长长摆翎的刀马旦，他们耍着刀枪斧钺，中间有许多小兵连续翻着筋斗，这时候锣鼓点儿密集，打斗场面热闹激烈，我的内心也随着戏台上小兵的闪躲跳跃而热血翻涌。

花旦穿着精致的绣花鞋，轻移莲花碎步走上台来，她头上诸多的饰物在灯光下闪烁如星；也有的戏装上绣有七彩珍禽，灯光中也显得艳丽夺目；青衣的水袖生风，在冷月下舞成了缭乱的虚空。山河破碎几多恨，青衣行酒皆是愁。青衣，一袭青衫褶子裙，长长的白色水袖，柔婉迤逦的唱腔，演绎着既是戏里也是戏外的人世悲情。

戏台上的唱段儿也不是一味的哀戚，有时候幕布扯开，一位美娇娘挥舞着长长的水袖，拖着细而柔的唱腔，如柳莺啼啭，粉里透红的脸蛋上一双俏眼，顾盼生姿。悠扬的管弦、圆润的唱腔，游园惊梦般在你眼前幻化出一个明媚的春天，桃红梨白、风流缱绻。牡丹亭中游赏，西厢房内望月，桃花扇底染秋红……

夕阳西斜，夜幕降临了，挂着灯泡的戏台由昏黄变成了蜡黄。台下有卖瓜子花生的、卖甘蔗糖葫芦的，一片烟火俗世的喧闹。蓦然，台上锣鼓铿锵，台下的人便安静下来，凝神细看，是豫剧《大登殿》中的一折，帝王装扮的薛平贵出场，历史早已隐退，浓缩成一团纸上的笔墨和一折可以在舞台上演绎的戏文："……老母亲在上儿拜见，孩儿有话听心间，征西凉我去够十八载，家撇下宝钏妻是娘照管，你年年送米月供面，差来丫鬟送油盐，至如今孩儿我登金殿，我把母亲你宣上金銮……我赐你金打扇银打扇，金瓜钺斧镫朝天，再赐你金凤辇银凤辇，十二个彩女当丫鬟……"

时间瞬间静止了，不再流动，台下卖东西的小贩也敛声凝气地注视着舞台，连眨眼这样的小动作都显得奢侈。只有装扮好的帝王站在舞台正中央，唱腔是豫西调，温情柔婉，舒缓流畅，一字一字地砸在听者的心上，也在如水的月色中回荡。

除了豫剧，有时也唱曲剧，常听的曲剧有《卷席筒》和《陈三两爬堂》，都是悲情的唱腔，结局也都温暖人心，惩恶扬善的教义让人忘记世情的酷烈苍茫。有一出戏叫《关公辞曹》，这出戏，文辞很别致，至今还在我耳畔回荡："曹孟德在马上一声大叫，关二弟听我说你且慢逃。在许都我待你哪点儿不好？顿顿饭包饺子又炸油条。你曹大嫂亲自下厨戳锅燎灶，大冷天忙得她热汗不消。白面膜夹腊肉你吃腻了，又给你蒸一锅马齿菜包，搬蒜臼来把那蒜汁捣，萝卜丝拌香油调了一瓢。我对你一片心苍天可表……"

曹操在这出戏里，一改舞台上的奸雄形象，可爱的样子就如同一位邻家大哥，方言式的表达诙谐幽默，情感流露也自然。台下叫好声如潮，月色清凉如水，因了这样的唱腔和戏文，戏剧少了隔帘花影的雅韵，却增加了戏如人生的现实感。

离散场越来越近了，月亮越来越亮，夜色在月色中消融，我牵着祖母的衣襟，拎着小板凳，一路上踩着不硌脚的夜色和月光，向家的方向走去。那个时候我还没有读过张若虚的《春江花月夜》，我幼小的心灵尚不懂时空观念，只感觉有月亮的夜晚我和祖母回家的小路显得异常平坦。后来上大学读到"江畔何人初见月，江月何年初照人"，瞬间就喜欢上这首诗，这诗句暗藏哲思，像极了舞台上的大花脸，大花脸在戏曲行当里又称作"净"，净角哇呀呀的道白气足神定、暗藏机锋，如同禅家醍醐灌顶的开示。

迈步人间随处皆是戏台，命运之神慷慨地给了我们每个人一个戏台，我们在这个特定的戏台上嬉笑怒骂、唱念做打。你和我在他人的戏中也变换着不同的角色，承担着不同的责任。周围的人呢？周围的人在你和我的戏中，又扮演了什么样的角色，占据了什么样的位置？好戏连台，一场接着一场，人生也有许多下一场，谜一样费解的下一场，如同《折子戏》里的唱词："你穿上凤冠霞衣，我将眉目掩去，大红的幔布扯开了一出折子戏，你演的不是自己，我却投入情绪……"

台上台下皆是人间，繁华落幕，容颜景致暗换，时间游移中暗换的又岂止是容颜，世间旧物也随着时间沧桑变迁。人活着平淡而孤独，被每一个往事的具体细节引向时间的深处。时间深处的戏台早已缩成了一个边角，缩成边角的戏台依然蹲在那里，蹲在村西头学校大门的旁边。在默无声息的时间流逝中，戏台下的大片土地上都建起了住宅。戏台可有可无，如今乡村和城市一样，都活成了一口又一口的急喘气，作为乡间文化组成一部分的古老戏台，逐渐隐于历史的苍茫。

马尔克斯说，回忆是一条没有尽头的路。人到中年以后，回忆的丝线拉长延伸，编织成了一个又一个梦，梦境常常再现儿时的情景和儿时的村庄。村庄的轮廓依稀还留在昨夜的梦中，戏台、房屋、麦田、小河、斑驳的树影和朦胧的烛影，另有一些看不清脸庞的人活跃在我梦的最底层。在梦里，我看见祖母在村西头戏台旁徘徊，看着被削减成一角的戏台，祖母一脸茫然；我还看见爷爷蹒跚地走在荒芜了半边土地的田埂上，爷爷望着荒芜的农田摇头轻叹，他蹒跚的步态歪歪扭扭，那歪歪扭扭的步态如同乡村的走向。

作为时间注释的戏台一直都蹲在那里，即使仅剩了一角也能想象当年锣鼓喧天的热闹，然而时间早已流逝，就如同雨水滴入溪流，岁月在风中穿行。木心有一首小诗《从前慢》："长街黑暗无行人/卖豆浆的小店冒着热气/从前的日色变得慢/车，马，邮件都慢/一生只够爱一个人"。在我童年那些遥远的光阴里，乡村人家的日常，无非就是麦熟茧老李杏黄，那些从前的时光似乎真的很慢，如同戏台上慢悠悠的檀板，时光慢，慢时光。

（选自《雪莲》2023 年第 5 期）

瓷都之韵

苗见旭

这是一个连名字都神奇得让人惊讶的小镇。

"垕"，神垕，皇天后土，天神、地神护佑之地。

航拍图上，被龙山和凤山搂抱的神垕像祥瑞的港湾，鳞次栉比的新派建筑依山就势泊在港湾周边。港湾中心的老街瓦屋像年月久远的老船，黛色瓦篷，瓷窑烟囱如同桅杆，让老船好似扬帆待发。

"弃船登岸"，走进老街，一扇扇门响动起来。明清木门不知打开了多少岁月。每扇门的后面都是一进院子，每进院子后面还是一进院子，有的更有四五进。"庭院深深深几许"，谁家女子从巷子深处走来，撑着伞，仿佛自岁月深处飘然而来。遇见我们，侧身低眉走过，留一缕好闻的丁香气息。

穿行于温家大院、白家大院、义兴公、陶瓷官署及各色商号，你会发现老街南边的院子，一律通向肖河。老街北边的院子，一律通向窑场和山野。这些巷子两边墙壁，多半是笼盔垒就，码放有序。十几年前，我曾靠在胡同笼盔墙上留影，照片上，我身后的笼盔一柱柱默立，笼体上间隔均匀的玄纹，如年轮般装饰着岁月沧桑。而今笼盔墙愈加静默了，只有笼盔缝隙里长出的野草，夕照里红红黄黄，像蓬勃火焰。

这是30余年前我笔下的肖河："弯弯曲曲的巷子，盘盘桓桓的石阶，走着挑水镇民。巷子里的居民一清早从肖河岸边井里汲了水，吱吱呀呀响着扁担挑回家。肖河河道里是大闺女小媳妇的天地。她们在清浅的河床里捡拾彩色瓷片，五颜六色地拼成底，再选一块捶布石，这洗衣盆就铺成了。"

我一直认为肖河既发源于神垕的龙山，那它携带的瓷片就是龙的金鳞玉片了。它炫着彩穿过古镇，欢快地流向了凤山。站在龙山之巅，我看到老街巷南边通着肖河，北边连着窑场。仿佛一条藤蔓，根部扎进水里，茎梢结着老窑。

老窑是瓷镇重要的景观。烧煤烧柴的年代，每天它都有炽烈窑变。老窑靠烟囱助燃，烟囱曾束缚火的步履。窑的大小照应着烟囱的高低。在古镇，挺立着长长短短、高高低低的烟囱有几十上百根。有的是一管烟囱独立在粼粼厂房中，像孙大圣的金箍棒。有的两根并排像筷子，碰上夕阳滑落，像筷子夹着山樱桃。站在老街瓦屋中间的烟囱，像卸了帆的桅杆。燃煤时代，它们日夜吞吐火舌，像笔蘸着窑火在天幕上写着瓷事。而今因环保问题，烟囱都静寂下来，成了文物。它们默默矗立，矗立成古镇悠长的意境。

老街上有窑神庙。它是神垕镇人文景观里最具魅力的场景。它是窑工心灵的圣地，那里终年氤氲着先祖们对火崇拜的魂灵。每逢初一、十五，窑工们会带上上好的香裱、供品来此祭奠窑神，表达心中希冀。庙中供奉的窑神大都是舍生取义的平民，这使得神的世界变得通情达理、平实可亲。窑神庙历经 1000 多年沧桑保存完好，除了"神厚"外，更深层的原因，还是因其幻化出的钧瓷魂灵。

走在老街上，若遇雨天，会湿了满街青石板，像刷了桐油。那时节，窑神庙的飞檐翘角以及撑伞游人，全都半晦半明倒映在青石板上。雨中古镇，更有韵味了。

（选自《河南日报》2023 年 7 月 19 日）

时光里的故乡

李人庆

那是一个深山小乡，静静地躺卧在伏牛山坚实的臂弯里。

那是我出生的地方，是我血脉相连的故土，有着太多太多难忘的记忆。

时值暮春，春和景明。驱车西行，但见远山含翠，峰峦竞秀，高低起伏着，画屏一样奔涌而来，且愈来愈近。当这些崇山峻岭从西、北、南三面合围而来的时候，故乡也就到了。

依然是记忆里的景色。明亮的太阳透过云霭照耀着河流山川，光辉笼在一望无际的青碧之上。眸子里蓄满一条清澈的河水，柔和的风从水上来，挟着水的清冽和草木的芳香。河两岸，错落有致、层层铺展的农田后面，点缀着一个个秀美的村庄。杨树、柞木、辛夷、山茱萸……挤挤扛扛，竞相吐露绿色，绿得深沉，绿得纯粹，如反复叠加的油彩，一直蔓延到视线的尽头，让我在寻找中挤出些许关于故乡的记忆。

故乡有两条街。一条是前街，一条是后街。前街是老街，直到20世纪70年代初修建的十南公路从村后穿过，才有了现在这条新街。老街就失去了往日的喧嚣，显得落寞起来。

　　记忆里的老街狭长，但却平整，东西向，以贾家过道为中心，往西叫刘庄，现在叫街西。往东，不叫街东，叫彭庄。临街的，大都是土墙青瓦的建筑，屋脊上有造型各异的兽头，门楣上的木格子和拱形的大门上方，有木刻，也有砖雕，流露出古色古香的韵味。这里南接襄宛，北通伊洛，是淮河流域与汉水流域的分界处。明清时期，作为丝绸之路源头上的重要驿站，就这么一条一里多长的小街上，曾坐拥四十八家蚕丝行，杂货铺、磨坊、豆腐坊、铁匠铺、药铺、理发店……一家挨着一家，山西、陕西客商常年坐庄经营，各地商贾往来不断。街道两旁，这儿一条，那儿一条或深或浅并不规则的小巷，就像树叶上的脉络纹理，往北通往村后的山坡，往南伸向碧波荡漾的清水河，把一家一户串成了一个村落，世代生长着鲜活的故事。

　　我的家就在记忆最深的那条小巷里。

　　小巷不宽，雨天刚好容一人撑一把油伞经过。路面是用花岗岩石堆砌的，日复一日，年复一年，几代人走过的脚印把石板路踩得光亮如镜。风来的时候，一溜烟儿涌进小巷，卷着地上的落叶，充满泥土的味道；雨来的时候，两旁屋檐上的滴水像雨帘一样，争先恐后扑向路面，然后，汇聚成一条溪流顺边沟淙淙而去。烟雨中，不时有或粗狂或曼妙的身影随撑开的一把油伞轻快闪过，留下一幅幅水墨的画像。

　　小巷静幽，清一色的土墙青瓦，仿佛一幅看不够的风景。暮春时节，巷口的槐花开得妖娆，一嘟噜一串串，雪球般，在温婉的风里，散发着甜蜜的味道。夏日的夜晚，萤火虫提着灯笼在小巷里飞来飞去，化作满天星辰：冬日的夜里，白雪覆盖的石板路面上，不时传来脚步踩过的"咯吱咯吱"声，屋檐下晶莹剔透的冰挂，在月色里闪着青光。一年当中，最美最热闹的，当属除夕了。火红的对联贴上家家户户的门楣，大大的"福"字抬眼可见，一家燃放鞭炮，整条巷子的人都倚门观看，欢声笑语就弥漫了整个小巷。

那时没有电，也没有路灯。每当暮色四合，煤油灯星星点点的微光从一家一户的窗子上透出，很容易就能让人想起郭沫若那首人人耳熟能详的《天上的街市》："远远的街灯明了，好像闪着无数的明星。天上的明星现了，好像点着无数的街灯。……"

在这条弯弯的小巷里，裹着小脚的奶奶曾无数次拄着拐杖敲响脚下的石板路面，在巷口翘首等待放学归来的孙儿；也曾无数次在月光满地的夜晚坐在院中那棵香椿树下的捶布石上，望着皎洁的明月给我们讲牛郎织女、嫦娥奔月。忙完家务的母亲，会柔情地将我们揽在怀里，轻轻地哼着"月亮走，我也走，我给月亮牵牲口……"，抑或是"月奶奶，黄巴巴，爹织布，娘纺花……"。父亲则一声不响地坐在大门口的门墩上，仰望头顶那狭窄的星空，吧嗒吧嗒抽着旱烟，抽出一年四季的辛劳，抽出梦里那金灿灿的收成……

那个时候，县城于我，就是一个遥远的梦。

听父亲说，从家乡坐车去一次县城，走十亩地湾，翻朝阳贯，过红义岭，经鲁嵩口，绕着昭平台水库转了大半个圈，曲曲弯弯的近百里土路，一坐就是大半天。初中毕业前，县城是

237

什么样子，我不得而知。只能从当了多年大队会计的父亲偶尔去县里开会回来的讲述中去憧憬，去想象。

第一次有机会进城，头天晚上几乎彻夜未眠。那时，从乡政府所在地每天早上五点半有一班发往县城的驻站车。因为离县城远，需要去县里办事或者走亲访友出远门的人大都是选择乘坐这一班车。于是，不管数九寒天，或是酷热三伏，有赶三五里山路的，也有走十里八里的，人们早早地赶来，在停车场的大门口翘首期盼。

终于，大铁门"哗啦"一声开了，急不可耐的人们蜂拥而入。有的慌着从车后面的爬梯爬上车顶，往行李架的网兜里塞行李，更多的则是扒着车门挤着抢着上车占座位。这时，司机的吆喝声显得那么苍白无力，售票员的叫喊声也像是被挤变了形。在经过一阵短暂的喧嚣之后，汽车终于在几声"突突突"的轰响中晃晃悠悠地驶上那条通往县城的土路。

汽车在曲折蜿蜒的山路上艰难盘绕，几十公里的路程晃晃悠悠一走就是几个小时。这段路与遥远的距离，是城与乡的一道坎儿，成为贫穷与富裕的屏障。

这样的状况一直持续到了 20 世纪 90 年代末。我踩着小巷那光滑的石板路，也从蹒跚学步，到走进学堂，像一颗蒲公英的种子，飘离家乡。县里从水库南沿经库区、下汤新修的军航路通车了，从此进城再不用绕道几十公里去翻越那段崎岖蜿蜒的盘山公路了，时间也一下子缩短到了几十分钟。

随后，短短几年间，石林路通车了，环库路建成了，311 国道拓宽了，207 国道改线了……一条条水泥路面、柏油路面的国道、省道、县道、乡村道路、村组道路，银线一般把故乡的山山水水串在了一起，串成了一个婀娜多姿、五彩缤纷的世界。

时光进入 21 世纪，随着郑（郑州）栾（栾川）、二（二连浩特）广（广州）两条高速公路相继建成通车，更是拉近了家乡和世界的距离。从县城上高速，踩下油门，风驰电掣，二十来分钟时间，出站口就到了，感觉世界一下子就变得小了。

路，对于生活的意义，是省时，是省事，是便利；对故乡，是鲜活动力，是扬眉吐气，是插上腾飞的翅膀。

走在回家的路上，极目所至，群山巍巍，绵延无边，郁郁葱葱的林木从山脚一直漫上山顶；一层层的梯田里，春来花满枝头，秋收硕果飘香。偎依着山和田野的那条河流，波光粼粼，倒映着蓝天白云，挤满云光山色。路边不时冒出的"生态园""农家乐"，引来大小车辆停满地头，游人或三三两两，或成群结队，络绎不绝……

我不能确定这些视觉上的变化究竟始于何年，更不知道该定义于哪一天，它真的就是在不知不觉中，潜移默化一样，眨眨眼，就是一个崭新的模样。

春风年复一年如期而至，家乡的杜鹃花谢了又开，周而复始。在这千峰绘彩的美丽山乡，一簇簇色泽绚丽、艳压群芳的花开，裁出春光明媚的日子，葳蕤并滋润着这片香风花雨之地，演绎着纯朴山民走向富裕的自信和美好祈愿。

（选自《延河》2023 年 8 月下半月刊）

高祐给我们留下了什么

徐礼军

缘分来时挡不住，缘分去时留不住。谁能想到，我这个来自穷乡僻壤的山野之人，竟与被誉为民国洛阳书坛"三驾马车"的高祐、林东郊、李振九发生"量子纠缠"，并与高祐、李振九的后人产生过交集。

限于篇幅，这里只说高祐吧。2023 年 7 月 10 日，"牡丹文学杂志"微信公众号推送了沙草先生所写的《高祐〈嵩洛草堂遗编〉出版纪实》一文。此文发表于《牡丹》2016 年第 1 期，虽然已过数年，不过读来仍觉得亲切，并令人感慨万千；虽然文章较长，但仍吸引我一口气读完。

这是因为，我与《嵩洛草堂遗编》也有一份难以忘怀的缘分。

因为工作关系，我曾于 2014 年《嵩洛草堂遗编》出版时获赠了一套，受托送书的青年才俊余子愚，很郑重地对我说："这套书很有分量，很有价值，你慢慢品读，也许会有所收获，能写点东西。"

子愚诚不欺我，此书确实厚重，不仅博雅耐读，而且发人深思。九年来，我时不时翻看这部皇皇巨作，只觉得很享受，但竟然没有为其写下只言片语，颇为愧疚，甚至惶恐。如今从沙草先生的文字里，进一步了解到此书在整理、编校、出版过程中的种种艰难曲折，便有了写点什么的冲动。虽有蹭热度、傍名人之嫌，但情之所至，不吐不快。

高祐是个什么样的人

被称为洛阳最后一个大儒的高祐，字福堂，号崛山子，今伊滨区庞村镇掘山村人，生于1873年，卒于1955年。

高祐晚年曾对自己有一个总结：人格第一，古文第二，书第三，诗第四。那就按照这一顺序，来看看他在人格、古文、书法、诗词方面的魅力和造诣吧。

人格修养，是他最在意，也最为公众乐道的品质。作为一介布衣，他在乱世中设馆或被聘于附近诸县舌耕授徒，教书育人长达58年。

当时的社学，又称乡校、乡学、讲堂等，是传授文化知识和进行道德教育的乡村学校。今伊滨区庞村镇是高祐的故里，也是古时洛阳社学较为集中的区域之一。民国时期，这一带虽已出现新式学堂，但社学仍存，高祐就是当地一位颇负盛名的社师。其祖父高凤书、外祖父陈丹书，都是清代有名的社师。家学渊源，加上他先后师从晚清洛阳名儒杨伯峰、何天根、孙佩南等，使得其才学渐渐闻名于洛阳。由于当时废除了科举考试，高祐遂打消了求学取士博功名之念，安心当社师，先后在附近村、镇和登封、临汝、禹县等地教书，可谓桃李满河洛。

其间，他也有过出仕的机会，一是参加乡试后入选国史馆誊录，但他弃而不赴。二是 1923 年陕西督军刘镇华曾延请他为社学教席，但他认为刘镇华治下弊政丛生，不屑与之为伍，若走此"终南捷径，祐实耻之"，遂婉拒不就。由此可见其洁身自好、不愿同流合污的品性。

高祐不仅对父母十分孝顺，对兄弟姐妹和其他亲朋也是至诚至善。有一"小事"足以说明这一点：弟弟成家后要求分家，高祐便毫不犹豫、无所保留地将故宅及田亩都给了弟弟，自己却迁到村东的庞村定居下来，再困难也不言苦。

高祐生性孤傲，自号竹逸居士、大懒散人，其学馆为寻乐堂，居舍为嵩洛草堂，足见其不随流俗的性情。但他又慈善为本，扶弱济困，风格高尚，人称儒师典范。其风范至今仍在激励、影响着庞村高家后人。

有这样耕读传家的家风家教熏陶，有这样忠厚耿介的人品，高祐的为文水平就可想而知了。他醉心于古文，尤其追慕韩愈、柳宗元，对司马迁的《史记》更是熟读成诵。其文多记录动荡不安的社会现实、反映民生疾苦，也可以看作民族血泪史的一部分，更是河洛大地的民风民俗的画卷。其忧国忧民情怀，可与杜甫、白居易相比；其真挚朴实而又笔力雄健的文风，则可跟韩愈相比。

书法是高祐的长项，其书风雄健、率直、憨厚、奔放。他受颜体书法影响最深，同时能博采众长，自成一体。其榜书撇捺放纵，笔画粗重，大气磅礴，个性鲜明，辨识度很高。他用小行草书写的诗稿，也是字字珠玑，功力精深，让人赏心悦目。他于20世纪30年代参加县志编纂时撰写的正楷小字人物志，底稿历经磨难得以保存下来，成为珍贵文物。

当时，洛阳城颇为流行他的榜书匾额。如今，我们在洛阳民俗博物馆旁的匾额博物馆，仍可欣赏到他的杰作。我在该馆看到高祐榜书"教术""慈爱""阃范"（妇女典范）等匾额时，不禁为他那苍劲的笔力、酣畅的笔墨、夺人的气势所吸引，尤其是他的刚劲匾文与秀美题跋刚柔相济、顾盼生姿、相映成趣的特色，颇值得细细玩味。

笔者与著名榜书大家宋仁杰先生有过一面之交，他曾拜高祐为师，深得高先生衣钵，故称高祐为师爷。洛阳城多处可见到其墨宝，如"青年宫"巨幅榜书，至今仍高悬在老城青年宫大楼顶端，颇有气势。每每看到这三个大字，我便会想起高祐先生，想起两位书家的师徒传承之谊。我与宋仁杰及再传弟子、洛阳禅学堂堂主邵泽松也有过数次交往，从他身上也能领略到高祐、宋仁杰的遗风和美德。

高祐的诗歌也颇有内涵和特色。其遗诗《崛山子诗集》《采薇诗集》存诗上千首、十万余字，多为五言、七言律绝，间有古风和排律。这些诗篇最能体现其人格、操守、审美情趣和深厚学养，慢慢读来很有味道。

其诗多言说自己的忧国忧民之志，对身处乱世的劳苦大众寄予真挚的同情，以忧世情怀和沉郁笔调描写民众疾苦，颇有杜甫遗风。如描写匪患严重、鸡犬不宁的情景："前有虎狼嚎，后有戈矛追。昼危登峻嶒，夜苦宿险峨。重跰哭穷途，只手扶弱儿……"写官吏扰民民不聊生的情景："但恐果实未实口，吏迹已满花果乡。枝枝颗颗无遗算，一枚不税被桁杨。"这些诗歌让人很容易联想到杜甫的"三吏三别"。

其咏史诗、咏物诗，也都平仄合律、对仗工整、音韵和谐，读之朗朗上口，品之美不胜收。咏史诗富有史料价值，大多描绘抗战时期残酷的社会现状、日军的残酷无情、无辜百姓的走投无路等，感情真挚，描摹生动。

我读他的咏物诗《咏虹》："半轮红气转，万里碧云消。太极无人践，缘何起此桥。"不由得拍案叫绝。及至读他的"自画像"《夜客自贻》："不墨不儒一福堂，小时斋卷壮时狂。烟霞大地行歌处，书帖满车鏖战乡。百万金钱皆粪土，二三冠盖值蜣螂……"又为他的洒脱自乐深表敬意。便猜想，假如他当年应了刘镇华之邀入仕，以他这般性情，恐怕难以顺意，断无如此快意人生！

高祐给我们留下了什么

高祐一生经历了清末、民国、新中国成立初期三个历史时期，在动荡不安中无意仕途钻营，始终淡泊名利，以诗、书、文自娱育人，著述甚丰，且内蕴深厚。在他身上，我们不仅能看到中国古代大儒的学养和积淀，也看到了正直文人的骨气和傲气。

高祐之书道，即使在世时也是载誉河洛。仰慕其为人，请文乞铭者众，先生或因其德，感其诚，多满足对方要求。其中有大风雪仆马相迎者，有长跪叩头不起者，至于走书祈为载笔、挟册稽首者，更不可胜数。如今，其墨宝在文物市场已成珍品。

我们从一些著名文化学者对高祐的评价中，就可以窥见其留下的文化遗产有多么丰厚。

著名学者、教授叶鹏评价高祐其人其文时说，高祐先生雄于文，精于书，他的诗文襟怀磊落，意境高远；他的书法行楷庄丽，兰亭风韵。在他的诗文中，我们不仅能读到开阔雄厚的历史知识，更能领略河洛大地的民风民俗。

洛阳市民营博物馆协会会长王支援曾参与筹办"高祐先生遗作展览"及《嵩洛草堂遗编》出书事宜，他认为，高祐先生在民国时期和解放初期的洛阳非常有名气，在诗歌、散文，特别是书法等多个方面影响着当代一大批文化追随者，不愧为清末民初的一代大师！《嵩洛草堂遗编》的出版发行，可以将一代书法巨匠的作品发扬光大。

原洛阳诗词研究会会长谭杰高度评价高祐的诗、书、文成就，"是继王铎之后，洛阳古文、诗词、书法界无人比肩的文化大家，是洛阳跨时代的一代大儒。《嵩洛草堂遗编》是无人匹敌的百年巨著"。

洛龙区档案史志局原局长马正标认为，高祐先生为社会留下了一笔可供学习参考、永远借鉴的文化遗产、精神财富！他不仅仅是书法家、文学家、教育家，还应该是史学大家！

洛阳千唐志斋博物馆原馆长赵跟喜说，纪念高祐先生，要学习他的做人第一、作文第二、作书第三、作诗第四的精神，他的人生操守可与张钫先生的父亲张子温先生比肩。他的人格魅力正所谓"器识为先，文艺其从，立德立言，无问西东"。同时，更要学习他雄文精书、不遗余力、传播民族文化的崇高精神！

登封市政协办公室原主任赵彦铮谈到，高祐先生在登封授馆经年，登封有很多他的高徒和老友。大家每提及先生，总是心生恭敬，端坐正容。他虽没有高官以显名，没有余财以结友，但他却被世人追慕了一百多年，并将继续追慕，这就是因为：先生之字，雄秀端庄；先生之才，项背跂望；先生之声，嵩岳回荡；先生之名，嵩洛昭彰；先生之风，山高水长；先生之德，泰山是仰！

显然，高祐留给后世的，绝不仅仅是《嵩洛草堂遗编》四卷本所涵盖的内容，即《散文》卷 396 篇、《洛阳人物志》卷 906 篇、《诗歌》卷 836 题、《书法》卷 525 幅等，还有他的人格魅力和人文情怀，以及在传承中华优秀传统文化方面所做的贡献。一介布衣，能在离世半个多世纪后仍被这么多人追忆、仰慕，绝非偶然。

为什么要感谢这些人

追忆、传承高祐的诗文和书法造诣，确实是件很有意义和有价值的事情。其多达 240 万字的诗稿及书法作品，最终能以《嵩洛草堂遗编》之名出版，确实是洛阳文化界的一件盛事。

诚如沙草先生所言，精美的四卷本《嵩洛草堂遗编》得以出版发行，我们要记住为此付出艰辛努力的一系列有名和无名的后辈和后学。天道大公，机缘偶合，高祐遗作今天得以出版，谁能想到，竟是得益于他的同门师兄弟许鼎臣之曾孙许焜和玄孙许坚，是他们父子二人，与洛阳、偃师的两个企业家张敬业、肖崇安和高祐孙女高淑申共同举资，襄助该书出版。高祐的女儿高素娇、女婿丁万乐，高祐诗稿的整理校勘者范西岳，力主其事，多方奔走，殚精竭虑，不畏困难，终于把这文化的薪火传之于后世。

每每读到高祐临终前一再嘱咐其家人要妥为珍藏其书稿的情景，以及其家人费尽周折，终使书稿重见天日的艰难过程，还有那么多有志之士不遗余力襄助书稿付梓出版的义举，范西岳先生面壁 9 年，搁置所好，专注于此，废寝忘食地付出，我都会感佩不已。他们可谓功在河洛，既可告慰先贤，又可补河洛史料之不足。搜集原作的艰难、校勘注解的疑难、出版费用的困难，非亲历者实难体会，得此巨著者实当珍惜。

我们还欣喜地看到，《嵩洛草堂遗编》的出版，不仅见证了高祐、许鼎臣的至交之情，也使两家因此成为世交，两家后人谈起先辈往事，感慨万端，均表示愿续通家世谊之好。得知丁万乐和高素娇在整理高祐遗著，迁居西安的许鼎臣的曾孙许焜及许焜的儿子许坚，毅然捐资 8 万元，用于该书出版。这样的情谊，这样的传承，正是文化界之幸事。

范西岳说，高祐的遗著如浑金璞玉，人见人爱；真正的文化应该永续传承，不能遗失在我们这一代人手里。

高祐先生的遗著得以出版，既是高祐之幸，也是河洛之幸。难怪沙草感叹，此书的出版历尽磨难，终成正果，莫非天助？

我想，所谓天助，实乃文化人的责任心加上爱心人士的"菩萨心"使然。记得习近平总书记在考察"一馆一院"并出席文化传承发展座谈会时曾强调："我最关心的就是中华文明历经沧桑留下的最宝贵的东西。我们文化不断流，再传承，留下的这些瑰宝一定要千方百计呵护好、珍惜好。"正是一代又一代文化人的坚守和努力，让那些即将消失的文化遗产得以保存并重焕异彩。河洛文化绵延五千年而依然鲜活，我们既要感谢前贤的厚赠，也要感谢后学的传续。他们，不由得让人顿生爱意和敬意。

听说伊滨区庞村镇东庞村立有高祐"慕思碑"和"教思碑"，我打算去追慕、追思这位先贤，感受一下那里还保留着先生的哪些遗风。

（选自《牡丹》2023 年第 10 期）

诗书传家久

张理坤

我家是典型的教师家庭，祖孙三代中有六位走上三尺讲台，在不同的学科领域施展抱负、贡献才华。这一切都源自读书的习惯，父母皆爱书之人，家里藏书宏丰，尤其喜欢逛书店，每次都会寻得几本好书兴高采烈地回来，而他们给予儿孙的便是"读书改变命运"的家训，几十年如一日的身体力行、率先垂范。

逢年过节，生日宴会，孩子们收到的礼物总会有成套的精美图书文具，爷爷奶奶从南京贡院专程买来的状元笔，红彤彤，光艳艳；叔叔婶婶特意挑选的《歪歪兔》启蒙读物、《神奇校车》经典故事，图文并茂，引人入胜……我和爱人每月都会留出足够的资金去购书，一到周末，全体出动在新华书店、名著小屋，孩子们直奔儿童读物，我们则在文学类、专业类书籍前驻足流连，不知不觉一上午、一下午、一天就过去了，才踌躇许久选上三五本，每个人都满载而归。新书上架，旧书装箱，家里的大小书架渐渐难以维持。

去年换了四居室的新房，特地请来全屋装修设计师，既有

249

公共书房宽敞明亮，又有个人书架高高耸立与天花板齐平，新家落成入住的第一批"小主人"便是成百上千本书，国学著作、历史典籍、当代作品、儿童文学等分门别类摆满了书房每一面墙壁，宛如取之不尽用之不竭的文化宝库。书房是公共阅读区，长条桌凳；卧室为私人空间，多开门的书橱配套写字台软座椅；客厅电视墙改成了收纳柜，各种报刊琳琅满目，小板凳随取随用。无论何时何地，一回家每个人都尽可以畅快阅读，自由切换、自在游弋。

春华秋实，书香氤氲在缤纷四季。草长莺飞二月天，我们全家人呼朋引伴去踏青，濮水公园、龙山龙湖，到处留下深深浅浅的脚印，带着爬爬垫，沐浴着艳阳，触摸杨柳风，每人书卷在手，席地幕天乐在其中；烈日炎炎的盛夏，我们相约走进图书馆，老图书馆近在咫尺，成了消暑最好的去处，读读小说、品品诗歌、看看漫画，心静自然凉，在暑气蒸腾里安享宁静娴雅的快乐；西风渐紧的金秋，我们赶赴农庄采摘园，紫色的葡萄、通红的苹果、金黄的柑橘、挺拔的甘蔗等等丰硕的果实，体验辛勤耕耘之后收获的满足欣喜；大雪纷飞的严冬，围着火炉啜着热茶，吟唱一首"千树万树梨花开"的白雪诗、阅读几部关于冰雪奇缘冬天的神话，一家四口在精彩的文字世界尽情徜徉，温情脉脉、幸福绵远。

读万卷书，行万里路。每年寒暑假，我们都要早早做旅游攻略，《跟着课本去旅行》早已耳熟能详，期盼着走遍神州大地，饱览大好河山：北京城，欣赏清华园中的青翠竹林，品鉴未名湖心的洁白荷花，兴致勃勃登上天安门、游遍颐和园、徜徉各式博物馆，秀丽的风光、隽永的诗意令人深深陶醉；秦皇岛，朵朵浪花，点点白帆，深水中漫溯，海洋馆参观，游览野生动物园；张家界，漫游十里画廊，金鞭溪水波荡漾，笔架山遥遥相望，墨戎苗寨、凤凰古城、乾州老镇，旖旎风景俯拾即是，猎奇探胜的心片刻不得安宁；青城山，郁郁葱葱的竹林，笔直向上的台阶，沧桑沐沥的石碑，鳞次栉比的宫殿，山下小雨淅沥，山腰云雾缭绕，山顶雪花漫天，果然神奇宝地……每一寸山河都蕴藏着无穷的人文景观，一草一木都折射着不尽的华夏传奇！

居家时光，书籍是最亲密的伙伴，带来无垠的智慧和愉悦；行走天下，繁华都市抑或奇山异水，都有书本之中不曾有过的生命体验，跋涉其间，仿佛横越千年，在岁月的长河中寻得一份精神的洗礼、心灵的慰藉。

父母因为读书，选择了与祖祖辈辈面朝黄土背朝天不一样的生活，一个著书立说发扬地方文化，一个传道授业桃李满天下，在家乡有口皆碑、人人称赞；因为日积月累，我们兄弟姊娌早早担当教学骨干，在三尺讲台演绎属于新时代的教育神话；孩子们酷爱读书，学业不断精进，身心茁壮成长……

诗书传家久，愿这份美丽一直到永远！

（选自《中国青年作家报》2023 年 2 月 28 日）

乡村的活力

姚永刚

竹篱笆上，竖着细高的槐枝，挑起一个硕大的灯泡，照亮一座靠山而建的四合院落。院外空地上，铺开成堆的玉米棒。老两口正在埋头剥玉米，"唰唰唰"的声音，和着秋虫的鸣唱，在空气里飘浮。我的贸然叩访，打搅了这里的宁静。老先生抬起头，红蓝白灰相间的毡帽下，他的脸上露出惊奇的神色……

4 年前，中秋之前的一个夜晚，我沿着绕南山而过的砚瓦河，循着花生、豆角等秋庄稼成熟的香甜气息，在接近下游的河畔，造访了豫西北、南太行山坳里的这户农家，看到这样一副乡村的表情。

而今，4 年已过。还是那年的时辰，还是那个村庄。村庄如那夜，依然笼罩在秋月的光晕里。只是，院落外的空地上，已不见了堆积的玉米。粗粗细细的干枯树枝，一捆一捆地靠着山墙层层叠叠。秋雨刚过，地上青苔成片，围着尺余高的蒿草。沉寂，偶有蟋蟀在欢唱。窄窄的院门紧闭，门头上，挂着方形的太阳能节能灯，在空旷山野里发出明亮的光，映照着红砖黑瓦的庭院，照亮院落前自留的小菜园。

——依然是 4 年前那片自垦的两分菜园。园子被横竖的地畦切割成几个小方块，种着萝卜、小白菜、茄子和小葱。夜幕下的灯光里，能看到高高的简易藤架上，垂下嫩小的苦瓜。凑前细嗅，微甜微苦微润。淡黄的小花，间缀在碧绿的枝叶间，三两只蜜蜂上下翻飞。还有小玛瑙似的圣女果。秋虫的唧唧声中，突然一声炸裂，那是饱实的豆角撑爆了肚皮。

深山夜来早。老两口或许已经睡下。

重回河畔，过桥。至听溪房车营地。夜色里，有车灯扫着地面由远及近，停在营地前的小广场上。白色的 SUV，车顶小喇叭里，传出响亮叫卖声："鱼丸虾丸牛肉丸，汤圆饺子手抓饼……"地道的豫西北方言，常见的农家小吃。原来是送菜上门的流动餐馆。

"都八九点了，还有人买吗？"

"可有，你看后面这半冰柜，都快卖完了，就剩油馍和卤鸡爪了。山里秋收，正常饭点，人都在地里干活嘞。干完到家，也就这个时候了。送货到家，正应时。"司机是一位村妇，直爽、豪爽。副驾是另一位留守在家的村妇。停车，调头，转弯，卸货……专注、利索、乐观。互惠"她力量"，向善生长。微沉暮色里，她们辛勤的身影诠释着淳朴的大美，她们率真的自来熟寒暄是动听的天籁。

桥下，清溪两岸，散落着点点灯光，那是夜钓的渔火。排开远去的光晕下，有惊喜，有野趣。高处的露营帐篷里，有童年的精彩故事。

抬眼，星星格外亮，时而挂在天边，时而伸手可摘，如同穿山而过的高速公路上的路灯。

翌日清晨，又去造访那座庭院。恰逢老先生开门而出，急往外走。"这么早，下地啊?""不是，去给猪添食。"他甩开臂膀，疾步下了坡路，很快留下一个健壮老农的背影。封闭式的低矮猪舍，建在坡下堰头旁，四周围着一圈荆篱。"养了100多头崽猪，都是孩儿们叫喂的。人家在城里上班，没空回来，就托给我了。""饲料很费钱吧。""不买饲料，喂的是自己种的玉米，省事，不用再往家里收了。"

晨光从山头隔河射过来，照在坡顶那片菜园里。薄薄的光线里，一个躬耕的瘦小身影，时高时低在缓慢移动。那是这个庭院的女主人在给菜蔬间苗。锄头起起落落，接续着一个个有活力的生命。田野上空跨山电线上，律动着燕子弹奏的音符。

所有风物，都在孕育着勃发的精彩。

（选自《河南日报》2023 年 10 月 12 日）

一朵一朵的花开

温暖的故乡（之二）

廖华歌

大山深处长出很多苹果村

从古至今，在故乡农人心里最为重要的大事不外三种：红白喜事、起房盖屋、添人进丁。

这年冬天，大山里特别冷，狂风暴雪一场接一场，竹园里的竹竿都被压断了，真就是"夜深知雪重，时闻折竹声"。腊月里的一天，苹果庄门宝贵媳妇范改香喜生男孩儿，这对四代单传的门家来说，不啻一个天大的喜讯。门宝贵高兴得简直要发疯了，面对大雪茫茫的群山林海，一声声高喊大吼：我有儿子了，列祖列宗啊，门家有后了……声音被茫茫漫漫的积雪收下了，接下来是无边无际的沉默和静寂。他喊得头晕眼花嗓子沙哑，但除了一里外的杜家听见了，居住零散的村民们没有一人听到。

苹果庄只有门家一户人，也只有一棵山苹果树。门家虽不是村里的老门老户，但从早年门宝贵老爷逃荒要饭到这里，年头也不算短了。那棵山苹果树要晚些，据说有一年夏天发大水，滚滚洪流沟满河平，大水退去时，不知从哪儿漂来一棵山苹果树苗，门宝贵的爷爷在河边捡到了，回去种在院东边的土坡上，从此这儿就叫苹果庄了。

山苹果不同于现今经过嫁接的各类品种苹果。这棵山苹果树不高，却有一抱多粗，十二根大杈及一些细枝组成巨大树冠；许是成熟期晚，得天地精华时间长，结的苹果个儿大，一个足有半斤多重，果形两头同大，腰身长，呈柱状，通体白色，成熟后的苹果如落雪，白亮亮一树；汁多，吃起来几乎没渣儿；味道清香脆甜；果皮不厚，却格外耐放，摘下来装进竹筐里搁在屋角不用管，吃到年后也不会坏。

门家感念村人不仅早年收留了他们，且始终把他们当成村里的老住户对待，自打这棵树开始结果，他家人就从不独享这树苹果。苹果不熟时，他们看得很紧，远村近邻、大人孩子、老鸹野雀，谁都不能动树上的青果，谁动他们就和谁过不去；等到苹果成熟了，便喊村里每户各来一人，除去给树和鸟儿留下枝头苹果外，剩余全部按人头现摘现分。大年结的苹果多，就多分；小年结的苹果少，就少分。说苹果庄这棵山苹果树是属于全村人的，一点儿也不为过。一棵果树成就了一个"庄"，也成就了村人对门宝贵一家"忠厚善良、知恩大方"的美誉。

如果不是大雪天，居住偏远的村人听不见门宝贵的吼喊，大家一定会去苹果庄向门家贺喜的。在林密人稀的大山里，添人进丁不仅是一家人的喜事儿，也是全村人的喜事儿。

丈夫欢喜，范改香也高兴，但她心里却有一种隐忧，甚至满腹翻腾着不祥——儿子落地就撒尿，按照山里的老风俗，犯煞，说屙爹尿娘，克父母。当然也有破法：当婴儿正尿时，接生婆需手指并拢做"刀"状，猛向尿水"砍"过去，要连砍三下，意为已经"砍断"，就化凶为吉了。如是婴儿拉屎，则要等婴儿三天时，将其包好，放到人们常走的十字路口，第一个经过婴儿身旁的人，不管是谁，都要认作婴儿的干爹或干妈，意即将这孩子过门到别家了，灾难祸凶自然消除。如果能遇到姓刘、柳或张的人，那就再好不过，刘、柳谐音"流"，张谐音"长"，婴儿所带的灾难便流走了、带去了。要是这天遇不到一个人，那就得将婴儿认给柳树，让柳树当婴儿的干爹。

范改香生得急，又是大雪天，没来得及叫接生婆，门宝贵就自己为媳妇接生。他不仅化掌为刀向儿子那尿水猛"砍"了三下，而且为了"破"得更彻底，在儿子三天时，也拿棉被将其裹好，放在村前人们必走的十字路口。等在旁边的门宝贵不能明说，可为了引起村邻注意，就向着旷野胡喊乱叫。喊声惊动了杜家人，中年汉子杜河生来到了十字路口，他就成了儿子的干爹。门宝贵对儿子的这个干爹很满意，杜姓从木、从土，还名为河生，有多少凶煞也都给挂在树上，埋进土里，随河水流走了。

门宝贵给儿子取名门兴旺。

门兴旺自己很兴旺，可他娘范改香还是遭了不测——门兴旺读小学五年级那年春天，范改香和本村几个媳妇一起上山挖药，赶上修路放炮崩石崖，别人都没事，偏偏她被落下的石块砸死了。

这件事成了村里年轻人常拿来摆正老年人的见证。他们说，什么屙爹尿娘，什么所谓的破法，全都是胡说！范改香用了双重破法怎么不灵验？老年人说不过他们，便气呼呼地斥骂：就你娃子能，张狂个啥？只显你鳖子精……

但门兴旺仍然很兴旺，不但身体好，而且聪明伶俐，品学兼优，村人都很喜欢，夸赞他将来准能有出息，成大事。后来，门兴旺真成了气候，考上了大学，成了公家人，还做了乡长。

门兴旺做了乡长以后，从市林业局请来专家，对那棵山苹果树反复研究，培育出了新品种，在百里山乡推广种植。新品种果然很不一样，不但味道好、品相好，而且产量高。他们带着这种苹果参加了"农民丰收节"，荣获县长亲自颁发的金奖。名声很快传了出去，果商们络绎不绝地前来订购，富了一方山民。

苹果庄人都没忘记那棵山苹果树，他们把新品种叫"原生苹果"，大山深处因此长出很多个苹果村和苹果庄……

大伙儿都喊他们"树爹""树娘"

村口大榆树旁，住着尚来福和胡春兰老两口儿，不知什么原因，他们一辈子没有亲生儿女。早年抱养了一个男孩儿，起名尚大树，夫妻二人视若己出，百般疼爱。这孩子长得人高马大，心善懂事，对村人彬彬有礼，对养父母非常孝敬。到了该谈婚论嫁的年龄，家里就托人到西河湾徐家说媒，徐姑娘和她父母在柏树坡转柏树时也都见过尚大树，感觉这人很不错，就爽快地同意了。两家人正准备转年春天给他们办喜事，不想这年秋天尚大树骑摩托车下乡收药材，不幸被一辆货车当场撞死了。

养父母哭得死去活来，徐姑娘也悲痛得好几天不吃不喝，整个人都伤心得快要死掉了。在亲朋好友的劝说下，他们不得不接受残酷的现实。人死不能复生，儿子没有了，眼看就要过门的儿媳妇也不说了，可这日子还得煎熬着过下去。夫妻俩不放心徐姑娘，就备上厚礼到徐家去劝慰。他们说，婚姻不成是自己儿子没这福气，希望姑娘能节哀顺变，再找个更好的人家。姑娘和全家人大为感动，遂提出让徐姑娘做他们的干女儿，并当场跪拜，认下尚来福、胡春兰为干父母。

变化就是从这时候开始的。

尚来福和胡春兰两口，每年除了种庄稼，大部分时间都在一门心思地种树。北沟、南洼、东坡、西岭，河边、堰旁、溪畔、山谷……榆树、杨树、槐树、楸树、椴树、漆树、枫杨树、松柏树、青冈树、花栎树、泡桐树、银杏树……他们栽种下的所有树木，自己一棵也不要，全都归村人所有。一年四季，他们顶着烈日严寒，一任风吹雨打，为后人种下很多各种各样的树。他们把对儿子的一腔至爱亲情，全都给了这些树。在他们看来，树就是他们的儿子！看到满坡满岭的树在他们的汗水中渐渐长大，枝繁叶茂，开花结果，他们的心便温润畅快起来，仿佛是儿子在向他们微笑，风吹树叶哗啦啦响，那可不就是儿子在跟他们说话吗？儿子分明就在身边，他们的日子从来都没有离开过儿子。

树越长越大，他们也越来越老，而那些新栽下的小树，就是他们可爱的孙子、重孙子了……

前人栽树，后人享福。没有谁刻意安排，大家也没有在一起商量，各户人家都对这老两口关爱有加，主动承担起赡养年迈老两口的义务和责任。人们说，他们就是两位老人的亲儿女。

儿子尚大树活着时，村人都爱喊他们"树爹""树娘"，现在没有了儿子，不仅本村人依旧这样喊叫他们，周边几个村认识他们的人也都这样喊。老两口很高兴大伙儿这样喊叫，听到这喊叫，他们心里无比欢喜和温暖，深感每一个日子都跟至爱的儿子、孙辈们在一起，跟全村乡亲们以及那些爱树育树的人在一起，便觉得永远不孤单了……

苦苦的艾草甜甜的蜜

故乡人都说，蜜蜂是吉祥的生灵。成群的蜜蜂要往谁家落，谁家就要交好运了。

胭霞坪谭四爷家从老辈至今都是养蜂能手。说来奇怪，他家总是蜂来不断，最多时养到八十七笼。"笼"是一种简易木箱，山里人说"笼"而从不叫"箱"。有几户人家不甘心，日思夜想要养蜂，谭四爷便连笼带蜂无偿赠送，可他们养不过半月，那笼竟空了，蜜蜂们又全都飞回到胭霞坪房前屋后的树上，同一笼的蜂抱团在一起，等待着谭家人来将它们收回笼里。

这时，谭四爷和他儿子谭永阳就特别辛苦忙碌，为了能把那些蜜蜂都收进蜂笼，他们便在一只用长竹竿做的笊篱上抹些蜂糖（这里人说"蜂糖"，而从不叫"蜂蜜"），笊篱中间垂下一根多半尺长的绳子，将特制的长梯子靠在落蜂的树上，小心翼翼地上去坐稳，把笊篱伸到围成一团的蜂群前，蜜蜂们闻到蜜味，蜂王先落上去，随之蜂们便也往笊篱和绳上爬。一笼蜜蜂有三万多只，要全都收集归笼，得一个小时左右。每笼蜂若满五万只就会自行分家，由一笼变成两笼。

一直以来，蜜蜂们都喜欢在胭霞坪居住酿蜜，因为谭家祖辈都特别重视种植和嫁接各类树木，这样，整个村子无论是山势、地形、泉水，还是林木、花草，胭霞坪都是这里最好的栖息地。蜜蜂们来了，随便落到一棵树的枝头，都能得到谭家人的善待和厚爱，胭霞坪自然就成了蜂飞蝶舞、鸟语花香的天堂。

蜜蜂喜居胭霞坪有着古老的历史。在谭家北边有一座高大险峻的山，这山因一个久远美丽的传说而得名"蜂糖山"。巍峨高耸的山体呈灰黑色，上面生长着一些杂树闲花，快到山顶有一处凹陷，天然悬置一块颇似蜂箱的长方体石头，一道数丈宽状若大瀑布的黑色印痕从蜂箱石开始，垂挂到地面，看上去黑亮湿润，真像流淌下来的蜂糖。老辈人说，这是一笼天蜂，那蜂出来采花时，黑压压一大片，乌云般遮天蔽日。因没人能上去割糖，年年那蜂糖便自己流下来，引得家家户户都提桶端盆来接，那些放牛、过路、打坡人干脆拿馍来蘸着吃。后来，一群黄鼠狼也住进了这山里——山民们是很忌讳黄鼠狼的，有"黄鼠狼进宅，无事不来"之说。黄鼠狼的样子既像老鼠又像狼，它们体量虽不大，却昼伏夜行，极为凶狼，常吃家禽。每到谁家的宅院里去，定是"黄鼠狼给鸡拜年——没安好心"，自然也就被认为是不祥之物。蜜蜂们不愿与黄鼠狼为伍，竟全都飞走了，只剩下山体上昔日的蜂糖印，无声地提示着很久以前发生的事情。

养蜂的必备之物是艾草。谭家东边剑峰山的坡上，满坡生长着浩浩荡荡的优质野艾草，人在大老远就能闻见艾草特有的香味。这种野艾得天地精华，绝非人工种植所能比。谭家人对这一大片野艾草精心侍弄，时常给它们拔草、松土、施肥，旱天引水浇灌，涝季及时排水。端午节前，谭四爷父子会把野艾草收割回来，晾晒后将其放置在干爽的地方。每隔十天半个月，必定要用这艾草"看蜂"——点燃早已捆绑好的干艾草，将火焰吹灭，戴上只露出两只眼睛的特制帽子，人在烟雾缭绕中，一边熏着蜂笼里的蜂，一边将笼子清理干净。笼里生了虫子或出现不肯出去采花的病蜂，经艾草这一熏，小虫子死去，病蜂也会精神起来。看蜂的过程中，他们偶尔也会被蜂蜇住，但习惯了就适应了，不再红肿，也不觉得有多疼。

谭永阳的儿子谭寒木大学毕业，后来做了东阳市文化局局长，用他的话说，浓浓升腾的艾烟其实就是在给蜜蜂们雾化消毒，从而增强免疫力，保持旺盛的生命力。谭寒木会背很多有关于蜜蜂和艾草的古诗，他背诗的时候，兴奋得手舞足蹈，却没有谁能听得懂。

谭四爷听不懂孙子背的那些诗，但他满目都是关切和期待，很是认真地问：那些大人物来没来过咱这儿？写没写胭霞坪的蜜蜂和艾草？

谭寒木告诉爷爷：当然来过，他们写得最美的诗就是写咱胭霞坪的。

谭四爷听了很满足，自豪爽朗的笑声向远处弥漫。

不管收购站价格多贵，谭家割下的蜂糖从未去卖过，上庄下邻谁肺燥咳嗽、肠燥便秘、胃脘疼痛等需用蜂糖，他一律白送给人家，外乡人都说，胭霞坪的蜂糖甜了几百里的山里人哪。

谭四爷故去后，看蜂和养护艾草的事儿全靠了谭永阳。再后来，谭永阳也老了，八十岁上病故前，他不顾医生和家人的劝阻，执意要出院回老家再看一次他日思夜想的那些蜂。他担心那年天旱，山花开得少，蜜蜂酿蜜不足怎么过冬。一直以来，他都秉承父亲的做法，先给每笼蜂留下足够它们过冬吃的蜂糖，有剩余的蜂糖才肯割下来；有时候蜂笼里的蜜蜂酿的蜂糖太少，根本不够它们过冬吃，他宁可四处跑着掏高价买蜂糖，也要确保蜜蜂们安然无恙过冬，直到来年春花满山。

我再不回去蜂都要饿死了。谭永阳说得眼泪哗哗直流，儿女们拗不过他，只好跟着少气无力的父亲一起，先乘长途汽车，再走几十里山路，好不容易才回到胭霞坪。当谭永阳抱病苦苦坚持三天，将现有的十五笼蜂全都看完，把他早就买好的蜂糖放进每个蜂笼里，已经累得眼前发黑、脚下发飘，浑身像散了架似的，他像是完成了一件大事情，哽咽着对蜂们说：吃吧，吃完这蜂糖就春暖花开饿不着了，你们也各自逃命吧。我是不行了，以后再也看不成你们了。寒木不会看蜂，他是公家人，哪有时间回来呀……一时间，说得泪流满面哭出了声。

万物有灵。谭永阳走后，蜜蜂们像是商量好了似的，一只也不肯离去。村人知道先前从胭霞坪搬走的那几笼蜂，没多久就全都又回去了，大家便不敢再去搬。

办完父亲的丧事，谭寒木将村里那些会看蜂的人都喊到一起郑重宣布，既然蜜蜂们已经习惯生活在胭霞坪了，那就让它们还在这里居住吧。他还求老少爷儿们轮流着及时来这儿看蜂，哪年蜂们酿蜜多，留足它们过冬吃的，剩下的蜂糖全村各家按户分；哪年酿蜜少，一定要早早买蜂糖为它们过冬做好储备，买蜂糖喂蜂所需的钱，全由他谭寒木出。除了那十几笼蜂，谭寒木还安排人打理保护好东坡上那片野艾草，让它们向更大面积蔓延生长……

村人听了这话，个个感慨不已，都夸赞谭寒木现今虽说是当官了，可他却能不忘乡邻，把这蜜蜂和蜂糖全都交给村人所有。胭霞坪谭家这门人向来根子正，人厚道，福报大，难怪辈辈都出人尖子哩！

现在，胭霞坪又新增了二十六笼蜂，每年不管谭寒木能不能回村，人们都要将鲜亮细嫩的好蜂糖，留给他两份，其中一

份是给他已故的父亲的。谭寒木深深感念乡亲们这份浓浓的情意，但他却从未接受过父亲那份蜂糖，只偶尔将自己那份带走。更多时候，谭寒木会将这蜂糖留下，等蜂笼里蜂糖不足时再及时补进去。

这几年，随着对艾草的大力开发，剑峰山旁这片野艾草成了宝贝，现已发展到几百亩了。经谭寒木牵线搭桥，市里一家艾草制品公司与村里联手，生产出来的野生艾绒防滑坐垫、床垫、夏凉被等产品，已销往全国各地，也算造福了一方百姓。

富在深山有远亲。美丽的山村吸引了各路观光客，都说蜜蜂和野艾草是"甜蜜事业"，是"致富金草"。村人却说，咱们不能忘了谭家人，要不是谭家祖孙大气量，人宽厚，以真心待村邻，要不是谭寒木这个公家人，觉悟高，心里装着乡亲们，要不是谭家有恩于蜜蜂，蜜蜂们知恩图报，一直守着胭霞坪，咱们哪会有恁大的福气，过上眼下这么好的生活？这可是连做梦都不敢想的美事儿哩。

山风，将他们真诚的话语和笑声刮向很远……

（选自《莽原》2023 年第 5 期）

栗子笑了

李 梅

栗子是有秘密的，她的谜面是一些青色的细长的刺，那些刺长满青色的栗包，像一个个小小的刺猬。我们无法亲手打开那些谜面，如果借助剪刀等工具来获得谜底，又似乎缺少一些诗意，唯一可以做的，就是等待，等待那些栗包张开口，笑意盈盈的时候，谜底会自然地揭开。那是秋天里笑口常开的日子，满山的栗子树，随处可以听到栗子发出的笑声。在闲暇时，听到板栗落地的声音，我们会跑到草丛里、落叶间，获得一些答案和喜悦。

我们从栗树着花时开始翘首企盼，那时候，栗子只是一个朦胧的期待，一份诗意的酝酿，一串串细条状米色的花絮，开满栗树的枝头，满山的清香啊。花落之后，渐渐地长出一个个小小的栗包，起初只有豆粒那么大，后来慢慢长大一些，但那时的刺并不尖锐，无法呵护果实。心急的人打开一个栗包，里面空空如也，如同一个小小的讽刺。

后来栗包慢慢地生长，逐渐地有拳头那么大了，人们等得有些着急，以为里面会长出饱满的栗子，打开一看，栗壳是白色的柔软的，里面的栗仁也没有完全长成，水润的、黄色的嫩果仁并不足以吃出板栗的味道。只有一直等到栗子成熟，栗包笑着开口，栗子从高高的枝头落下来，我们听到果实落地的声音，内心的喜悦再也藏不住，这才有了一次真正的完整的收获。

秋天，在山间的早晨，我们在起床后，会去山的怀抱里捡拾这样的喜悦。我和大人们一样，也身着长裤，宽的鞋面覆住脚背，将自己包裹严实，有时还需要借助一支竹棍，来寻找那些藏在落叶和枯枝之间的栗子，从来都是满载而归，栗子在我们的口袋里鼓胀着，欢腾着，沉甸甸的。因为起得早，太阳多半还未升起，但我们的内心已是阳光普照。没有一粒果实是应该被遗忘的，乡间的老人们早就用实际行动告诉我们，在朴素的山村，每个人每种事物都是一种谜面，那些自然事物教给我们的道理，是我们受用一生的谜底。

日常可见的果实，大多有好看的外表，而栗子拒绝了这样的水嫩和亲切。她严实地包裹着自己，从一串细弱的朴素的花絮开始酝酿，从不以过于热烈的花香宣告即将孕育的一切。等到她长成青色的梦想，并以不可触摸的外衣拒绝叩问，专注于生长，直到长出洁白的果实，如一袭白纱的嫁衣，有着喜悦的心情，再到慢慢担负的责任，将果实长成坚贞的所在，等待自然的恩赐，并迎接终归于坚实大地的笑意。

在秋天的枝头，母亲常常以一种坚忍来收获另外一种坚忍。她从小是大山里的姑娘，大山养育了母亲，她常常采食山果，守着那山，母亲也在山里默然而坚忍地生长。我后来去过那样的山里，大山的庇护，如同栗子带刺的外壳包围了她，她单纯地生长着，却也格外地坚强。即使后来，在我们拮据艰难的生活中，母亲也乐观地生活着，她总能笑口常开。

记得小时候，栗子成熟的季节，母亲会借助树杈爬上高高的栗子树，用长长的竹竿敲打那些栗包。栗子大面积成熟，为了能够多一些收成，零星的捡拾是不行的。母亲做好自我保护，她戴上草帽，用毛巾辅助遮挡，上树打栗子，但仍免不了会被落在身上的栗包刺痛，可她从不说痛。

我至今对那些高大的板栗树望而生畏，母亲却身手矫捷，很快就爬到那些树上，找到稳妥的支撑点，再让我把长长的竹竿倒着递到她手里。竹竿长而且重，举高时用力不稳会摇晃落地，我要很努力才能准确地递给母亲。她接到以后，却能巧妙地调整竹竿的头尾，然后是方向和角度，以便灵活地敲下那些远在枝头的栗包。

开始打栗子了，栗树如同发出一阵阵欢笑声，栗子和栗包一起下落，噗噗嗒，咚咚嗒，那是山间的交响乐。母亲常常交代我远远地躲在一个安全的地方，但果实的欢乐和笑声震撼着我，我忍不住探头去看，又不得不在栗包突然落到跟前时，惊讶而嬉笑着落荒而逃。有时为了去捡一颗饱满的栗子，也有可能会被弹出的栗包打中，那实在是惊险的游戏。母亲嗔怪着，反复地叮嘱，让我躲远一点。有时候即使百般小心，也会在捡拾栗包时，手上扎到了刺，留下疼痛的记忆。

　　我不知道山上到底有多少棵板栗树，数着忘着。母亲却记得很清楚，她心里有栗树们的地图。她攀上那些树的枝丫，那些彼此交错、虚实相生的枝丫，如同母亲在现实生活里面对的困难一样繁复错杂，而有些困难如同她怎样攀爬都无法敲打下来的顽固果实，我也常常看着母亲在那样的枝丫上歇息、叹息和遗憾。但更多的时候，她辗转于高树之间，笑声响亮，在艰涩的生活里笑着面对，我的担心——落空。

　　在我成年之后，母亲仍然保持着那样的习惯，秋天来了，栗子笑了，母亲的笑声也会在山间响起。她不顾我们的劝阻，即使那时生活已经宽裕不少，但她依然不改勤劳的本性，不肯遗落山间的那些果实，以至于她的执着成为我们的担心。我们屡屡劝诫，母亲听后开朗地笑着，应承着，而后仍然把她辛苦收获的栗子，分送给在城里工作的亲朋好友。

　　她的一生就是这样，在云雾藏遮的山间长大，又如同一个坚实的栗包，严实地庇护着我们。她不惧生活的风雨，而我们得以在这样的庇护下幸运地成长。我始终不能忘记的是她在高大栗树枝丫上的身影，我甚至清晰地记得每一棵栗树上母亲的鲜亮姿态。那个时候，小小的柔弱的我，常会从树下向上仰望，在那片粗大的板栗树叶和褐色的粗壮的枝丫之间，母亲美丽而坚强地倚在上面。我也因此记得，我从叶间的缝隙望向的天空，秋高气爽，极尽蔚蓝而空旷。

　　母亲身高一米六九，身材窈窕，年轻时面孔极为秀丽。如果单单从外表来看，她应该是纤柔的女人，应该是被山水温柔呵护的女人，即使多年辛苦的劳作也没有使她变得粗糙和壮实，她始终是窈窕的，如山仁厚，如水善柔，笑口常开着。中年时父亲的疾病和子女生活的重担也没有压弯她的腰。母亲一生节制、坚忍和乐观，如今的她仍然如此，容貌美丽，姿态端庄，这也近乎成了我们心中的谜。

母亲年岁渐长，后来移居城里，每到秋来，她总会惦记起老家的那些栗子树，甚至念叨着想要回去收栗子，被我们先后阻止。那片长满栗树的山坡先是交给邻居捡拾，后来就荒置了。

又是一个栗子成熟的季节，我们从一个山顶上高在云端般的村庄闲游返回。在半弯山路上，一棵油栗树长在了路旁的山坡上，树上挂满了小栗包。我们不由得停下来，折了几枝，有的已经开口笑了，栗子是红褐色的，有一些还没有张口，栗包绿油油的。这是棵野生的油栗树，果实比普通的栗子要小很多，果实真香。我把折来的野生油栗的栗包放在路边，用脚轻轻地一踩，稍稍地旋转一下，栗子就出来了，我惊讶于自己的动作如此娴熟。

山路上得到的几颗栗子，小巧可爱，真舍不得吃，这不仅是果实，也是与记忆的不期而遇。被我们捧在手心里，好像回到了小时候那般，一颗一颗地数着。熟悉的动作会形成记忆，就像母亲至今仍能轻松地爬到树上，这令我们惊讶和担心，于她觉得是快乐，像个童真的孩子。母亲每年都要到市场上挑些油栗回来，但总觉得不如老家的好吃，这次的路遇，剥开来尝一个，觉得特别好吃，完全是山里的无污染的食物，算是好好地回味了一次。

记得有一次，一个亲戚回老家，捎来了老姨捡的半袋栗子。亲戚闲聊中说道，有些栗山荒了，便有不少老人去捡栗子，有个老人将捡来的栗包带到集市上，有不少年轻人没有见过栗包的样子，愿意自己尝试用剪刀剥开栗包，这成了一种有趣的体验，也为老人带来了收入。这些闲聊牵动了母亲的回忆，说起过往，大山历历在目，果实依旧欢笑。果实从来都不是果实本身，对于牵挂着那些果实的母亲，尤其如此。

栗子新上市的某个中午，家里总会有一道熟悉的菜肴——板栗焖鸡，这是我们家乡的名菜。母亲精心挑选土鸡和上好的板栗，一起烹饪，她恪守着年轻时候的烹饪方法，菜肴在秋天里散发出特别的香气。母亲忙碌着，在那样的香气里，一枚又一枚的果实从我们的心头掠过。抬头看窗外，天高气爽，关于五谷丰登的愿望更加真切起来，我想起栗子的生长和母亲的一生。

（选自《海燕》2023 年第 4 期）

雪被下，梦在发酵

赵克红

　　早晨醒来，看见一道白光从窗帘的缝隙间钻进屋里，那光，明晃晃地刺眼。我便断定这是雪折射进来的光，凭直觉，我知道昨夜一定下大雪了！拉开窗帘，但见楼下花园里，人行道上，目之所及皆是一片洁白，一阵久违的喜悦拂过心头。

　　雪，纷纷扬扬从空中飘下，丝毫没有停下来的意思。雪花手挽着手，肩并着肩，一片片，一朵朵，悄无声息地飘落大地，犹如花朵一般盛开在寒冬。我的灵魂深处泛起丝丝涟漪，脑海里浮现出一幕幕温馨而又遥远的记忆。

　　我从小就喜欢雪，毫无理由地喜欢，喜欢它清雅高洁的纯净，喜欢它曼妙轻盈的洒脱，更喜欢它无私高尚的品格。那一片片美丽的洁白，已悄然融入我的生命，融入我的过去、现在和未来。

　　不得不承认，雪花有着超乎寻常的魔力。

　　当入冬的第一场雪降临时，我便会与一群小伙伴投入雪的怀抱。站在雪地里，任一朵朵雪花落在自己的发梢和衣襟上，这空灵洁白的六角形花朵，带给我无法形容的惊喜。雪越下越大，一片片雪花慢悠悠地飘落，像一只只在空中翩翩起舞的蝴蝶；当你伸出手要去接住它的时候，它却瞬间消失在手心里。它从不哀叹生命的短暂，总是努力为人们带来更多的快乐；它从来不知哀愁，每一次降临都为快乐而来，让有限的生命变得多姿多彩。

我们在雪地里肆无忌惮地奔跑欢呼着，玩着各式各样的游戏，最喜欢的是打雪仗。刚开始，我们分成两伙，快速将雪捏成一团，掷向对方。雪团打在对方的身上、脸上，渐渐地大家都成了"雪人"。调皮的小伙伴总是乘人不备，抓一把雪塞进人家的脖子里，逗得大家笑得合不拢嘴。我们的脸和手都冻成了"红萝卜"，但也不觉得冷。大家玩得筋疲力尽，就瘫坐在地上，而笑容却在嘴角盛开，欢笑声在空中久久回荡。清脆的笑声打破了冬日的沉寂。大人们也受到感染，从屋内的火塘边起身，走进漫天雪花里，看着我们在雪地里尽情追逐嬉戏，就再也禁不住诱惑，放下矜持，和我们一起玩耍起来。

儿时的快乐，就像雪花一样简单而又淳朴，遵循着本性的呼唤，让最天真烂漫的时光，与雪花一起绽放。欢笑声中，一切烦恼都被抛到了九霄云外。

大雪的造访，对乡下人来说，是吉祥的兆头。"瑞雪兆丰年"是乡亲们雪后常说的一句话。的确，大雪对改善土壤墒情大有益处。冬天，人们除了储备粮食、蔬菜，还要考虑取暖问题。秋收过后，乡村基本没有农活儿可做。大地上，繁华落尽，枯草遍野。寒冷的冬天，乡亲们喜欢围着炉火谈天说地聊家常。

爷爷是个闲不住的人，他让我们家的冬天过得温暖而有滋味。那时的乡下还没有蜂窝煤，更别说暖气和空调了。大多数人家里，只好烧玉米芯、芝麻秆之类的取暖。这些柴火不经烧，过不了多久就燃尽了。那时，很多农村家庭因为缺少取暖的材料，只好早早地钻进被窝，早上等到太阳出来才起床，标准的"日出而作，日落而息"。如今，随着乡村振兴工作扎实有效地推进，冬天的取暖条件已得到很大改善。大雪带给人们的记忆，不再仅仅是寒冷，雪花为沉寂的季节拉上了最美的幕布。

爷爷一生勤劳，治家有方，在我童年的时候，他为了让家人过好冬天，常常去挖朽木疙瘩，伐树后留下的朽木疙瘩比较耐烧，适合作为取暖材料。但要想挖出比较大的朽木疙瘩并非易事，因为树大根深嘛。有一次，我和哥哥随爷爷到旷野，去挖一个很大的柳树墩，从裸露在外的树墩可以看出，这棵树应该有两个人合抱那么粗。爷爷脸上挂着喜悦，先坐在这个树墩上吸了一袋烟，然后将烟灰朝树墩上磕净后，从架子车上拎起镬头，来到树墩前，他用铁锹挖，哥哥用镬头刨。半个时辰过去，树疙瘩依然没有挖出来。此时，北风一阵紧似一阵呜呜地叫着，爷爷停下手中的活儿，抬头看着天，天空由铅灰色转为昏黄色。爷爷自言自语道：大雪已经在路上了。说完，他加把力气又挖了起来。下雪了，雪花落在他的脸上和头上，被他散发的热气很快融化。我看到他脸上的汗水和雪水交织在一起，而大雪丝毫没有停下来的意思，像在挥洒它压抑太久的激情。爷爷从容地一下一下挖着，终于将树疙瘩挖出，并装上了架子车，这才长长吁了一口气。

被雪装扮一新的原野，像一幅纯白的画，更像起伏跌宕的诗行。"麦盖三层被，枕着馒头睡。"大雪覆盖着麦田，洁白雪毯下的麦苗正探头张望着我们。我相信，会有美好的故事在大雪里发酵，那一蓬蓬绿莹莹的麦苗，正预示着来年的丰收和希望。

[选自《人民日报（海外版）》2023 年 1 月 1 日]

向谷子学习

赵长春

谷子，我们都不陌生，早就入诗了。当小学生时都学过，"锄禾日当午""春种一粒粟""中庭生旅谷"……不少。还有，小米饭南瓜汤的红色记忆，也是入了课文的。

我想说的是，谷子是谷子，小米是小米，都是热性的。从春末到秋末，谷子是坚守大地时间最长的庄稼。所以，它承接的阳光、风雨最多。季节圆满，谷子也圆满。谷子的颜色也是阳光的颜色，金黄，黄腾腾的。因此，谷子很热性。老家有个土方，感冒了，抓一把谷子，吞下，水一送，蒙头睡吧。不一会儿，出汗，大汗如潮。汗尽，浑身通透，不再肉酸骨疼。

秋收时节，风凉，易感染风寒，大人们顾不上治这小病，就一边砍苞谷，一边随手掐了穗谷子，一揉，一吹，头一仰，生咽下去，继续干活。

谷子有药性，入过《本草纲目》《本草纲目拾遗》。这个治疗感冒的验方，不假。谷子的热性还表现在它成为小米后。谷子去壳，即小米，更显出了本质的黄，黄灿灿的。谁家有坐月子的，当年的小米一定会被公婆留下一些，留下最好的。小人儿在床上一哇哇，婆婆就赶紧端进去掐着点儿熬好的米粥，不稀不稠，碗面上是厚厚的、黏黏的一层米油，色乳白，味儿喷香，"喝吧，补补身子"。老碗，热粥，碗底藏着几个荷包蛋，最好再放上一勺黑砂糖，或者红糖。这对于产妇，大有裨益。包括生病的老人，也可以享受这一待遇。

在故乡南阳，有一种小米干饭，是我初尝米饭的味道。淘洗过的小米，蒸半熟。另炒菜，最好是半肥的肉，配干豆角，或者鸡肉，炒至七分熟，保持一定的汤水，将小米倒在菜上，小火焖，让米与菜、肉相融，香味自然地拥抱。好吃，真的好吃！多年后，到新疆，吃到抓饭，也好吃。我觉得，小米干饭与新疆抓饭，主料无非是小米、大米的区别，而且小米干饭更香，一粒粒米，有自己的筋道，更有嚼头，别看粒小。

太行山区，也出小米。有种做法叫炒米汤。炒小米，然后放干豆角、青菜等熬制而成。秋天下雨的傍晚，乡野里炊烟四起，暮色苍茫，米香、菜香、面香、汤香，融化在初起的潮湿的土地里，味道醇厚绵远，热腾腾地诱人！

谷子的热性，还表现在它经过浸、蒸、下曲、发酵等磨砺后，成为一种液体，叫黄酒。老家就有这种酒——南阳黄酒。入冬，配姜片、大枣，煮至半沸，听着风声，烤着火，说些古今，很舒服。当然，大雪下着，围炉酒话，故友数人，意境最好。

谷子是热性的，被称为"铁茬庄稼"，不怕干旱，不怕水涝，荒冈、瘠坡，种下，间苗，除草，其他不用多管，皮实得很。别看籽粒如针鼻儿，可是产量并不低，少则四五百斤，多则八九百斤。

谷子热性，还有个表现：不重茬，认地。就是上年种过谷子的地，下年就不要再种，否则它就不给你长，有股不吃"回头地"的倔强。好样儿！

收谷子时，带上剪刀、箩筐，沿垄，一穗穗剪下，扛回来，晾在屋顶、场院里。谷棵子在地里，陪着稻草人，再风霜些日子，收割，一捆儿一捆儿，放于牲口屋，冬天，是好草料。那一年初冬，解放军拉练，在我们村子吃住半个月，二三十匹马，吃谷草，吃得膘肥体壮。

既然结果，谷子也应该有花。我没有看到过。一定很小，小得要命。谷子好像就是不想让你看到它的花，不想招蜂惹蝶，低调。等秋天，让你看到沉甸甸的籽粒就中了。

有谷子的地方，就有稻草人，破衣烂衫，舞着个烂扇子。谷子熟的时候，鸟雀最爱光顾。叭！一口就啄去不少。我假装过稻草人，静静地站在地里，想抓麻雀，可是从没有得逞。

秋日阳光下，谷子与稻草人一起站牢脚下的土地。此时，谷子的腰弯得最狠，头低得最深，一穗穗都是沉甸甸的，像是向大地鞠躬。

想一想，谷子一路上风雨飘摇，靠的就是这股热性。人呢，不也需要一番定力和热情，从而穿越蹒跚和蹉跎吗？

向谷子学习。古人说"粟有五彩"，就是说谷子有好几种颜色，现在，少见。看来，古人比我们多了眼福。或者是古人有耐性，心事不杂乱，所以能看到更多的美好。

（选自《今晚报》2023 年 9 月 29 日）

京城新秋

高自双

北京的新秋带给我的是莫名的欣喜。仿佛一夜之间，暑热一扫而空，早晨突然有了明显的凉意。可是一到中午，太阳又是火辣辣的，在没有树荫的太阳底下走一会儿，便晒得头上沁出细汗来了。郊区的农人骑了电动车，进城卖蝈蝈来了。蝈蝈都装在一个个编织精巧的小笼子里，一串串挂在电动车把上，叫得正欢。

俗话说："立秋十八天，寸草结籽。"菜市场摊位上雪白新鲜的韭菜花，突然多起来了。老北京有立秋腌制韭菜花的传统习惯，菜场里的老人家，你一把，我一包，买了韭菜花，回家亮出好手艺。一整个夏天都卖得快的西瓜，生意也淡了下去。老辈人说，过了立秋，再吃西瓜，肚子会有下沉的感觉。秋梨、葡萄，还有刚从地里刨出来的带土花生，已经长成个儿的红薯，青白分明的大葱，都摆出来了。

老城区四合院的老枣树，不紧不慢，始终按着季节的更替变换生长着，此刻，向阳的一面的大枣，已经由青绿染上了淡紫，距红透了尚需时日，也许要等到中秋月圆了。小胡同里，

282

水流一样抚过面颊的风，少了往日的燥热，有了丝丝凉爽。高大威武的杨树，风过树梢时，发出哗哗的美妙声响。国槐的繁花期过去了，一串又一串青绿的槐豆挂满了枝头。

立秋时节，我爬上西土城城墙，沿着城墙顶上灌木丛中的小路，朝着蓟门桥方向北行，可是走了不远，就走不动了，长满酸枣、楮桃、沙棘的灌木丛枝丫犬牙交错，绿叶覆盖，高过人头，小路遮挡覆盖得密不透风，寸步难行。没有办法，只得原路返回。经春历夏，草木葳蕤，达到了极致。夏天雨水较为集中，地面上的灰尘，空气中的烟雾尘埃，都被一场接一场的雨水冲洗得干干净净，好像专为迎接新秋的到来。

秋高气爽，空气格外透明，人们的视线仿佛凭空看得远了许多。此时，我站在什刹海银锭桥上眺望西山，站在长安街与南池子南口交叉处眺望西山，西山显得比往日离得更近一些。站在联想桥附近我家三楼窗前眺望，西山如黛，甚至可以清晰地看到西山东坡上蜿蜒的小路。

"云天收夏色，木叶动秋声。"天高风劲，本来落叶较晚的柳树，枝头忽然有一只叫了半声的蝉碰落了一片黄叶，蝉与黄叶一起翻滚着落了下来。一叶落知天下秋。秋天不知不觉来到了。秋阳下忙着捕捉蚊虫的蜻蜓，飞掠、悬停，给暑热渐消的北京平添了一抹淡淡的凉爽与诗意。

还有蓝天下划破金色晨曦的沙沙鸽哨，那是多么动人心弦的声音。一群又一群雪白的鸽子掠过，把天空衬托得更加蔚蓝。眼前的天空，好像比我三十年前立秋那天所见的更蓝了一些。

鸽子总是飞掠盘旋，顺时针或逆时针旋转，就那样绕着圈儿飞，那样稠密的一群，却那样快速，谁也碰不着谁，谁也挡不着谁。

秋风渐起，风起云涌。天上的云朵，雪白轻柔，如絮如纱，如诗如画。云朵总是由西向东或由北向南，飘逸、涌动，忽而汇聚翻涌又连成团，忽而扯开分散又变淡，乃至莫名消失，最终无影无踪，只剩下天空的蔚蓝。

秋日的夜晚就更加迷人了。白露横天，星斗闪烁，明亮的北斗七星柄指西南。凉风习习，鸟宿树梢，虫声唧唧，秋夜如梦。刚刚度过了炎夏盛暑的人们，在院子里纳凉闲话到很晚了，还不肯上楼睡觉呢。

金秋的帷幕就这样悄然拉开了。

（选自《北京日报》2023 年 9 月 5 日）

老君山叙事

邵　超

一座注定要来七次的山

我把七枚石子，分别藏在老君山五母金殿、老君庙、亮宝台和玉皇顶，藏在长江黄河分水岭的标志旁，藏在通往十里画屏的山道间，藏在伏牛山最高峰马鬃岭上……

老君山，是一座注定要来七次的山——陪同我上山的朋友这样讲。见我困惑，朋友娓娓道来——

一次必须是为道而来。位于豫西洛阳栾川的老君山，乃八百里伏牛之巅，老子李耳归隐之所，故为"道源"。众妙之门，为众生洞开。

一次必须是来探春。在微风轻拂下，漫山遍野的山花睁开了眼睛，一朵、两朵、三朵，一片、两片、三片……人们在探春的同时，方可尽享"一生二，二生三，三生万物"的玄妙之境。面对奇峰披绿、山峦吐翠、绿树逶迤、草木葳蕤……所有的困惑、烦恼，都会荡然无存。春天的老君山，带给我们的一定是蓬勃的激情和无限的遐思。

一次必须是来访秋。秋天的老君山是一年当中色彩最浓烈、最浪漫的季节。深秋你来老君山，一定要放慢脚步，感受老君山十里画屏的绚丽多姿。你还可以静下心来，醉卧金顶旁看秋天的日落和晚霞，让淡淡的秋风拂面，让满腹的心事在雁鸣声中释然。不容错过的还有玉皇顶上璀璨的金殿和四周汪洋恣肆的浓郁秋色，一定要一睹为快。

一次必须是来淋雨。下雨时，你一定要来爬一次老君山。老君山的雨叫洗山雨。老君山的水叫洗心水。洗山雨把老君山洗得至纯至净，洗心水把来老君山的人洗得洁白无瑕。人们可以在山水之间尽情感受"上善若水""水善利万物而不争"的曼妙。

一次必须是来踏雪。银装素裹的老君山，玉洁冰清，婆娑起舞。金顶高耸，不见苍凉，却在高寒处散发着温馨的银光。快和心上人一同前来踏雪吧！纯粹的雪景，最配纯粹的爱情。在老君山踏雪，不但可以寻道，还可以寻找温暖的爱情。站在海拔 2000 多米的金顶，大声呼喊一声爱吧！白雪皑皑的群山，一定会奉还你爱的回声。

一次必须来看云海。站在老君山之巅，仰望波起浪涌的云海，如临大海之滨，令人心潮澎湃。老君山云海，春夏秋冬各异，一天之中不同时段也是各呈异彩。日出日落时，老君山云海五彩斑斓，汹涌澎湃。快来吧，快来饱览梦幻般的云卷云舒！

一次必须来披星光和月色。老君山的夜晚璀璨梦幻，幽蓝色夜幕下的金顶道观群，弥漫着一片朦胧和梦幻色彩，气势比白天更壮观恢宏。快来夜爬老君山，让点点萤火，让满天月色和星光，陪伴我们感受老君山之夜的别样精彩。

只有七来老君山，才能七次领略和欣赏老君山的无穷魅力。欣闻朋友言，我决意要来老君山七次。每次来老君山，我都要寻觅我藏在老君山的七块石头。七块石头会被老君山浸润，七块石头也一定会认出我的。

缘

与老子有缘。与老君山有缘。

我的家乡周口，是老子出生地。我们周口的鹿邑县，现有老子故里、老君台等多处名胜古迹。而今我们要来的老君山，相传是老子布道和归隐的地方。我的家乡和老子，和老君山，有着千丝万缕的渊源。这是第一缘。

有人说，老子的《道德经》是中国哲学的鼻祖。我固执地认为，《道德经》具备散文诗所有的特质，老子应是中国散文诗的鼻祖。我们是散文诗执着的追梦人。今天我们虔诚而至，来老君山为的是逐梦、筑梦和圆梦，我们是为散文诗来老君山的，是来寻根，是来问祖的。这是第二缘。

在纷繁的人世间，所有的邂逅和相遇，都是意外。一个"缘"字，让所有的意外变成了必然。缘，总有超越时空的感召力，注定我与老君山有一次交集，有一次相聚。今来老君山，从老子故里来寻先哲踪迹，原来是偶然中的必然。今来老君山，在陡峭山间，一个诗人用散文诗的视角，来审视、感悟《道德经》，大抵也逃脱不了一个"缘"字。

洗山雨

来爬老君山，适逢一场洗山雨。

人往高处走。向上，向上，在洗山雨中爬老君山，别有一番风味。"雨，就是天之善言。五千滴的雨水在老君山上重新书写五千言的《道德经》。"雨是苍天赠予老君山的一个偌大的天然花洒，纷纷扬扬、挥挥洒洒，把老君山洗成晶莹的福之山，洗成了剔透的道之山，洗成活灵活现的德之山。雨水混杂着汗水，我朝大山的最高处奋力爬着，越爬越高，越爬越兴奋，气喘吁吁，步履维艰，我终于爬上了洗礼中的长江黄河分水岭，爬上了沐浴中的伏牛山最高处。雾雨交织，远山近水若隐若现，感觉自己宛若来到人间仙境。站在山的最高处，我对着头上的雨、脚下的水，对着雨水中的重峦叠嶂，连声高喊：上善若水，山高，我比山更高。

水往低处流。老君山的雨最具智慧，它至柔，至刚，至强，至弱。它一边羽化为水，洗山，洗人心，滋润万物；一边悄然往山下最低处流淌。金顶的水，天柱峰的水，马鬃岭的水，十里画廊的水，烟雾蒸腾，飞流直下，变幻成大大小小的瀑布群。向低处，向低处，低处有最美的风景，更有无尽的遐想。我弯着腰往山上攀爬的时候，总爱回头俯视身后最低处的万丈深渊。高低相倚，低处风景比高处更美。低处流淌是水的本能，低调行事是人的智慧。老君山的草可以长得高过老君山。我却想成为山谷溪流旁的一株不死草，在老君山的山脚下葳蕤。

老君山在雨水洗礼中，苍翠挺拔，巍然屹立。我向上爬着，雨不停地下着，水往低处流着。一场洗山雨，终于圆了我雨中登山的梦。洗山雨，把老君山洗成了一部晶莹的《道德经》；洗山雨，把我洗成了一滴剔透的道德之水。

（选自《河南日报》2023 年 11 月 15 日）

临河而居

吴云骊

我为我所热爱的河流，写下光明的文字。

——题记

1

一条河的庄严感，足以托举一轮落日。

碧波之上，太阳缓缓收敛她的光芒，像割麦的人收起她的镰刀，像缝衣的母亲收起她的针线，带着一天的圆满和疲惫，步履蹒跚地回家。落日散发着母性的光辉，像一枚熟透的果实，又像一盏笼罩着嫣红光晕的灯笼，温和，柔软，与人间近在咫尺。

一棵巨大的柳树，浸泡在落日红酒般的浓液里，苍黑的树干被镀上了金粉，细密的枝条低垂着，安静得像醉了。

鸟儿在落日中飞过，留下羽毛的剪影；花朵在落日里微微闭拢花瓣，没有任何声音。

一个孩子站在河边，举起双臂，硕大的落日悬在头顶，如同她捧给上天的礼物。

整个世界，都参与了白昼盛大的闭幕，在落日隐去的一刻，万物都饱含深情地垂了眼帘，颔首送别。

落日无数次在河流之上降临，然而每一次看到，我都会因为她的美丽而惊讶，总会在看到她的一瞬间，在心里发出轻轻的喊叫，好像亘古不变的落日，每一次都是奇迹。我沿着河流一直向西，穿过树林、灌木和草丛，追赶着落日，像一个孩子追赶着出远门的母亲。

落日短暂地停下她的脚步，一点一点地从橘色变成绯红，然后像炭火一样，湮没在天空的灰烬之中。落日的最后一丝暖，挂在了西边的桥栏上，像一丝冲洗不掉的蜜糖，一直甜着，红了很久，亮了很久，即使车水马龙的灯火，也无法掩盖那一线微光。

我站在河边，凝望那微光很长时间。走几步，回头去望，微光还在；再走几步，回头又望，微光仍在。那微光就像村口母亲的眼睛，迟迟不熄，直到天上显现出三两颗星星，月亮也露出淡淡的影子，那一抹微光还隐隐地亮着。

落日对世界饱含深情，明明是消失在天空，我却觉得她沉入了大地。她用余晖抚摸曾经照耀过的事物，把它们抱在微光里暖了又暖，才交付于清凉的夜色。

我追了落日这么久，几乎走进她的心脏，才看见落日对世界的依恋，远大于降落时几分钟的雄浑，和几秒钟的决绝。

她一经跌入黑暗，就急切地向着光明的归途出发了。

2

落日从天空消失之后，她所深埋于地下的光线和暖意袅袅升起，像看不见的炊烟。

被阳光抚摸过的一切，像是被同一个母亲哺育过的孩子，弥漫着相亲相爱的柔情。风是软的，甜的，携带着花香，轻抚着水面。

月亮升起来了，她是如此的清凉和洁净，像白银一样，被河畔的蛙声一遍一遍地擦洗和表白。

河流南岸，我居住的地方，高楼上的灯光把余晖延展向河岸，让朦胧的月光带了淡淡的暖。树木静立在柔和的光晕中，像浸泡在加了橙汁的牛奶里，它们的剪影，呈现在淡黄和青黛的底色上，像一幅年代久远的古画。露珠在草叶间悄然滋生，蟋蟀在花棵下小声吟唱，无数的虫鸣，像日间阳光下的微尘，又像银河系里忽明忽暗的星星，汇成细微而浩瀚的乐章。

河流的北岸，沿河而立的万家灯火，光华琉璃，一路铺展，映在河面上，在水中摇曳，有了海市蜃楼般的梦幻。

我喜欢月光，喜欢在静夜的月光里散步。月亮可以改变日间的事物，让它们拥有另外一个隐秘的形象。水边那片芦苇，疏密有致地站着，像作为河流的写意而存在，宽阔的河面和远处渺茫的灯光做背景，每一株都清晰地显示出个体的姿态——芦苇在月光下高擎着它们淡青色的、圆润蓬松的苇絮。微风拂过，苇丛轻轻地前俯，又微微地后仰，像是一队行进中的仪仗，顾盼私语，云鬓高耸，衣裾婆娑。芦苇被月光赋予新的生命，像是一幅《帝后礼佛图》，又像是《八十七神仙卷》，它们明明扎根在水里，却好似仰着头，逶迤前行，一直向着月亮里走去。

我站在月光洞彻的小树林里，透过头顶的枝丫仰望星空，觉得自己也似乎成了一棵树，和身边所有的树一样，是从大地长出来的生命。我能够感受到，自己的血液里流淌着一种类似植物的秉性，像一棵树一样，简单、憨直地站着，朴素地成长或老去，让那偶尔或必然走近我的人，感到喜悦和幸福。

眼前是河水和蛙鸣，背后就是万家灯火，只要一回头，就能分辨出自家的窗口，好像能够看到窗户后面，家人在喝茶，孩子在读书。

临河而居，我不再向往遥远的山间田园。那些远离人群的隐士，或许只是因为在烟火漫卷的世间，找不到一片安静的地方，才远走山林，以孤独来换取心灵的宁静。

这条宽阔、安宁的河，拥有每一天的落日和明月，携带着绿树和花朵，被两岸灯火托举，为居住在河流两岸的人们营造了一个诗意生活的范本。正如河流默默地美丽着人间，人间也深情地装扮着河流，在每一个夜晚为它披上盛装，又在每一个清晨把它还给自然，并归属于它。每一个具有最朴素美感的人身处其中，都会本能地感到幸福，在静默中对世界发出由衷的感谢和赞叹。

3

下雪了。

这是一场隆重的典礼，树木披上了银色的盛装，连三叶草和细小的松针，也缀上了闪亮的花边。天空为大地上所有的植物加冕，嘉许它们默然生长的美德。

河流是苍茫而静止的，白雪覆盖一切，以最为简洁的方式概括四季，并孕育一个新的开始。

沿着长长的河岸行走，踩在新雪层叠的大地上，发出金属般的响声。两岸的树木在雪光的辉映之下璀璨耀眼，自然与人之间相互装扮，成就了一个梦幻世界。刚刚修剪过的柳树，清疏的枝干携带着白雪扶摇而上，像倪云林笔下的山水。冬青浓密的树冠，托住了层层落下的雪花，形成一个银色的华盖。而秋天里枝叶丰茂的黄栌，大大小小的枝杈挂满了雪团，像一棵巨大的棉花，披着一树的花朵，温暖、肆意而宁静。

白雪让男性气质的树木，拥有了女性的温婉与柔美，大自然在四季终端，让一棵树拥有了雌雄同体的魅力，比一株花更富于精神层面的美感。

所有的生命都感到惊喜。喜鹊站在柳树最高的枝梢上叫着，声音像敲打竹片，像为了在高处欣赏雪景而歌唱。麻雀在女贞子绿叶浓密的树冠里鸣叫，整棵树像挂满了铃铛。这真是一棵幸福的树，它满树的果实，一串一串的，像紫灰色的野葡萄，散发着淡淡的甜味，为过冬的鸟儿提供了栖息之地和丰沛的食物。

雪是一场盛大的抚慰，带着包容一切的慈悲，把四季简化和浓缩了。无论是叶子还是花朵，都不过是精灵的化身。

雪花是一年中最后的花朵，是大地上花朵的魂魄，又以花朵的形式回归大地，然后消融在大地深处，等待下一次盛开。

4

一棵槐树站在河边，枝条舒展，叶片茂密，庄严而广大，美丽而安详，它脚下的土地和周边的空气，也因为浓荫的笼罩，而成为它的一部分。

然而，它的美并不仅限于此。

初夏时节，槐树开花了。成排的蜂箱堆在岸边的石滩上，铺天盖地的甜香里，成群的蜜蜂飞舞着，林木和石子，以及戴着面罩的养蜂人，都让人感到纯洁；夜晚，一树洁白浓密的槐花，在月光里泛着瓷器一样的光泽；一对鸟儿，把它们精致的巢，安放在槐树枝头——天地间再没有比这更富丽、更浪漫的婚房了，鸟儿在槐花里穿梭，连羽毛也沾满了香味。

那高悬在头顶的盛大美意，因过于富丽呈现出一种近乎忧伤的苍茫之美。走在其间，会有一种迷失感。

一棵巨大的黄栌，粗壮嶙峋的树干分出了无数虬虬扎扎的枝杈，披挂着层层叠叠金色的、绛红的叶子。它的自由、肆意和舒展无不显示着大自然的野性。在这里，它完全得到了新生，并保持了自身的完美。

还有那红叶李，春天的时候，开浅粉色的花，到了秋天，树上会结出一串串果实，稠密、小巧而鲜艳，闪着宝石般的光泽，像是树的装饰品。我摘过一颗放进嘴里，质地坚硬，甜中带酸，果核几乎突出于单薄的果肉，带着一种纯正的、山野的味道，让人想起一个牙齿洁白、笑容灿烂的乡间小女孩。

沿着河岸绵延几十公里的树林里，樱花、石榴、海棠、玉兰、桂花、女贞子、红枫次第分布。除了这些常见的风景树，还有栾树、枥树、香樟、银杏、无患子和携带乡愁的椿树、榆树。这些高大繁茂的树木，从山野迁居到这里，以它们野性的姿态，塑造着河岸的气质。

夏季的一个清晨，我穿过绿树掩隐的小径走向河边，从根部修剪过的夹竹桃，粗壮的枝干裸露出白色的剖面，新抽出的枝条疏密有致，白色、粉色花点缀其间，像是一团烟花炸开了定格在空中，成千上万朵的花簇，组成一个个硕大的花球，密不透风地排列在河堤上。眼前的河流，豁然开朗。

我想，那些养护花草树木的园丁，是热爱河流、懂得河流的。

5

桂花开了。

在夜晚的河堤上行走，微风里暗香浮动，没有哪种花香能像桂花这样令人愉悦。这朴素而诚挚的花，让整个河岸都弥漫着浓郁的花香，把初秋萧瑟的凉意变得甜蜜可亲。对数字反应迟钝的我，常常忘记自己的生日，母亲在时，总是她提醒我，桂花盛开的时节，我的生日就要到了。

我在静夜的河边，靠着一棵桂花树默默地流泪，就像靠着久别的母亲。

深夜回家，穿过庭院的草坪，经过一棵女贞子，忍不住在树下站了一会儿。置身在枝叶丰茂的树影里，一时觉得，树就像一位亲人，无言地接纳了我。

庭院空无一人，夜晚是静谧的，星空和树，让人感觉到自然亲密和博大的温情。

6

一棵树，对岁月有着足够的耐心和信任，只要经历了足够长的岁月，总会呈现出自己的风貌，成为一道风景。

岁月从来不会辜负一棵树，一棵树也总会把岁月对它的好，细细地记在自己的年轮里。一棵老树，即使树皮粗糙、外形嶙峋，年轮也总是细腻的、清晰的。它永远都不糊涂，它记下的很多事情，太阳的事，月亮的事，风和雨的事，还有人和鸟的事。所以，人们常常赋予一棵老树以神性，把自己不甚明了的过去和未来，寄托于一棵树的神谕。那些飘满了红布条的树，就像一个挂了神符的女巫，装满一个村庄的故事。曾经在它绿荫下嬉闹的孩童已经白发苍苍，而树却还是那棵树，今天和昨天几乎一样，今年和明年也没有多大差别。

看到一棵古树，你会获得一种安全感，树不像动物那样四处乱跑，不用你放牧和驯养，就那样安详地、深情地站在你的日子里，几十年、几百年地站着，怀着自然所赋予的秉性，纯粹，忠诚，恒久。

我喜欢树。我对一棵树的热爱，胜过繁花万朵。

人总是喜欢用花朵比喻女性，但我心中的女性，应该是一棵树。和花相比，它美丽而挺拔，庄重而博大，独立而包容，丰富而圆满，趋于生命的壮丽和永恒。

在春天绽放满树花朵，在夏天奉献盛大的阴凉，在秋天捧出丰硕的果实，即使在冬天，一棵树也不会让人感到凄凉，它抖落所有的叶子和花朵，放下秋天收获的重负，以至简的线条对四季加以梳理，呈现出生命的理性和哲思。

冬天的树，呈现出它最坚忍、最本质的形态，每一根细小的枝条都是自己本真的风貌，完美的抑或是残缺的，都无遮无拦地袒露。仔细观察一棵冬天的树，你会发现，由树枝所勾勒出来的线条，比叶子和花更富于美感。

在冬日的阳光下，青灰色的树通透、庄严、辽阔，向上的力量和植根于大地的沉着，具有父亲般的特质。一棵在荒原上沉思的树，具有一种触及灵魂的美，它沉静而肃穆，和落日、云霞、河流相融，使这些广阔和壮美的事物成为背景。

它是自然的哲人，书写自己，并映照大地和人类。

7

即使在乡间，雉鸡也是深藏于田野的秘密，你能听到麦田里雉鸡粗嘎的叫声，却很少有人见到它们的身影。

儿时，在一个麦收的时节，我坐在一蓬茂盛的蔷薇花旁歇息，一只雉鸡突然从花丛里惊起，扑棱棱地拍打着翅膀，消失在麦田里。我在雉鸡的窝里，捡到几片五彩斑斓的羽毛，高兴极了——那是我距离雉鸡最近的一次，也只看到了它模糊的影子。

去年夏天，隔着窗子，隐约听到了河边雉鸡的叫声。最初以为是幻觉，心想深藏于田野的雉鸡，定然不可能在城市里出现。然而，那叫声一直在河边的灌木丛里响着，粗犷，热烈，短促而嘹亮，像是一个来自乡野的农人，怀着对城市的信任，在两岸灯火的树林里安了家。

我走向窗口，远远看到演河公园的灌木丛边，一只雉鸡带着它的三个孩子，大摇大摆地穿越林地。从那悠闲的步态可以看出，作为移居者，它已经在这里获得了安宁，而且满怀信心地繁衍了后代。

雉鸡与河岸上的人们已成为友邻，并把它们关于田野和童年的记忆，再现于城市的河流。

8

不知什么时候，河上有了白鹭的影子。在河流中央的一处浅滩上，它一动不动地站着，用一条细细的腿支撑着身子，把自己的倒影印在水面。它带着异乡的漂泊感，用白色的羽翼罩住自己，在水边陷入了沉思。

在这条河上，白鹭远离生存的惊恐和忙碌，获得了思考的自由。

最初只有一只，然后有了三五只。便是如此，它们徘徊在岸边，无论怎么看，相对于河面宽阔的背景，那几只单薄的影子，总让人感到一种宋词般的凄婉。

忽然一个初秋的早晨，竟有了一大群白鹭，有百十只吧，它们在远离河岸的一片浅滩上，引颈唱和，上下翻飞，搅动着秋天清凉的薄雾，再也没有了孤独的气息。想必是这条河的安宁，让它们找到了理想中的家园，然后呼来更多的同伴前来栖息。

成群的白鹭成了河上又一道风景，它们在河流上空翩翩飞舞，在青草的岸边欣赏自己映照在水中的影子。有时候，垂钓的人近在咫尺，它们也不恐惧，依然悠闲地踱着步子，细脚伶仃地丈量着人与鸟类之间友谊的距离。

一条拥有了白鹭的河流，便拥有了诗意和哲学。

9

夏夜，我曾经在河岸的柳树林里，完整地观察到一只蝉的诞生。

夜幕降临，一只从泥土里钻出来的幼蝉，像第一次走上外星球的人类，穿着笨重的铠甲，带着深埋于地下的无知无畏和对光明的向往，拙笨而又勇敢地向着树上攀爬。它每爬上一小段就停顿一下，似乎对自己的人生和眼前的世界产生了怀疑。然后，短暂地思考之后，又继续往上爬了。

终于爬到了柳树的高处，不知是树叶还是微风，让它感知到自己到了一个可以安心的高度，于是它安静下来，开始慢慢蜕去自己那一身铠甲，放弃对世界的防御。先是胸腔的硬壳像成熟的豆荚一样裂开，一只蝉在夜色之中默默地蜕变，一点一点，把身体抽离出来，诞生一个崭新的自己。

刚刚蜕壳的蝉是柔软的、透明的、娇嫩的，有着淡青色的眼睛和淡绿色的翅膀。然后在夏夜的暖风吹拂之下，很快变得坚硬。

它在泥土里度过了漫长的时光，又在极其短暂的时间里完成了生命的蜕变。那只遗落在树干上的蝉蜕，更像是一只蝉的影像，而那只爬上树枝的蝉，则像是它的灵魂。

它完成了这样的生命转折，似乎对自己的前世与今生，对短暂的生命了然于心。整个夏天，我都能听见无数的蝉，在树枝上一遍一遍地唱答——知否？知否？知了，知了……

10

河边的树林里，最常见的鸟是喜鹊。

喜鹊灰褐色的羽毛，带着一种知性的美。它在林中飞翔，像一只风筝，尾翼和翅膀顺着风斜斜地切来切去，把空气切成薄片。

冬天的时候，树木落光了叶子，喜鹊的巢在高高的树梢上裸露出来，给青灰色的树林点缀上淡淡的墨痕。那些高悬着的鸟巢，显示着喜鹊对人类的疏离。它的确是一种智慧的鸟儿，很少在庭院出现，总是栖息在村庄的边缘，并且会选择最高的树，在顶端构筑它们的巢，与人类保持着不远不近的距离。

喜鹊和人类的关系，永远像初恋，在亲近之中，带着些拒绝，却赢得了尊重和渴望，并被当作喜悦的代名词。

与人类比邻而居的鸟类中，比喜鹊更超然的，是燕子。

这种娇小的鸟儿，天生带着倔强和骄傲，不惜迁徙千山万水，追逐阳光和鲜花的脚步，每年随着春天飞来，又会在秋天决然离去，在一年之中让人体验到期盼、惊喜和离别。

燕子对岁月是毫不将就的，即使在短暂的春光里，也要筑起精致的鸟巢，养儿育女，打造一个完美幸福的家。它们固守着自己的美学理念，用泥巴混合麦草堆砌鸟巢的外壳，俨然一个用钢筋和水泥构筑大楼的建筑师，然后用草叶和羽毛，来铺垫柔软的内饰。我曾经仔细察看过一个燕巢，里边甚至还铺上了艾叶和花瓣，这些散发着香味的植物，显然是一只燕子在生存之外对美的追求。

燕子把巢筑在人家的屋檐下，在庭院和厅堂飞进飞出，似乎天生就知道自己与人类之间的友好和默契。除了家禽，没有哪种鸟能像燕子一样与人亲近了，但它却不会搅扰人类，只到田野觅食，保持了一种独立和高贵。

人类把燕子的降临和安居，看作祥和兴旺的福兆，也是一个家庭拥有美好品德的象征，因此即便是高堂王谢，也喜悦于一窝燕子的光顾。

在河岸上，在庭院中，我看到燕子从低空掠过，它细细的尾羽像两条刀片，身影里携带着锋利的气息。它把鸟儿的伦理展示在人的世界，并和唐诗宋词一起寄托着人类的优美情感。

11

春天，花儿一夜之间全开了。大自然好像故意用这铺天盖地的惊喜，让人们对世界发出满心的赞叹。这样的日子值得无所事事，把一树一树的花朵都看进心里去，蓄足一年的喜悦。

在初春的河岸上，一棵梨树开花了，像一个明眸皓齿的姑娘，乐不可支地咯咯笑着，散发着令人迷醉的清香。

除了数不清的蜜蜂在树上盘旋，我惊讶地看到，有几十只硕大的蝴蝶，围绕着梨树上下翻飞，它们毫无倦意地一遍一遍亲吻花朵，完全像一群痴迷的天使，演绎着对春天的爱恋。我呆呆地看着那一树梨花，内心对春天无以言表的感动和赞叹，都被这一群蝴蝶表达了。

暮春河边一隅，开着一些不知名的花，一朵一朵，一簇一簇，热切，羞怯，像一场隐秘的、炽烈的爱情，藏着一种不为人知的快乐。忽然意识到，花儿开放，并不是为了取悦人类，而是出于对大地的敬仰。一草一木不仅具有生命，也有灵魂，更有对世界深沉的爱。

我挖了几棵，种在家里的花盆里。那花开过之后，就开始疯长叶子。因为不知花的名字，权且当作绿萝养着，就这样绿了一年。

到了今年春天，窗外的暖风吹来，花儿突然全开了，且枝枝秀挺茂盛，野气得很，让人不胜惊喜。许是花儿睡醒了，又想到了什么高兴的事了，就乐意开花了呢。

草木无言，我感受到大地的肃穆和庄严。

12

河堤下的一棵樱花树下，有一对老夫妇。老先生瘦削，老太太圆润，他们坐在一张长木椅的两端，微微地斜着身子相对着。老先生拉二胡，老太太吹一支葫芦丝，他们在合奏一首歌。两位老人的乐器水平显然并不专业，磕磕绊绊的，时不时地走了调。但他俩谁也不着急，一遍一遍，耐心地打磨着曲子，像梳理着坎坷的岁月。

头顶的樱花喷薄而出，粉色的云雾几乎把天空也渲染了。

终于有一天，曲子像岁月静好的日子一般，平顺了，光洁了，和谐安宁了。两个老人在零星的花瓣和新生的绿叶下，沉醉在同一首乐曲中，身子前俯后仰，谁也不看谁一眼，却分明在饱含深情地演奏给对方倾听。

我所能想象的琴瑟和鸣、岁月静好，大抵就是这个样子了，白发夫妻坐在樱花树下演奏同一首曲子。

樱花树下的小径是不忍踏踩的，满地的花瓣，让人觉得春天的慷慨和生命的短暂。然而因了树下安详的白发老人，那一树一树樱花开了又谢了，俨然拥有了像爱情一样的恒久和深情。

13

从家门口到河边，有一条小径，青灰色的石板铺在草丛里，只有一米多宽，路两边是枫树，枝权伸展着，在头顶交错覆盖。

这是我最喜欢的一条路。清晨或是夜里，我无数次地穿过这枝叶扶疏的小径，像一把梭子，在岁月的经纬里穿行。从春天到冬天，小径变换着颜色。先是鹅黄的、空灵的春天，然后是翠绿而浓密的夏天，再接下去，随着秋天的临近，枫树从绿变黄，又变成绛红，展现出一年中最火红的一面。

一条路，在四季里走完一次轮回，就开始新的一生。我想，人的生命或许在另外一个空间，有另外一种生生不息的成长，就像植物轮回于我们眼前一样，人类轮回于宇宙之中。

朋友是个擅长拍摄人像的摄影师。五月的一天，他在河岸上为我和先生拍了一组照片。按照朋友的设想，我们本该手牵手地低语，脉脉含情地对视，这样才是恩爱的经典造型。然而我总觉别扭，索性放弃一切设计，让他随意抓拍。

拍出来的照片非常漂亮，我和先生在石榴树下的草丛里相依而坐，橘黄的阳光照亮发梢和额头，也让满树火红的石榴花晶莹剔透。先生沉思着看向前方，而我则微仰着头，目光越过头顶，倾听着花朵的声音。

我觉得这就是我们最真实的样子，彼此靠着，相互信任和依赖，却各自有着自己的远方。在广大的自然里，我总是情不自禁地把目光更多地望向花朵、树木和天空，却忽略了身边的爱人。但我知道，我对自然的赞叹里，也包含了对他的爱和感动。

四季轮回，岁月深情，我珍惜每一寸相守的时光。

14

初秋的早晨，阳光仍是灿烂的，但来自河岸的风已然萧瑟了。

庭院里的草坪上，有几个娃娃闪现，像雨后的蘑菇，发现一个，又发现一个，每一次都带给人惊喜。他们在蹒跚学步，裹了尿不湿的屁股往后坠着，仰着头，像是被一根无形的线牵着的人偶，灵魂的一半挂在月亮和星星上。他们踮着脚扑向妈妈，带着信任和依赖，完完全全地扑进去，小脸躲进妈妈的怀里，眼睛却依然望着天空笑着，把天意和人意糅在一起，抱在胸前。他们在牙牙学语，望着一片树叶或者一朵花傻笑，和自然咿呀对话，情深意切……

离得老远，就能闻到从这些小精灵们身上飘来的奶香。离得近了，又能从他们水晶般的瞳孔里，看到树木、花草、星星和月亮的影子。

这是一个临近河岸的小区，最初搬来时，是荒凉而冷清的。然后就有了鞭炮声，有了一对一对新婚的佳偶入住，然后，庭院里就接连有了孩子们的身影和笑声。

几年间，孩子们越来越多。在电梯里，你总会吃惊地发现，去年坐在婴儿车里的婴孩，娇嫩得像颗露珠儿，今年忽然就在你眼前跑来跑去了；印象中抱着妈妈的腿仰脸撒娇的小男孩，再见时已经变得懂事了，背着他新生的小妹妹，一副心甘情愿的样子。庭院中的秋千架上，总有孩子咯咯地笑着荡来荡去。那些在河岸疯跑着长大的女孩子，穿着花裙子，却拥有像男孩一样毫不怯懦的神情。她们飞快地踩着滑板穿梭，被携带着青草和水汽的风吹着，像枝叶婆娑的小树。时光被一页一页地翻着、翻着，孩子不知不觉就长大了。

我和皮皮走到河边，有健身者在小广场甩长鞭打陀螺，那种足有丈余长的皮鞭，在空中抽出爆响的鞭花。

皮皮仰脸问我，妈咪喜欢这个游戏吗？

我回答，不喜欢，声音太爆，吓人呢。

皮皮垂下头低声说，主要是陀螺太可怜了……

我看看身边的孩子，再看看身后无言的河水和花朵，它们是大地上同一类生命，对世界怀着深切的善意。

世界永远少不了女人和孩子。有了他们，钢筋和水泥的建筑才柔和起来，温暖起来，灵气起来，也才像了人间。

15

有一阵子，河岸上的道路旁装上了路灯，是鲜艳的红色。我为此不开心了很久，总觉得那红色的灯光，破坏了河岸的静谧和清远。

为此，我常常在夜里九点半熄灯后，才到河岸散步。月光普照的河岸和路灯照耀的河岸，像是一个人不同的两个侧面，在灯火熄灭之后回归自己，像卸下浓妆的演员回到家里。

直到一个冬夜，我在大雪纷纷中徒步回家，沿河的道路上一片阒寂，所有的树木都披上了银色的妆裹，那两排红色的路灯，静静地为晚归的人亮着，把路上厚厚的白雪染成了粉红。这令我想起童年时的元宵节，在乡村黑暗而凛冽的夜里，我们打着纸糊的灯笼满村游走，走到哪里，就把哪里照亮。再看风雪中那些红色的路灯，心中倏忽生出无限暖意，与河流两岸的美是一致的，因而也是和谐的了。

回到家里，却发现停电了。借着窗外隐隐的光亮，给自己煮了一碗面。在夜色中低头喝汤，热气萦绕之间，感觉人和粮食多了一层亲密，对人世也多了一份感激。

眺望远处的万家灯火，突然觉得，所谓人间温暖，大约就是你自身陷于黑暗，却能借他人的余光映照，安心地吃一碗面吧。

16

我是一个易于对平淡的事物产生深情的人。

日复一日地在河岸上行走而从不厌倦，每一次都觉得这河流是新的，岸上的花草是新的，花草间的虫吟是新的，天上的太阳、星星和月亮也是新的。它们似乎亘古不变，又日新一日，每一刻都在，每一天都如期降临，而又每一次都在细微之中蕴含着生长和变化。我对它们的熟悉和惊叹是同等的。

大自然是人类的第二个母亲，也是我最亲密、最永久、最博大、最沉默、最生动的朋友。在这天长地久的相伴中，我甚至觉得，我热爱自然胜过了热爱母亲。她用蔬菜和粮食喂养了我的肉体，也用美哺育了我的精神。我常常想，人类精神品格的形成，最初不是源于文明的教化，而是源于自然的滋养，是在明月、山川、河流的沉静中，在植物的谦卑与安宁中，形成了安详的品性。

我无数次地在清晨的花香和鸟鸣中，在夜晚宁静柔和的月光中，感受着自己作为自然之子所获得的厚爱和馈赠。她的慈悲和宽厚，不着一丝痕迹而又无处不在，你任何时候投入她的怀抱都不会被拒绝，也不会受到任何的责备。

我已经习惯了这样朴素、简单的生活，并从这样的生活里获得了心灵的满足和幸福。不管有多少辛苦，只要走向河边，心中郁积的那些伤感和疲惫，就会被氤氲着青草和水汽的微风吹拂，被河水缓缓带走，被明月和蛙声擦洗得干干净净。

河流庄严而宁静，每每在清晨或晚上于河边小坐，总会觉得自己是在接受自然无声的洗涤和教化。每每沐浴在夕阳的暖风里，在河水细密的波纹里，在树木的绿荫和花朵的香味里，我都能看见灵魂所散发出的光晕。也是在那些时刻，我默默地告诉自己，因着自然所赠予的善意和安宁，我应该成为一个更好的人。

（选自《莽原》2023 年第 1 期）

一朵一朵的花开

顾晓蕊

初冬时节，一场大雪过后，远山、田野、草木、房屋，大地万物被大雪覆盖，到处一片雪白。青蓝的天空犹如被浣洗过一般，越发空灵而明澈。而此时，我索性走出家门，去踏雪寻梅。

我沿着湖畔公园散步，穿行在萧萧冷风中，边走边四下观望，天地苍茫，空阔寂寥，忽瞥见一枝红梅凌寒绽放，凑近细闻，只觉一缕幽香缭绕，顿时既惊且叹，心里充满了无比的喜悦。

说是去寻梅赏梅，可我更像是寻访一位旧时故人。

我出生那年，父亲从部队回家探亲，俯身凝望着尚在襁褓中的我。少顷，他转身踱步出门，一向酷爱梅花的父亲，在小院里种下了一株梅。因他常年驻守海岛，故而想到让这株梅伴我成长。

随着我一日日地长高，梅树也越发劲直秀挺。又过了几年，它愈长愈快，枝蔓横斜，叶子青碧，像一柄撑开的绿伞，已然超过了我。我需仰视才见它。

赶上农忙时节，母亲去往田间劳作，我独自在梅树下玩耍。入冬后，农闲下来，母亲静坐在窗前，给远方的父亲写信。信写得很慢很慢，写着写着，窗外的梅花开了。

初时，梅花开了一两枝，绯红的花瓣上缀着点点白雪。再过几日，满树的梅花开了，吐蕊盛放，暗香浮动，香气淌溢进屋子。

母亲折了一枝梅，插进青瓷瓶里，置于桌几上。她又采撷梅花几朵，夹在信笺间，说要寄给远方的父亲。

我倚在母亲身旁，稚声问她："爸爸去哪里了？"母亲柔声低语道："他在信里说随军舰出海，要在大海上漂泊两三个月。嗐，这么冷的天……"母亲幽然一叹，眼里腾起了雾。

信寄出后，便是漫长的等待。待到梅花凋落了，枝头碧叶繁茂，结出青青梅子，我们依然不见回信。而天真童稚的我，却馋得口水直漫，缠着母亲偏要摘梅子吃。

母亲站在树下，抬手摘一颗青梅，梅子表面还带着细软的茸毛，用水冲洗后递给我。我猛咬一口，顿觉酸涩无比，并不好吃，旋即吐了出来，口中直嚷道："真难吃呀！"

母亲却摇头微笑："青梅太酸，等它成熟后制成梅干，才可以吃呢。"我心里有了期盼，盼着梅子熟了，做成酸甜可口的梅果干。

梅子黄时，母亲采摘了一篮。她将梅果洗净，去蒂，沥干水分，用盐搓揉后泡水，次日取出，洗去盐分。再装入坛子里，一层梅子一层冰糖粗盐，混合腌制。

一周后，母亲采些鲜嫩的紫苏叶，用盐微揉出水，而后将揉碎的紫苏叶铺叠于梅子上。静候上两个月，她将腌好的梅子取出，在阳光下晾晒数日，嫣红的梅干就做好了。

母亲将晒好的梅干收入罐中，我急切地跑上前，捏一粒梅干放进嘴里。入口清爽，酸酸甜甜，软糯美味，还有清浅的香气，我连吃了好几颗。

母亲轻笑着说："梅子不仅极富营养，还是一味中药，有消食解暑、生津止渴的功效。可也不能多吃，一天吃两三颗就行了。"

入秋后，母亲终于盼来父亲的回信。那一年的深秋，母亲带着我去了部队随军，来到四面环海的刘公岛上。

海岛上的冬天格外寒冷，雪一下数日，白雪如盖，雪高盈尺。雪后初晴，父亲说带我去梅花山玩。父亲牵着我的手，踏着积雪，沿山道攀行而上，到了北山的梅园。

忽见一树一树的梅花，在雪地中寂然绽放。宫粉梅、玉蝶梅、绿萼梅、朱砂梅、龙游梅……父亲边走边轻念道。我这才知道，原来每一株梅花，都有自己的名字。

父亲欣然谈起，为建设美丽海岛，他跟战士们一起开垦荒山，在紧张的训练之余种下这片梅林。他还说古时有折梅祈福的习俗。清代大画家郑板桥曾在《寒梅图》中题诗："寒家岁末无多事，插枝梅花便过年。"

那天返回时，我怀中捧几枝梅花。进家，父亲把花插到瓶中，置于屋内一角，顿时满室芬芳。他转身对母亲说："插上梅花，离过年就不远了，可这个春节，我仍要出海执勤。"母亲还未开口，竟自湿了眼眶。

又过了数年，当我再回想起那一室的清香，恍然间觉得父亲与战友们无惧风浪，守护海疆时，他们孤独而坚毅的身影多像一株株傲岸的梅。

而那时，我已上初中。有一位同桌好友，名叫唐小梅。她眉眼弯弯，清灵俊秀，又兼聪敏好学，成绩一向优异，令人艳羡。我们都猜想她能考上一所好的高中，但就在那年，她家中突逢变故。

小梅的家在东村，父亲是渔民，一次出海捕鱼时，在海上遇上大风浪，结果船翻人亡。

家中有多病的母亲，还有年幼的弟妹，初中毕业后的小梅只得回家扛起养家的重担。在一个细雨的黄昏，小梅来学校收拾东西，她捧着书本离开。我追了出去，她已哭着跑开了，只留下纤弱的背影。

后来，随着父亲转业，我们全家搬回内地。二十余年后的一个盛夏，我回到海岛，故地重游，与小梅意外重逢。她承包了一片梅园，正是我父亲与战友当年植下的那片梅林，办起红火的农家客栈。

客栈的一间大厅里，三面墙都是书柜，里面摆满了图书。闲聊中得知，小梅边劳作边读书，努力经营生活的同时也经营心灵花园，还渐渐迷上写作，成为当地小有名气的作家。

那日，小梅取出自制的梅花茶和梅子酒，与我一起喝到微醺。

我端起一杯梅花茶，只见汤色透亮，清冽馥郁，有茶的恬静，亦有花的幽芳，轻啜上一口，但觉雅致与温暖。接着，一杯梅子酒下肚，我感觉绵柔醇香，回甘悠长。梅子酒褪去了梅子的青涩，荡漾出岁月酝酿的甘甜。

我们相对而坐，慢慢地品饮，到后来，已有几分薄醉。在一片迷蒙中，我望向对面的小梅，她那飞满红云的脸庞，宛如一朵玲珑清逸的梅花，透出别样的美丽。

杏花雨里寄相思

斜风，细雨，水墨江南，杏花点点。千百年来，那杏花春雨中的江南，走进无数文人墨客的梦境，还是儒者雅士向往的逸居田园。

故而在我看来，朵朵胭红的杏花，是报春的信使，是从唐诗宋词中斜逸出的清灵灵的一枝，携带着山野的灵秀之气。

元代诗人虞集《风入松·寄柯敬仲》中云："为报先生归也，杏花春雨江南。"结句令人遐思纷飞。江南水乡，一帘春雨，杏花十里，宛若一幅灵动的画卷，徐徐展开在人们眼前。

一代山水画大师李可染，便将其入画。他情系江南山水间，又偏爱杏花，曾深情直言："吾爱江南，江南之美时萦梦寐……"

他笔下的烟雨江南，一派妙趣天然。灰白色的远山脚下，小桥流水绕人家，两岸杏花尽芳菲，画风内敛又不失典雅大气，朦胧而含蓄，弥漫着东方意蕴的宁静之美。

那一幅幅江南春美的画卷，入眼又入心，我看过便再也无法忘却。因而，在一个轻风徐拂的春日，我来到苏州，穿过一座古老的石拱桥，走进长长窄窄的青石小巷。

忽听见巷弄深处，传来清亮的叫卖声："杏花，卖杏花嘞……"远远地，款款走来一位身着蓝印花布的女子，在提篮叫卖，让我想起南宋诗人陆游的那句"小楼一夜听风雨，深巷明朝卖杏花"。

那软糯清悦的声音，如露珠落入心间，恍惚间，仿若数百年的光阴倏然转回。诗人陆游独倚小楼，倾听窗外春雨绵绵，忽急忽缓，时远时近。次日清晨，他穿行在深幽的小巷里，听到叫卖杏花的声音。

一夜听雨，声声敲在心上，想是诗人彻夜未眠。经年宦海沉浮，壮志未酬，听到春雨敲窗，国事家愁，顷刻齐涌上心头，才有诗句尾联中"素衣莫起风尘叹，犹及清明可到家"的伤咏。

赏花、赠花、簪花、佩花，在古时是一种风尚。一枝枝轻柔淡雅的杏花，携带着唐宋诗歌的意象之美，丰润了文人士大夫的梦境，在世俗的纷扰与市井的繁杂之外构建起一座精神的庙堂。

"春日游，杏花吹满头。""杏花疏影里，吹笛到天明。"这一路山长水阔，但好在，还有一场一场的杏花春雨，可使人暂时抛开牵绊，让心灵放逐于山野间。

走进乡村阡陌，房前舍后，溪畔原野，甚而山林间、峡谷中，人们随处可见杏花的踪影。它们或零落几株，或成片成林，寂静而散淡地开着，自有一种淡泊的隐逸之气。

疏朗横斜的枝条上，缀满团团锦簇的杏花，粉白色的花瓣，轻如粉蝶，盈盈欲飞。徜徉在杏林之中，宜约上三五好友，来上一壶酒，把盏论诗。

"寄花寄酒喜新开，左把花枝右把杯。"唐代司空图的《故乡杏花》，将杏花与诗酒相融，诗人酒后颇觉惆怅，"欲问花枝与杯酒，故人何得不同来"，粗犷豪放间，又带着温婉情长。

忽而一阵微风拂过，片片杏花零落，那一瞬间，花瓣随风飞舞，恍如花雨缤纷。乡村中有邻人相约而行，采集花瓣做杏花酥、杏花糕，或酿清芳的杏花酒。

清淡雅致的杏花，融入温暖的人间烟火气，成为绽放在舌尖上的春滋味。一枝淡然的杏花，一方连接民间，一方连通高雅，晕染出烟火气中的诗意。

小小的杏花，开在清清浅浅的诗行里，化作游子心头的一抹白月光，寄托着浓浓的乡愁。杏花不落凡俗，不染纤尘，摇曳在千年的时光中，迎来一次次的盛然绽放，一次次的飘飞零落。

杏花开时，正值雨水节气。春雨潇潇，如缕如烟，密密地斜落下来，像敲击在大地上的行板。微雨沾衣，落花满肩，那一场杏花微雨，带着缱绻的诗意，飞进眼里，漫到心里，漾入游子的春梦里。

一枝桃花倾城开

三月的清晨，我坐在窗前写作，写一封春天的信笺。煦暖的春风，越过半开的窗户，轻轻缓缓地吹着，就像一双温柔的手轻抚着我的脸颊。我的心瞬时化作一汪春水，漾起柔柔的思念。

思念如藤，在春天里恣意蔓延，我多想用饱蘸墨水的笔，写下对春天的深情。我与春天，仅相隔一朵桃花的距离。

就在上周，我沿着河堤漫步，见桃树枝丫上缀满细小的花蕾。"三月花开时，风名花信风"，这是古人的浪漫与风雅。春风有信，如期而至，想必是花也有信。

这么想来，我竟有些心思飘忽，干脆搁下笔，出门去看花。到了堤岸上，这才发现，仿佛一夜之间，满城的桃花都开了。

阡陌水畔，花开似锦，随处可见赏花人，穿行在漫天花海间。浅红或深红的桃花，或清丽，或明媚，开得团团簇拥，灼灼似霞，犹如赶赴一场盛大的花事。

蘸水而开的桃花，柔美而又清灵，让我想起《诗经》中那句"桃之夭夭，灼灼其华"。我喜欢那抹桃粉与桃红，浓淡皆相宜，有种梦幻般的美，惊艳了时光，也惊艳了游人的眼眸，是春天里最动人的颜色。

有身着霓裳的佳人，穿行在桃花林间。她时而伫立在花树下，用手轻扶一枝桃花，低眉含笑间，轻嗅春的芬芳；时而仰起头来，凝眸桃花灼灼而开，眼里泛起脉脉深情。

人面桃花，相映成趣。桃花俨然已成为春光里一道绚丽的风景，透着岁月静好的温婉。在一朵桃花里，等待一场相遇，爱情在心中悄然滋长，延续着春天的故事。

迎面走来一群小学生，牵着挽着，追逐嬉笑着，漫步在花径上。从我身边经过时，有几个孩子忽扭过头来，仰起小脸冲我齐喊道：春天快乐！我以微笑还礼，心里盈满欢喜。

一群春天般的人儿，天真纯净的笑脸如片片桃花瓣，明媚又灿烂。春天本就是属于孩子的季节，但愿他们从一朵桃花里，读懂春天，感受自然的清新美好。

我沿着河岸缓缓地走着，不时与一树树的桃花撞个满怀。还遇到一位古稀之年的老婆婆，身穿花衣花裤，戴着个花头巾。她站在一树繁花下，对着春风笑，对着桃花笑。

谁说老了就得端然庄重，我偏偏喜欢她的"老不持重"。在我看来，她是一位优雅到老的女人，始终保持着率真与豁达，无惧岁月，不染暮气，活成自己喜欢的样子。

她也曾经年轻过，在如水的流年中，见证过生命的华美与凋零，知道世间的一切浮华，如掬水月在手，终将化为泡影。故而她愈加珍惜桃花一期一会的盛放。

她扭过头来，看见站在身后的我，慈笑着摆了摆手说："可以帮我拍张照吗？我想和桃花合个影，回家让老伴儿也看看。我老伴儿喜欢花，但他瘫痪在床十几年了。"

听了她的话，我能想象得出她的生活有多曲折峰回，然而从她的脸上看不见人生的愁苦悲怨，反而有种日子妥帖安稳的从容。

我轻笑着点头，走近给她拍照。她倚在桃树下，一张清瘦多皱的脸，笑成了一朵桃花。总有一些记忆，值得用一生的光阴去珍藏。纵使红颜易老，青丝变白发，她仍是他心中最幽香的那一朵。

念及桃花，总与爱情纠缠相绕。想那昆曲《桃花扇》，侯方域初识李香君，赠一柄宫扇作为定情物，怎料后来受奸人陷害，李香君血溅绢扇，扇子又被友人拾起，端思良久，将其点染成桃花朵朵。

一把被传唱百年的桃花扇，道尽爱情的九曲回肠。舞台上一袭粉衣的李香君，袅袅婷婷、娴静秀丽，似一枝临水的桃花。她虽是个弱女子，却情坚不移，又深明大义，有着如男儿般的铿锵气节。

一阵阵春风掠过，桃花瓣瓣零落，落在地上，飘入水中。我心中生出些许轻愁，原来，世间所有美好的事物，总是如此脆弱而易逝。

最懂花惜花的女子，是《红楼梦》中的林黛玉。"黛玉葬花"，埋入花冢的便是桃花，除却少女情怀的淡淡愁绪，更是一份对花的体己之心，是花与人的相知相通。她的一片冰心，是对自身命运的怀伤，也是对生命的慈悲，恰应和了清代龚自珍的诗句"落红不是无情物，化作春泥更护花"。

花开是美，花落是另一种美。桃花凋落后，随土化为春泥，洁来还洁去，是桃花最好的归宿，一切终归圆满。如此一想，在欣赏桃花时，我心中不再怅然，只留清净与欢喜。

桃花开处便是春天，一座城氤氲笼罩着粉色的云霞，如烟如雾，交汇成重重叠叠的花海。游人穿行在如画的桃林中，仿若走进陶渊明笔下的桃花源，不知不觉间，迷了眼又醉了心。

而此时，我只想折一枝桃花为笔，蘸水当墨，落笔成韵，写一封桃红信笺。以倾城而开的桃花为媒，将对春天的绵绵情思以及深情眷恋，写在大地上，映在山水间。

牡丹的风骨

九百余年前，一个暮春的清晨，时任杭州通判的苏轼应友人之邀，前往吉祥寺游赏花会。寺中牡丹园内，花开正盛，姹紫嫣红，数以万计的百姓也前来观赏牡丹。

众人饮酒观花，争相簪戴牡丹，一时间，人声喧腾，热闹非凡。苏轼饮至酒酣时，头上插着牡丹花，醉意醺然，歪歪斜斜地走在长街上。街两边珠帘半卷，人们捂嘴而笑，看他沉醉归来。

被后人称为旷世奇才的大文豪苏轼，在其作《牡丹记叙》中再现宋人的闲情雅趣——无论男女尊卑，都为牡丹痴狂迷醉。文章再现了一幅清逸悠然的市井画卷，映现了当时世人尊崇牡丹、观赏牡丹的盛况。

他的那首《吉祥寺赏牡丹》，读来更是风趣洒脱："人老簪花不自羞，花应羞上老人头。醉归扶路人应笑，十里珠帘半上钩。"一派天真意趣跃然眼前。

彼时，已近不惑之年的苏轼，因一肚皮的"不合时宜"，被贬谪到杭州，我们从诗中却可以看到一个乐观旷达而又有趣的灵魂。

牡丹花大色艳，香飘云天，素有"国色天香"之称。任其文人雅士，或是达官贵人，甚而寻常人家，置身牡丹花丛中，皆熏染一身芬芳，获得美的慰藉和心灵的安宁。

牡丹花又称富贵花、木芍药、百雨金等，自古受到世人的盛赞和推崇。牡丹雍容大气，端庄秀雅，贵气天成，牡丹的文化意象，深得民间喜爱，成为富贵、吉祥、幸福的象征。

我的童年在乡下度过。家家户户的床单、被罩上大都印有牡丹图案，就连搪瓷脸盆、搪瓷碗、花瓶、年画中也多以牡丹绘饰。一朵朵牡丹，花朵硕大而艳丽，秀韵多姿，有吉祥兴旺的美好寓意。

平时喜欢绣花的母亲，还在门帘、窗帘、枕套上都绣上牡丹。母亲微笑着对我说，牡丹与玉兰同绘是"玉堂富贵"，牡丹配牵牛花是"富贵千秋"，牡丹与凤凰组合是"凤穿牡丹"……

然而，当我问母亲是否见过牡丹时，她却茫然摇头。原来她也只见过画里的牡丹，并不曾见过真正的牡丹花。天姿仙影的牡丹，承载着乡民对生活的盼望，带着乡民对未来的美好祈愿，成为那个贫穷匮乏的年代一抹温暖亮丽的底色。

二十余年后，又到一年暮春时节，我陪母亲去洛阳看牡丹花会。

我们走进王城公园，发现这里已是花如海、人如潮，欢声鼎沸。园内，数万株牡丹花吐蕊绽放，到处花团锦簇。每一株牡丹都有诗意的名字，植株旁侧还立有花名牌。

一朵花开两色，红白相间的是岛锦；植株挺直秀美，粉色叠瓣的叫如花似玉；花瓣繁密如云，重重交叠的为叠云；花色墨紫，质如丝绒的称墨润绝伦。还有魏紫、赵粉、姚黄、豆绿、洛阳红、二乔、青龙卧墨池等等。

每一朵花都姿态各异，或凌空绽放，或含羞带娇。我们一路走来，目光如蝶，起起落落，千朵万朵的牡丹，看得人心中溢满欢喜。

因是初次见到牡丹花，这盛大的喜悦令母亲欣然赞叹：这花美得像仙子呢！我笑着回她，还真让你说着了，牡丹乃百花之首，又被誉为"花中仙子"。

这背后还有一个动人的传说。相传女皇武则天冬日游园，见满园萧瑟，便下令百花开放，百花惧其威，纷纷冒雪开放。唯有牡丹傲然不屈，拒不绽放。女皇大怒，命人火烧牡丹，并将其连根掘出，贬至洛阳。谁知牡丹一入新土便扎下根来。来年到了谷雨，株株牡丹蓬勃盛放，婷婷袅娜，花开倾城。百花敬其气节，尊牡丹为花王。当地人惊诧叹服之余，更感动于它的钢骨烈心，称牡丹为"焦骨牡丹"。

洛阳人皆酷爱牡丹，故城中栽植牡丹的人颇多。畅游途中，我结识了一位本地花农，在与他的攀谈中得知了更多牡丹的习性。他说："牡丹长一尺退八寸，生长极为缓慢。牡丹懂得进退，恪守取舍之道。"

他还说："若要种植好牡丹，必取洛阳土，洛阳牡丹最恋乡，一寸乡土一寸情。"除却洛阳水土适合牡丹生长的缘故，我更愿意相信是牡丹对故土有依依难舍之情。

"牡丹原本隐遁深山，后被人引植庭院，所以它有贵气而无骄奢之气。"他接着说，"牡丹浑身都是宝，既可食用也可入药。牡丹花蕊可制茶，常饮活血润肤。它的根皮又名丹皮，有清热化瘀的功效。牡丹籽油营养丰富，有花的清香味。牡丹鲜花瓣入羹入菜，都是一道美食……"

花农的话语中，藏着人生的大智慧。我想，或许是因为人与花相处久了，便会沾染花的气息和秉性。

牡丹入馔自古就有，清代《养小录》中记载："牡丹花瓣，汤焯可，蜜浸可，肉汁脍亦可。"可若细想来，却不如苏轼那句"未忍污泥沙，牛酥煎落蕊"更为清雅入心。

半生颠沛流离的苏轼，尤爱牡丹，据说他曾为牡丹写诗三十余首。他怀有惜花之情，不忍看花瓣零落成泥，用牛酥来煎，一品清芳，把春天留在舌尖上。

林语堂曾说："世上有一个苏东坡，却不可能有第二个。"苏轼号东坡居士，世称苏东坡，他是才气纵横、傲骨铮铮的人间绝版。东坡遇牡丹，有心心相知之感，他赞赏的不只是牡丹的花容端丽，更是它的风骨清奇。

牡丹坚守自心，不畏权贵，真不愧是铁骨朱颜，就连拒绝都如此坦荡从容。而对于芸芸众生，它又甘愿倾付所有，舍去一身。这是牡丹的风骨，也是一朵花的传奇与力量。

一座城开在牡丹花里，一朵花明媚了一座城，这是花与城的相互成全，亦是一段不解之缘。因而，洛阳人与这座城、这朵花，有了永远割舍不断的血脉亲缘，化作印刻在心底的乡土记忆。

（选自《脊梁》2023 年第 3 期）

稻花香

李成猛

在故乡淮河流域，水稻堪为夏季农作物中的主打。放眼望去，满坡满畈，堆青叠翠，皆是稻株。稻花则多出现于七月，其实八月也有，其中的早晚，要视当地的温度、降水和水稻品种而定。

稻花初绽时，孕在密密的稻穗上，半截米粒大小，开成一朵朵小喇叭，整齐地排成花束。此时，农人往往不说这稻花如何如何，而是称之为花扬得怎么样。就是这不起眼的扬花，你可不能小看，它是水稻由育种到成熟过程中一个不可或缺的环节。先是选种、浸泡、进棚、育苗、移栽，然后是分蘖、拔节、孕穗和抽穗，继而是扬花，之后则直奔主题——灌浆、饱满，直至成熟。由此可见，扬花既承前又启后，事关丰歉，其重要性不言而喻。

每到扬花时节，人们一撂下饭碗便往稻田跑。田间地头，来回走动，或蹲或站，眼睛恨不得一眨不眨地盯着那大片稻花，有的人甚至连烟都忘了抽，直到烟蒂烧疼手指，方才回过神来。

关注度如此之高，是因为稻花扬得好不好，直接关系到稻穗的灌浆饱满程度。尤其是正午时分，阳光热烈，水汽蒸腾，正是稻穗扬花的关键时刻。俗话说："不惮三更雨，就怕午时风。"农人担心的是中午起风，如果在这个节骨眼上刮风，正在开放的稻花很容易被吹落，势必影响水稻的扬花传粉，减产那是必然的了。

此外，还要注意稻田里的水是否够用，水足即浆满，水寡则穗小。长期的劳动实践让乡亲们对此谙熟于心，没有谁敢马虎丝毫。

稻花不仅决定着粮食的产量，还在一定程度上成为环境质量的"晴雨表"。一般来说，空气清新，水净土沃，稻花就会密稠，结了稻子也是穗大籽多；反之，如果水土被污染，那么稻花就会稀落伶仃，以后的稻穗肯定既小又瘪，谈高产则无异于痴人说梦。

记得小时候，只要水稻一打苞孕穗，祖母就留意看着，不让顽皮的我们去稻田边耍，唯恐折断水稻的茎秆；扬花时，更不允许小孩子靠近半步，似乎担心莽撞的我们惊扰了稻花的梦。多年后我才明白，那是庄稼人对粮食的一份虔诚和赤子之心。

现在，沿淮地区已经有了大气监控、水质检测和土壤抽样分析，家乡人的环保意识日渐增强，尽量往稻田运送畜粪、土杂肥，不施化肥，不打农药，还别出心裁地在水田里投放二三两重的鲫鱼、鲤鱼——据说这些鱼专吃田里的杂草、小虫，还有飘落的稻花，因此被冠以"稻花鱼"的美称。自然，这稻田里生产出来的大米身价不菲，都是抢手货，极大地提升了水稻种植的附加值。待庄稼收割后，田里的稻花鱼也长大了，小的七八两，大的一斤多，喜滋滋地逮上来，或蒸或炖或焖，哪怕不加任何佐料，味道也极其鲜美。拿到集市上卖，又是一笔不错的收入。如此一来，家乡人既保护了环境，又得到了实惠，可谓生态效益与经济效益双赢。

淮河波浪宽，稻花香两岸。隐隐青山、迢迢绿水间，美丽的村庄被千里稻花氤氲着，令人不醉也微醺。此情此景，不正是诗人笔下的诗和远方吗？而这，又怎能不"望得见山、看得见水、记得住乡愁"呢？

（选自《光明日报》2023 年 8 月 12 日）

鸡鸣黑石岭

王保利

那只金毛公鸡引吭高歌时，时间定格在凌晨4点42分。想来这是一只睡不着觉的老公鸡，不然，它怎么醒得这么早？

金毛公鸡展伸着脖子，憋红了脸庞，努力将鸣叫的音符再提高八度，余音袅袅再延宕得长一些，这样，就可以把夏至这个日子推送到整个山村。

我一直以为，是那一声声鸡鸣把云台山黑石岭的早晨唤醒的。

天刚蒙蒙亮，眼前的山峦遮住了东方的阳光，看不到朝霞满天的景况。这时，田野里的那棵石榴树周身红红火火地燃烧着，它似乎想弥补朝霞的空缺，附和雄鸡报晓。

那只灰色的长尾巴鸟形单影只地飞来飞去，一会儿降落在树梢，一会儿栖息在电线杆上。它似乎不甘寂寞，想以灵动的身躯和嘀嘀咕咕的声音与金毛公鸡一比高下。

那只棕黑色的小狗摇着一拃长的小尾巴，一颠一颠欢跳着，四只白蹄格外醒目。噢，它不是被鸡鸣和鸟叫吵醒的，而是随着主人的开门声翻身起来，在主人扛的锄头下一块来到了田地。

地里种的玉蜀黍已有一尺来高，叶子墨绿油光，彰显着健康苗壮。我与地里的李婶打过招呼，夸她人勤地不懒，秋后粮仓满。李婶说这两天连续下雨，玉蜀黍长得旺，杂草也跟着疯长。趁着清早空闲，锄一遍杂草，一会儿还要接待安徽合肥来的一个旅行团。我知道，几乎家家开民宿的黑石岭，旅游旺季马上要到了。

田埂上的三朵打碗花绽开粉嘟嘟的笑脸，十几株蒲公英圆茸茸的小脑袋招人喜爱，不分高低大小的狗尾巴草一律挂着晶莹的露珠。它们都止语不张扬，共生共荣，迎接夏日的黎明。

山村的早晨有点清冷，一袭暗红色长裙的芳姐，上身加披了件淡黄色的防晒衣，色彩鲜亮惹人注目。芳姐告诉我，她特别喜欢倾听那晨鸡打鸣，这是她退休后静寂生活里的一阵"热闹"。在山村小住的城里人，没有人不喜欢鸡鸣声声的，有的直接说来黑石岭就是冲着"半夜鸡叫"来的。

曙光熹微，闻鸡起舞的还有那位"盆景兄弟"。50 岁开外的他，没有开办民宿，而是从事起自己的爱好，摆弄起根雕盆景来。三间屋摆满了他的杰作，门前摆放着大大小小的盆景，大多数是黄荆老桩的悬崖式、卧干式、曲干式造型。这些山里人习以为常的东西，经"盆景兄弟"捆绑修剪，都有模有样的。只不过，他卖得相当便宜，那天豫 C 牌照的越野车装了三盆根雕盆景作品，每盆 120 元。操着豫西口音的师傅临开车对同伴说，山里人真实诚。

6 点 10 分，在金毛公鸡的领唱下，黑石岭演绎起声音的交响。那些"鸡鸣歌"也若有若无地在我耳畔回响起来——有崔道融的《鸡》:"深山月黑风雨夜,欲近晓天啼一声。"有徐夤的《鸡》:"守信催朝日,能鸣送晓阴。"有李商隐的《赋得鸡》:"可要五更惊稳梦,不辞风雪为阳乌。"这时,知了加入了合唱团,而且声嘶力竭地成为主唱。

鸡鸣黑石岭,山村苏醒了。

（选自《解放日报》2023 年 8 月 31 日）

春柳

石广田

记忆里，家乡有许多种落叶树木，在春天，最先发芽的就是柳树。柳树喜水，生命力极旺盛，大多生长在池塘边、河岸上。伴随着温暖的东风，那一抹抹鹅黄浅绿开始向村里人报送春的消息。

孩子们最是按捺不住，远远瞧见柳树发出新绿，便三五成群相约折柳，做成各式各样的小玩意儿。从树上拧下来的柳皮筒，完完整整，可以做成简单的笛子，吹起来嘀嘀呜呜，大街小巷立刻热闹起来。做不成笛子的细柳条，也可以直接被编成圆环，戴在头上。还有的孩子会用两根木棍儿将细柳条夹紧，用力往下一捋，柳条的皮和嫩叶一下子被挤到枝条的尾部，形成的独特形状活像一只颤悠悠的"小鸡嘎嘎"。小孩们一边手里甩着它，一边高唱起歌谣："小鸡嘎嘎，想吃黄瓜；黄瓜有水，想吃鸡腿；鸡腿有毛，想吃仙桃……"小伙伴你一句我一句地抢着唱，那幽默的腔调直逗得大家前仰后合，哈哈大笑。

大人们不着急，他们要等到柳穗完全吐出，才按照习俗动手做一道春天里的美味。每到这时，小孩子个个都是爬树高手，成了大人们捋柳穗的最好帮手。回到家，大人将摘下的柳穗用开水焯熟，再用清水浸泡几天，待穗子里浓重的苦味淡去，拿陈醋、蒜汁一拌，那清新的味道自是美味无比。焯熟的柳穗吃不完也不要紧，晒干后还可以保存很长时间，随吃随泡，十分方便。

到了清明节，家家户户都要在门楣插上新折的柳枝。小时候的我，不知道为什么会有这样的风俗，只记得有人告诫："到了这一天，不能再吹柳笛，不然夜里蝎子就会爬出来蜇人的舌头！"长大后，我才知道，清明节插柳枝、将柳条编成头冠，都是为了纪念春秋时代的介子推。可惜年少时只知折柳、戴柳，只觉得好玩却缺少了应有的恭敬之情。

到了暮春，成熟的柳穗就会吐出白白的柳絮，在风里四处飘飞。那时并不觉得飘飞的柳絮像如今这样惹人厌烦，反而感觉十分梦幻。儿时的我，最喜欢追着一团团柳絮奔跑，还使劲儿仰起头，把快要降落的柳絮再吹上天。苏东坡在《蝶恋花·春景》里这样说："花褪残红青杏小，燕子飞时，绿水人家绕。枝上柳绵吹又少，天涯何处无芳草。"柳絮入词如此诗情画意，想来当年的苏东坡也不讨厌它们吧。

其实，柳树在古代还被赋予了很多文化深意，比如折柳送别、种柳纪念等。不过到了现代，柳树又成了绿化城乡的主力军之一。也许因为太过寻常，尽管春风拂柳，许多人却只待它是一种易活而生长期长的树种，而忽略了它背后的那许多故事。

又是一年春回大地。数十年过去了，但故乡的柳枝在春风里袅袅依依的样子仿佛还在眼前荡漾……

（选自《光明日报》2023 年 3 月 29 日）

不可不吃的瓜

廉彩红

南瓜福气

南瓜长得一脸喜相和福相，胖墩墩、圆鼓鼓，让人一见就喜欢。

别看南瓜表面上长得憨厚老实，实际它也很有心眼。它会用线条把自己装扮成花一样，一到秋天，再扯一把阳光的颜色，给自己罩到身上。胖乎乎的身材加上温暖的颜色，当然更招人喜欢。

我母亲喜欢种南瓜。她说南瓜泼皮易成活。随便哪儿丢一粒种子，它就发芽成长，给点阳光就灿烂，给点水肥就膨胀，再也没有比南瓜好打理的菜了。

好养活的南瓜结瓜也多，它能从夏天开始结，一直结到秋霜下来，泼泼辣辣的满地滚着胖南瓜。在农村生活时，我们家的南瓜几乎没断过顿，我们能从青嫩的掐出水的嫩南瓜，一直吃到皮老肉厚颜色金黄的老南瓜。

虽然天天吃，顿顿吃，我们一家却从不厌烦南瓜。我们心里对南瓜充满了感激之情，那个物质不丰裕的年代，这些笨拙土气的食物养活了我们呢！

嫩南瓜切丝，随锅煮面条。面菜同熟后，捞入兑好盐、味精、香油、醋、香菜的大碗里，面白瓜青，养眼清心。闻着那清浅的瓜味和浓醇的香味，心里别提多满足了。有时候，用礤子擦丝，加入面粉，磕一个鸡蛋，再以盐、五香粉调味儿，烙软面饼，香软怡人的面饼烙好后，用筷子夹一块蘸醋蒜汁吃，清爽利口，夏天的燥热消失无影。此时，再来一碗玉米仁汤或绿豆汤，那真是神仙日子。

嫩南瓜清炒也好吃，因它质地酥嫩，熟得快。在地里干活儿再晚到家，只要火边熬着玉米仁汤，切个南瓜丝一炒，三五分钟就可开饭。作家胡竹峰说清炒嫩南瓜"堪称餐桌的齐白石小品"。确实如此，清雅浅淡，盛在白瓷盘里，可不就是一幅清淡小品画嘛！

齐白石画的南瓜，幅幅用墨淋漓，笔笔藤叶饱满，真个是热气腾腾、福气满满的世间相啊。齐白石给南瓜画写过这样一首题图诗："客来索画语难通，目既矇眬耳又聋。一瞬未终年七十，种瓜犹作是儿童。"自谦自己已经七十岁了，眼看不清耳听不明的，客人来索画的时候就难以沟通，真不如回家种瓜去，种瓜时候心情愉悦，就如同孩童一样，真是返璞归真，心性烂漫。

清代海盐区有个名人叫张艺堂，少年聪明又好学，怎奈家贫，无钱上学。当时有个大学问家叫丁敬身，张艺堂欲拜他为师。第一次登门，他背着一大袋子南瓜就去了，惹来众人嘲笑，而丁敬身先生欣然受之，并当场烹瓜备饭，招待学生。这顿只有南瓜菜的饭，师生二人吃出了人间至味。世间珍馐莫过于这般饱含人情的味道吧。

"我家老屋的西墙下，有一片空地，长满了杂草，面积不大，倒有个名字，叫'和尚园'。每到秋天，大人在这里种的南瓜就会丰收，那硕大的金黄色的南瓜，一个个在南瓜叶底下露出来，它就是我们一家秋天的粮食。""南瓜还有一个好处，长老了熟透的南瓜固然好吃，就是因为缺粮急于要吃，那么没有熟透的南瓜也一样可以充饥，所以一个秋天，在稻子登场以前，我们有一大半时间是靠南瓜来养活的。……我现在给我的书房取名'瓜饭楼'，就是为了不忘记当年吃南瓜度日的苦难的经历……"冯其庸老先生在《瓜饭集》中饱含深情地讲述着，他对南瓜深为感激。其画作《秋瓜图》色彩明丽，南瓜朴实，水墨酣然，真是百看不厌。"老去种瓜只是痴，枝枝叶叶尽相思。瓜红叶老人何在，六十年前乞食时。"冯其庸先生写旧家景色，感慨物是人非，不由得心意幽幽——南瓜亦多情，多情多慈悲。

秋深天凉，切几块老南瓜，掺粳米或糯米，加红枣熬上半个时辰，瓜肉沾米粒，米粒混瓜香，雾气升腾，恍惚如梦，烟火迷离，浑浊又清醒，红枣醒目又无奈地起伏挣扎，一会儿，红枣就随了大势，软烂香甜，和米、南瓜融合一起了。这样一碗米粥下肚，只觉五体通泰，四肢皆暖，人生安逸不过如此。

老南瓜炒鸭蛋也是美味，香糯沙浓，简直妙不可言。煮熟的老南瓜，和面，炸甜麻糖，烙油饼……即使煮几块老南瓜，放在盘子里，和汤、馍、水果及其他蔬菜共置饭桌之上，那颜色也极为夺人眼球。煮熟的老南瓜满是温润软甜的气质，它似乎早就忘了自己属于老年派了，"老夫聊发少年狂"，甚是得意呢！

丝瓜可亲

母亲在菜园子里又种上了丝瓜。母亲喜欢这种爬藤类蔬菜，南瓜、冬瓜、丝瓜、黄瓜，她说好种易活，一个个泼实得很。这四样菜里伶俐娇俏的是丝瓜和黄瓜，它们各具特色，又独具风情。黄瓜带着些少年的直爽和干脆，丝瓜多了些生命的韧性和隐忍。它有架子就爬，无架子自己找，土墙头、篱笆墙、树干等，只要有物攀附，它就可劲儿长，藤繁叶茂，黄花朵朵，把原本无趣的黑褐色的架子、土黄色的墙打扮得风情万种，耀眼夺目。

不久，小花朵下面顶出了嫩生生青翠翠的小瓜儿，探头探脑，摸摸风、拽拽阳光、吸吸水，一个不注意，它就长长了，俏生生的。若是一个倒还罢了，一个篱笆墙上能出现七八十个，怎不让人喜欢？母亲喜笑颜开，来菜园子更勤了。"寂寥篱户人泉声，不见山容亦自清。数日雨晴秋草长，丝瓜沿上瓦墙生。"宋朝诗人杜汝能笔下的丝瓜让瓦墙熠熠生辉，我家的丝瓜让篱笆闪耀光华，诉说着新农村的美景。

晴雨交替中，悄无声息间，丝瓜一日比一日大了。我每次去看母亲，都要到菜园子里看看，走在丝瓜藤前，闻闻清新的香气，手掌轻轻抚过整个藤蔓，像弹奏一曲音乐，心就静了下来。齐白石笔下的丝瓜图，用墨浓重，敷色沉着，气韵清逸生动；黑、白、灰之间，三两黄花点缀，瓜儿滴翠，蜜蜂嗡嗡围绕，画上题书："瓜蔬中此予最喜者，香而甜结瓜易大。"大师都说它香而甜了，那还不赶紧摘了它。回家，洗净，去皮，烈油烹，清水煮，配鸡蛋和西红柿，色入眼，香入鼻，引诱得人食欲大开。

母亲顺带还采了些丝瓜尖儿，焯水后，凉拌。一盘子的绿，盈盈入眼，人就喜悦、安宁了。丝瓜肉软弱无骨，丝瓜尖儿脆生生的，透着一股子不屈服的筋道。母亲说，花也能吃，但她不舍得摘。我也不舍得吃啊，吃了花，咋还能结瓜呢？竭泽而渔的事，我们可不能干。

母亲说，丝瓜清凉解毒，适宜夏天吃。这入了秋，我还是喜欢吃。只要它一直结，我就一直吃。它能经受烟火的考验，我就能接纳五味的历练。

它不但能饱人口福，于人的外貌也有助益。丝瓜汁被誉为"神仙水"。《本草纲目》记载，丝瓜液有通经络、行血脉之功，用以洗面去垢腻。秋深时候，在接近根部的丝瓜藤，开一小口，置一瓶于小口下，汁水淋漓而入，可得纯天然"神仙水"，美容养颜功效极佳。高处的丝瓜长老变色了，整个丝瓜藤脱落下来，母亲把老丝瓜摘了，去皮，晒干，人们称它为丝瓜络，去油去脂功效显著，可洗碗、清洁厨房卫生。人若用来洗澡，对皮肤也极为有益。

丝瓜至死都在奉献，我们又何其有幸，得遇如此良蔬。

冬瓜憨厚

冬瓜，一副憨厚笨拙的模样，它形体硕大，其皮坚厚，其肉肥白，形如枕头，浑身覆白，犹如冬日冷霜。冬瓜确属寒凉，夏季食用最为合宜。

母亲对冬瓜又喜爱又随意，喜爱是每年春天种菜，她都要种几棵冬瓜；随意是她种冬瓜时，总是在种完其他菜之后，随便找个角落把籽儿撒下去，盖上土就行了。这样的操作和种小青菜、茄子、黄瓜、西红柿等蔬菜的精心程度，实在是云泥之别。

冬瓜自个儿倒没一点儿意见，管他哪里呢，有土有水有阳光就成，而且时不时也能沾点儿其他蔬菜的光，吃点肥料改善改善生活，还有啥不满足的，还不可劲儿长？于是，它满地爬，硕大的叶子扑腾开来，结实的藤蔓舒展开来，原本荒芜寂寥的土地变得生机勃勃，翠意灼灼，在夏天的太阳下，越发流光溢彩。

母亲站在冬瓜地边儿，满脸笑意地指点着："瞧，那儿有个大冬瓜，脚底下还有两个，这里还有……"母亲看不够了，隐藏在藤叶下的冬瓜也悄悄地笑着——这点小心思也隐瞒不住主人呀。

母亲摘了一个冬瓜,回家熬冬瓜虾米汤。这是我最喜欢的夏天汤品,做起来极简单,冬瓜切块,和虾米同煮,只放盐。煮到冬瓜透亮,汤水清白,虾味飘香,撒上香菜,开喝。那一口下去,实在是鲜美爽口,一碗下肚,幸福满满。且这冬瓜虾米汤物美价廉,养胃生津,是简便易得的日常美味。

冬瓜味道清纯淡薄,是百搭菜,和任何菜蔬搭配,它都自觉地让自己成为配角,恰到好处地烘托主角的风光,给它们锦上添花,美味无敌。冬瓜也能唱主角,冬瓜唱主角的时候,和宋仁宗有个渊源。《江陵县志》记载,宋仁宗召见江陵张景时,亲切地问:"卿在江陵,地有何景?"张答:"两岸绿杨遮虎渡,一湾芳草护龙洲。"又问:"所食何物?"张答:"新粟米炊鱼子饮,嫩冬瓜煮鳖裙羹。"大抵,如今这冬瓜煮鳖裙羹亦成江湖名菜了。它还可以做夜香冬瓜盅、冬瓜燕、冬茸火鸭羹、冬茸白兰等名菜,还有家常的冬瓜饺子、冬瓜排骨等,都是令人津津乐道的人间美味。

写下《昭君怨》的唐朝诗人张祜的小名就叫冬瓜,只因为他母亲生他的时候,梦见过冬瓜。钱塘酒徒诗人朱冲和,与张祜素来不和。他写了一首诗讥讽张祜:"白在东都元已薨,兰台凤阁少人登。冬瓜堰下逢张祜,牛屎堆边说我能。"此人格局之小,跃然纸上。宋代诗人郑清之《冬瓜》诗云:"剪剪黄花秋后春,霜皮露叶护长身。生来笼统君休笑,腹内能容数百人。"这首诗将冬瓜的花、皮、果实描写得活灵活现，并且赞扬了冬瓜果腹饱人、大肚能容的品德。无意之中，郑清之为张祜说了句公道话，也狠狠地讥讽了一下朱冲和。

《菜根谭》中有一句话："为善不见其益，如草里冬瓜，自应暗长；为恶不见其损，如庭前春雪，当必潜消。"意思是，一个人做好事，也许不能立即看到什么好处，但是就像草地里的冬瓜一样，在暗中一天天慢慢长大；而一个人做了坏事，也许暂时看不出什么损害，但他的福气就像春天庭院中的雪一样，阳光出来后就会消失。

别看冬瓜一副憨厚老实模样，其实它聪明着呢！这大概就是藏巧于拙、用晦而明的生存智慧吧！

（选自《海燕》2023 年第 11 期）